CRIMES EN DIRECT

DU MÊME AUTEUR

JENNIFER OU LA FUREUR DES ANGES, Denoël, 1981.
JENNIFER, Gallimard, 1982.
MAÎTRESSE DU JEU, Denoël, 1983; Gallimard, 1988.
SI C'ÉTAIT DEMAIN, Stock, 1987; LGF, 1989.
UN ANGE À BUCAREST, Stock, 1988.
LES SABLES DU TEMPS, Presses de la Cité, 1990; Presses-Pocket, 1991.
QUAND REVIENDRA LE JOUR, Presses de la Cité, 1991; Presses-Pocket, 1992.
OPÉRATION JUGEMENT DERNIER, Presses de la Cité, 1992; Presses-Pocket, 1992.
LE FEU DES ÉTOILES, Presses de la Cité, 1993.
RIEN N'EST ÉTERNEL, Coll. « Grand Format » , Grasset, 1995.
MATIN, MIDI & SOIR, Coll. « Grand Format » , Grasset, 1996.
UN PLAN INFAILLIBLE, Coll. « Grand Format » , Grasset, 1998.
RACONTEZ-MOI VOS RÊVES, Coll. « Grand Format » , Grasset, 2000.

SIDNEY SHELDON

CRIMES EN DIRECT

roman

Traduit de l'américain
par
PAUL THOREAU

BERNARD GRASSET
PARIS

L'édition originale de cet ouvrage a été publiée par Harper Collins Publishers, à New York, en 2000, sous le titre :

THE SKY IS FALLING

Pour Alexandra
L'ange posé sur mon épaule

Le ciel va nous tomber sur la tête ! Le ciel va nous tomber sur la tête !

L'histoire du petit poulet Chicken Little

Donnez-moi un héros et je vous écrirai une tragédie.

F. Scott Fitzgerald

Prologue

NOTE CONFIDENTIELLE À TOUS LES PERSONNELS EN OPÉRATION : À DÉTRUIRE IMMÉDIATEMENT APRÈS LECTURE.
LIEU : CONFIDENTIEL
DATE : CONFIDENTIELLE

Ils étaient douze hommes dans la salle souterraine fortement gardée, douze représentants de pays lointains. Installés dans de confortables fauteuils disposés à environ un mètre d'intervalle, sur six rangées, ils écoutaient attentivement l'orateur qui s'adressait à eux.

« Je suis heureux de vous en informer : la menace qui nous a fourni tant de sujets de préoccupation à tous est sur le point d'être éliminée. Je vous ferai grâce des détails car, d'ici vingt-quatre heures au plus tard, le monde entier va l'apprendre. Soyez certains que rien ne nous arrêtera. Les portes resteront grandes ouvertes. Nous allons maintenant procéder à la vente aux enchères. Ai-je un premier enchérisseur ? Oui. Un milliard de dollars. Un deuxième ? Deux milliards. Un troisième ? »

UN

Frissonnant dans le vent glacial de décembre, elle remontait Pennsylvania Avenue d'un pas rapide ; encore un carrefour à traverser et elle arriverait à hauteur de la Maison-Blanche, quand soudain elle eut les oreilles vrillées par les hurlements terrifiants des sirènes d'alerte aérienne, suivis du fracas d'un bombardier au-dessus de sa tête, tout prêt à déverser son chargement de mort. Elle s'arrêta, figée, comme happée par un voile de terreur écarlate.

Subitement, elle était de retour à Sarajevo, à nouveau, elle entendait le sifflement suraigu des bombes. Elle ferma les yeux, très fort, mais sans parvenir à refouler cette vision de ce qui se passait tout autour d'elle. Le ciel était un véritable brasier. Elle était assourdie par le feu roulant des armes automatiques, le rugissement des avions et les cognements sourds des obus de mortiers qui semaient la mort. Tout près, des bâtiments entiers se transformaient en éruptions de ciment, de brique et de poussière. Des gens terrorisés couraient en tous sens, tentaient de prendre la mort de vitesse.

Loin, très loin, la voix d'un homme lui demandait :

« Ça va ? »

Lentement, prudemment, elle rouvrit les yeux. Elle était de retour sur Pennsylvania Avenue, sous ce soleil hivernal blafard, tendant l'oreille au fracas déclinant des réacteurs et à la sirène d'ambulance qui avaient ravivé sa mémoire.

« Mademoiselle... ça va, dites ? »

Elle s'obligea à revenir dans le temps présent.

« Oui. Je vais... je vais très bien, merci. »

Alors il la dévisagea.

« Attendez une minute ! Vous êtes Dana Evans. Je suis un de vos admirateurs acharnés. Je vous regarde tous les soirs sur WTN, et j'ai vu tous vos reportages en direct de Yougoslavie. » Sa voix trahissait son enthousiasme. « Pour vous, ça devait être sacrément exaltant de couvrir cette guerre, non ?

— Oui. »

Dana Evans avait la gorge sèche. *Exaltant de voir des gens exploser, déchiquetés, de voir les corps des bébés balancés dans des puits, des débris humains emportés dans une rivière rouge de sang.*

Subitement, elle en eut un haut-le-cœur.

« Excusez-moi. »

Elle se retourna et s'éloigna en hâte.

Dana Evans était rentrée de Yougoslavie trois mois plus tôt. Ses souvenirs restaient encore trop frais. Il lui semblait irréel de marcher en plein jour dans la rue sans éprouver la moindre peur, d'entendre des oiseaux chanter et des gens rire. A Sarajevo, le rire, cela n'existait pas, il n'existait plus rien d'autre que les détonations des obus de mortiers, suivies par les cris d'angoisse.

John Donne avait raison, se dit Dana. *Aucun homme n'est une île. Ce qu'endure un seul d'entre eux, tous le subissent, car nous sommes tous faits d'argile et de poussière d'étoile. Nous partageons les mêmes secondes. Et la trotteuse de l'horloge universelle entame le tour impitoyable qui la mène à la minute suivante :*

A Santiago, une fillette de dix ans s'est fait violer par son grand-père...

A New York, deux jeunes amants s'embrassent à la lumière des chandelles...

Dans les Flandres, une jeune fille toxicomane de dix-sept ans donne naissance à un bébé toxico-dépendant au crack...

A Chicago, un pompier risque sa vie pour sortir un chat d'un immeuble en flammes...

A São Paulo, au cours d'un match de football, des centaines de fans sont piétinés à mort après l'effondrement d'une tribune...

A Pise, une mère pleure de joie en regardant son fils accomplir ses premiers pas...

Tout cela, et infiniment plus encore, en l'espace de soixante secondes, songea encore Dana. *Et ensuite le temps reprend son tic-tac jusqu'à finalement nous expédier dans je ne sais quel inconnu pour l'éternité.*

A vingt-sept ans, Dana Evans était une jeune femme ravissante, la silhouette mince, les cheveux d'un noir de jais, de grands yeux intelligents, un visage en forme de cœur, et un rire chaleureux et contagieux. Elle avait grandi en gosse de militaire, en fille de colonel qui a voyagé de base en base comme instructeur spécialisé dans les armements, et cette vie lui avait donné le goût de l'aventure. Elle était vulnérable et, en même temps, elle ignorait la peur. C'était là un alliage irrésistible. Durant l'année que Dana avait passée à couvrir la guerre en Yougoslavie, le monde entier était resté sous le charme de cette belle jeune femme passionnée qui prenait l'antenne en direct au cœur de la bataille, risquant sa vie pour rendre compte des événements meurtriers qui se déroulaient autour d'elle. Maintenant, où qu'elle aille, elle en avait conscience, elle ne pouvait ignorer les signes et les chuchotements de ceux qui la reconnaissaient. Une célébrité qui ne mettait guère Dana Evans à l'aise.

Pressant le pas dans Pennsylvania Avenue, dépassant la Maison-Blanche, Dana consulta sa montre et se dit : *Je vais arriver en retard à la réunion.*

Washington Tribune Enterprises occupait un bloc entier de la Sixième Rue Nord-Ouest, avec quatre bâtiments distincts : une imprimerie pour le journal, les bureaux de la rédaction, une tour directoriale, et une chaîne de télévision. Les studios de télévision de Washington Tribune Network occupaient le sixième étage du bâtiment 4. Les lieux étaient constamment chargés d'énergie, avec leurs boxes bourdonnant de gens au travail devant leur ordinateur. Des téléscripteurs d'une demi-douzaine d'agences de presse crachaient en permanence des dépêches actualisant les informations en provenance du monde entier. L'immensité de l'entreprise ne cessait jamais d'éveiller chez Dana un mélange d'étonnement et d'enthousiasme.

C'était là qu'elle avait rencontré Jeff Connors. Cet ancien lanceur de l'équipe des All Stars avait dû raccrocher son gant de base-ball après s'être blessé dans un accident de ski. Jeff était à présent le présentateur sportif de WTN et tenait aussi une chronique quotidienne pour le Washington Tribune Syndicate. La trentaine, grand et mince, avec ses airs d'adolescent et son charme, il donnait une impression d'aisance et de décontraction, qui attirait les gens à lui. Jeff et Dana étaient tombés amoureux l'un de l'autre, et ils avaient parlé mariage.

Depuis trois mois que Dana était rentrée de Sarajevo, les événements à Washington s'étaient enchaînés à une cadence rapide. Leslie Stewart, l'ancien propriétaire de Washington Tribune Enterprises, avait vendu ses parts et disparu de la circulation, et le groupe avait été racheté par un magnat international des médias, Elliot Cromwell.

La réunion du matin avec Matt Baker et Elliot Cromwell était sur le point de débuter. A son arrivée, Dana fut accueillie par Abbe Lasmann, l'assistante de Matt, une rousse sexy.

« Les gars vous attendent, lui annonça Abbe.

— Merci, Abbe. » Dana entra dans le bureau d'angle. « Matt... Elliot...

— Vous êtes en retard », grommela Matt Baker.

Baker était petit, le cheveu gris, la cinquantaine, un caractère bourru, impatient, alimenté par un esprit brillant, jamais au repos. Il portait des costumes fripés qui lui donnaient l'air d'avoir dormi tout habillé, et Dana était fermement persuadée qu'il ne s'agissait pas que d'une impression. Il dirigeait WTN, la chaîne de télévision de Washington Tribune Enterprises.

Elliot Cromwell, environ soixante ans, était d'un abord courtois et ouvert, et toujours prêt à sourire. Il était milliardaire, mais une dizaine de versions différentes circulaient sur la manière dont il avait bâti sa fortune, et certaines n'étaient guère flatteuses. Dans le monde des médias, où le but était de diffuser l'information, Elliot Cromwell demeurait une énigme.

Il regarda Dana et lui annonça :

« Matt m'informe que nous sommes encore une fois en tête. Vos taux d'audience ne cessent de monter.

— Je suis heureuse de l'entendre, Elliot.

— Dana, tous les soirs je suis une demi-douzaine de journaux télévisés, mais le vôtre est différent des autres. Je ne sais pas pourquoi au juste, mais votre journal me plaît. »

Dana aurait pu expliquer à Elliot Cromwell pourquoi. Quand ils annonçaient les nouvelles, les autres présentateurs faisaient leur apparition devant des millions de téléspectateurs – ils ne leur parlaient pas personnellement. Dana, elle, avait pris le parti de s'adresser à eux individuellement. Dans son esprit, elle parlait un soir à une veuve esseulée, le lendemain à une personne recluse, clouée au lit, réduite à l'impuissance, et le soir d'après à un voyageur de commerce solitaire, loin de son foyer et de sa famille. Ses journaux avaient quelque chose d'intime, une certaine profondeur, les spectateurs adoraient ça, et ils réagissaient en conséquence.

« Je crois savoir que vous allez avoir un invité passionnant à interviewer ce soir », intervint Matt Baker.

Dana hocha la tête.

« Gary Winthrop. »

Gary Winthrop était le prince charmant de l'Amérique. Héritier d'une des familles les plus en vue du pays, il était jeune, beau, charismatique.

« Il n'apprécie guère la publicité sur sa personne, rappela Cromwell. Comment avez-vous obtenu son accord ?

— Nous avons un hobby en commun », lui expliqua Dana.

Cromwell fronça les sourcils.

« Vraiment ?

— Oui. » Dana ponctua d'un sourire. « J'apprécie Monet et Van Gogh, et lui il aime bien en acheter. Plus sérieusement, je l'ai déjà interviewé, et nous sommes devenus amis. Nous allons passer un reportage sur sa conférence de presse, que nous couvrons cet après-midi. Mon interview viendra à la suite.

— Formidable. » Cromwell était aux anges.

Ils passèrent l'heure suivante à évoquer le nouveau projet d'émission de la chaîne, *Crimes en direct*, une heure d'enquêtes que Dana allait produire et présenter. L'objectif était double : corriger les injustices subies et provoquer l'intérêt en résolvant des affaires criminelles oubliées.

« Il existe quantité d'autres émissions vérité, prévint Matt, donc nous allons devoir nous montrer encore meilleurs. Je veux qu'on commence sur une affaire forte. Quelque chose qui retiendra l'attention du public et... »

L'interphone bourdonna. Matt Baker appuya sur un commutateur. « Je vous avais prévenue que nous ne prenions aucun appel. Qu'est-ce que c'est ? »

La voix d'Abbe résonna dans l'interphone.

« Je suis confuse. C'est pour mademoiselle Evans. C'est un appel de l'école de Kemal. Ça m'a l'air urgent. »

Matt Baker lança un regard à Dana.

« Ligne une. »

Dana décrocha le téléphone, le cœur battant.

« Bonjour... Kemal va bien ? » Elle écouta un moment. « Je vois... je vois... Oui, j'arrive tout de suite. »

Elle reposa le combiné.

« Qu'est-ce qui ne va pas ? » demanda Matt.

Dana s'expliqua.

« Ils souhaiteraient que je vienne chercher Kemal à l'école. »

Elliot Cromwell fit grise mine.

« C'est le garçon que vous avez ramené de Sarajevo...

— Oui.

— Une sacrée histoire.

— Oui, ajouta Dana, sans grande envie de s'épancher.

— Vous l'avez découvert dans un terrain vague, n'est-ce pas ?

— C'est exact, confirma Dana.

— Il souffrait d'une maladie ou je ne sais quoi ?

— Non », rectifia-t-elle d'un ton ferme, répugnant même à évoquer cette période. « Kemal a perdu un bras. Il a été soufflé par une bombe.

— Et vous l'avez adopté ?

— Officiellement, pas encore, Elliot. Je vais le faire. Pour l'instant, je suis sa tutrice.

— Eh bien, allez le chercher. Nous reparlerons de *Crimes en direct* plus tard. »

A son arrivée au collège Theodore Roosevelt, Dana se rendit directement dans le bureau de la directrice adjointe, Vera Kostoff, une quinquagénaire à l'air excédé, le cheveu prématurément grisonnant. Elle était assise à son bureau. Kemal était assis en face d'elle. Il avait douze ans, petit pour son âge, mince et le teint cireux, des cheveux blonds en bataille et le menton volontaire et têtu. Là où son bras droit aurait dû se trouver, il n'y avait qu'une manche vide. Son corps longiligne semblait écrasé par les dimensions de ce bureau.

A l'entrée de Dana, il y régnait une atmosphère lugubre.

« Bonjour, madame Kostoff, lança Dana sur un ton enjoué. Kemal. »

Kemal regardait le bout de ses souliers.

« J'ai cru comprendre qu'il y avait un problème ? poursuivit Dana.

— Oui, à n'en pas douter, mademoiselle Evans. »

Elle tendit à Dana une feuille de papier.

Dana considéra la feuille fixement, l'air perplexe. Elle portait ces mots inscrits : *Vodja, pizda, zbosti, fukati, nzakonski otrok, umreti, tepec*. Dana leva les yeux.

« Je... je ne comprends pas. C'est du serbe, n'est-ce pas ? »

Mme Kostoff répliqua sèchement.

« Manifestement oui. Malheureusement pour Kemal, il se

trouve que je suis serbe. Ce sont des mots que Kemal a employés à l'école. » Elle avait le visage écarlate. « Les camionneurs serbes ne s'expriment pas de la sorte, mademoiselle Evans, et je ne tolérerai pas que pareil langage sorte de la bouche de ce jeune garçon. Kemal m'a traitée de *pizda*. »

Dana tenta de répéter.

« De *pi*... ?

— Je comprends que Kemal soit nouveau venu dans notre pays, et j'ai essayé de lui trouver des excuses, mais son... son comportement est répréhensible. Il provoque constamment des bagarres, et quand je l'ai réprimandé ce matin, il... il m'a insultée. C'en était trop. »

Dana tâcha de répondre avec tact.

« Vous savez, j'en suis certaine, à quel point c'est dur pour lui, madame Kostoff, et...

— Comme je viens de vous l'indiquer, je lui accorde toutes les circonstances atténuantes, mais il pousse ma patience à bout.

— Je comprends. »

Dana se tourna vers Kemal. Il regardait toujours fixement par terre, l'air obstiné.

« J'espère que ce sera le dernier incident, reprit Mme Kostoff.

— Et moi aussi. »

Dana se leva.

« J'ai ici pour vous le bulletin scolaire de Kemal. »

Mme Kostoff ouvrit un tiroir, en sortit un bulletin, et le tendit à Dana.

« Merci », fit Dana.

Sur le chemin de la maison, Kemal garda le silence.

« Qu'est-ce que je vais faire de toi ? lui demanda Dana. Pourquoi te fourres-tu sans arrêt dans des bagarres, et pourquoi emploies-tu des mots pareils ?

— Je savais pas qu'elle connaissait le serbe. »

Quand ils furent arrivés à l'appartement de Diana, elle lui expliqua :

« Kemal, il va falloir que je retourne au studio. Tu vas t'en sortir, ici tout seul ?

— Parole. »

La première fois que Kemal lui avait répondu ça, Dana avait cru qu'il ne l'avait pas comprise, mais elle n'avait pas tardé à s'apercevoir que cela faisait partie de la langue cryptée parlée par les jeunes. « Parole » signifiait « oui ». « Casatt » désignait les membres du sexe opposé : *ca*non *s*exy *att*irante. Tout était super ou génial ou extra ou d'enfer. Si quelque chose leur déplaisait, ça craignait.

Dana sortit le bulletin scolaire que Mme Kostoff lui avait remis. Elle l'examina, et ses lèvres se pincèrent. Histoire, D. Anglais, D. Sciences, D. Sciences humaines, F. Maths, A.

Tout en parcourant ce bulletin, Dana se dit : *Oh Seigneur, qu'est-ce que je vais faire ?*

« On en reparlera plus tard, lâcha-t-elle. Je suis en retard. »

Pour Dana, Kemal demeurait une énigme. Tant qu'ils étaient ensemble, il se comportait à merveille. Il était affectueux, attentionné, attachant. Le week-end, rien que pour lui, Dana et Jeff transformaient Washington en un terrain de jeu. Ils étaient allés au National Zoo, à la découverte de toute cette galerie spectaculaire d'animaux sauvages, observer le panda géant. Ils avaient visité le National Air and Space Museum, où Kemal avait vu le premier aéroplane des frères Wright suspendu au plafond, et ensuite ils avaient pénétré dans le Skylab et touché du doigt les roches lunaires. Ils s'étaient rendus au Kennedy Center et à l'Arena Stage. Ils avaient acclimaté Kemal à la pizza chez Tom Tom, aux tacos chez Mextec, et au poulet grillé à la façon du Sud chez Georgia Brown. Kemal s'était régalé de tous ces moments. Il adorait être en compagnie de Dana et Jeff.

Mais... dès que Dana devait s'absenter pour aller travailler, Kemal se transformait en quelqu'un d'autre. Il devenait hostile, provocateur. Dana n'arrivait pas à garder une seule femme de ménage, et les baby-sitters lui racontaient des histoires effrayantes sur leurs soirées avec Kemal.

Jeff et Dana avaient tenté de le raisonner, mais cela n'avait eu aucun effet. *Peut-être a-t-il besoin du soutien d'un professionnel*, s'était dit Dana. Elle était loin de soupçonner la teneur des peurs terribles qui assaillaient Kemal.

C'était l'heure du journal du soir de WTN. Richard Melton, le coprésentateur de Dana, belle allure, ainsi que Jeff Connors, étaient assis à côté d'elle.

Dana annonçait : « ... et, au chapitre des nouvelles de l'étranger, la France et l'Angleterre croisent à nouveau le fer à cause de la maladie de la vache folle. René Linaud est allé enquêter à Reims. »

Dans la cabine de régie, la réalisatrice, Anastasia Mann, ordonna : « Passez sur le direct de France. »

Une scène de la campagne française apparut sur les écrans de contrôle.

La porte du studio s'ouvrit sur un groupe d'hommes qui s'approcha du pupitre des présentateurs.

Tout le monde leva les yeux. Tom Hawkins, le jeune et ambitieux producteur du journal du soir, fit les présentations :

« Dana, vous connaissez Gary Winthrop.

— Bien entendu. »

Gary Winthrop était encore plus séduisant qu'en photo. Il avait la quarantaine, des yeux bleus lumineux, un sourire chaleureux, et un charme immense.

« Nous nous retrouvons, Dana. Merci de votre invitation.

— C'est moi qui suis ravie que vous l'ayez acceptée. »

Dana regarda autour d'elle. Une demi-douzaine de secrétaires s'étaient subitement découvert des raisons pressantes de se trouver dans ce studio. *Gary Winthrop doit avoir l'habitude*, se dit-elle, amusée.

« Votre intervention aura lieu dans quelques minutes. Pourquoi ne pas vous asseoir ici à côté de moi ? Voici Richard Melton. » Les deux hommes se serrèrent la main. « Vous connaissez Jeff Connors n'est-ce pas ?

— Si je le connais ! Vous devriez être sur le terrain en

train de lancer la balle, Jeff, au lieu de commenter les matches.

— J'aimerais bien », fit Jeff tristement.

La correspondance en direct de France touchait à sa fin et on enchaîna sur un écran publicitaire. Gary Winthrop s'assit et suivit la fin du clip.

Depuis la cabine de régie, Anastasia prévint :

« Tenez-vous prêts. Nous lançons le reportage. » Elle entama un compte à rebours silencieux avec son index. « Trois... deux... un. »

Sur l'écran de contrôle apparut l'image du Georgetown Museum of Art. Un commentateur, micro en main, bravait le vent froid.

« Nous nous trouvons devant le Georgetown Museum of Art, où M. Gary Winthrop remet en grande cérémonie un don de cinquante-cinq millions de dollars. A présent, entrons. »

L'image sur l'écran se fondit, pour laisser place à l'intérieur spacieux du musée. Un aréopage de hauts fonctionnaires de la ville, de dignitaires et d'équipes de télévision était rassemblé autour de Gary Winthrop. Le conservateur du musée, Morgan Ormond, tendait à ce dernier une grande plaque commémorative.

« Monsieur Winthrop, au nom du musée, des nombreux visiteurs qui viennent ici, et de ses administrateurs, nous vous remercions de cette généreuse contribution. »

Les projecteurs des caméras illuminèrent la scène.

Gary Winthrop déclara :

« J'espère que ceci donnera aux jeunes peintres américains davantage de chances non seulement de s'exprimer, mais aussi de voir leur talent reconnu dans le monde entier. »

Des applaudissements s'élevèrent du groupe.

Le présentateur du reportage conclut :

« C'était Bill Toland, au Georgetown Museum of Art. A vous le studio. Dana ? »

La lampe rouge de la caméra s'alluma.

« Merci, Bill. Nous avons la chance d'avoir M. Gary Winthrop avec nous pour revenir sur le but de ce don très conséquent. »

La caméra recula en plan plus large, révélant ainsi la présence de Gary Winthrop dans le studio.

Dana reprit la parole :

« Cette donation de cinquante-cinq millions de dollars, monsieur Winthrop, le musée s'en servira-t-il pour acheter des peintures ?

— Non. Elle sera consacrée à l'aménagement d'une nouvelle aile réservée à de jeunes artistes américains qui, sans cela, pourraient se voir privés de l'occasion de montrer ce dont ils sont capables. Une partie de ce fonds sera affectée à des bourses pour les enfants doués des quartiers défavorisés. Trop de jeunes grandissent sans rien connaître de l'art. Ils ont peut-être entendu parler des impressionnistes français, mais je veux qu'ils prennent conscience de leur propre héritage, d'artistes américains comme Sargent, Homer et Remington. Cet argent servira à encourager de jeunes artistes à épanouir leur talent, et les jeunes gens en général à s'intéresser à l'art. »

Dana lui demanda :

« Le bruit court que vous projetez de vous présenter au Sénat, monsieur Winthrop. Qu'y a-t-il de vrai dans ces rumeurs ? »

Gary Winthrop sourit.

« Je prends la température.

— Le baromètre est engageant. Dans les sondages officieux dont nous avons pris connaissance, vous caracolez loin devant. »

Gary Winthrop hocha la tête.

« Ma famille s'est déjà forgé une longue réputation au service du gouvernement. Si je puis être de quelque utilité au pays, je ferai tout ce qu'on me priera de faire.

— Merci d'avoir répondu à notre invitation, monsieur Winthrop.

— C'est moi qui vous remercie. »

Durant la pause publicitaire, Gary Winthrop salua tout le monde et quitta le studio.

Jeff Connors, assis à côté de Dana, commenta :

« Nous avons besoin de types comme lui au Congrès.

— Amen.

— On pourrait peut-être le cloner. Au fait... comment se porte Kemal ? »

Dana tressaillit.

« Jeff... je t'en prie, n'évoque pas Kemal et le clonage dans la foulée. Je ne supporte pas.

— Le problème de ce matin, à l'école, ça s'est résolu ?

— Oui, mais c'était aujourd'hui. Demain est... » Anastasia Mann intervint :

« Nous reprenons. Trois... deux... un... »

La lumière rouge se ralluma. Dana regardait droit vers le téléprompteur.

« Et maintenant, les sports, avec Jeff Connors. »

Jeff fixa la caméra.

« Ce soir, Merlin le Magicien a fait défaut aux Washington Bullets. Juwan Howard a tâché de déployer toute sa magie, George Muresan et Rasheed Wallace l'ont aidé à faire prendre la mayonnaise, mais la mayonnaise a tourné, et ils ont dû la ravaler telle quelle... et leur fierté avec... »

A deux heures du matin, dans l'hôtel particulier de Gary Winthrop, situé dans le quartier nord-ouest de Washington, celui de l'élite, deux hommes étaient occupés à décrocher des tableaux des murs du salon. Le premier portait un masque de Lone Ranger, l'autre le masque de Captain Midnite. Ils s'affairaient sans se presser, découpant les peintures de leurs cadres pour fourrer leur butin dans de grands sacs en toile.

Lone Ranger demanda :

« A quelle heure repasse la patrouille ? »

Captain Midnite lui répondit :

« A quatre heures du matin.

— C'est sympa de leur part de respecter leurs horaires, non ?

— Ouais. »

Captain Midnite retira un tableau du mur et le laissa tomber bruyamment sur le parquet de chêne. Les deux hommes s'arrêtèrent net et écoutèrent. Silence.

Lone Ranger lâcha :

« Recommence. Et plus fort. »

Captain Midnite descendit une autre toile et la lança violemment sur le sol.

« Maintenant voyons ce qui se passe. »

Dans sa chambre au premier étage, Gary Winthrop fut réveillé par le bruit. Il se redressa dans son lit. Avait-il entendu un bruit, ou l'avait-il rêvé ? Il écouta encore un long moment. Silence. Dans l'incertitude, il se leva, sortit dans le couloir et alluma la lumière. Le couloir resta dans l'obscurité.

« Hé. Il y a quelqu'un en bas ? »

Pas de réponse. Au rez-de-chaussée, il longea le corridor jusqu'à ce qu'il atteigne la porte du salon. Il s'arrêta et fixa, interdit, les deux hommes masqués.

« Nom de Dieu qu'est-ce que vous fabriquez ici ? »

Lone Ranger se tourna vers lui et lui lança :

« Salut, Gary. Désolé de t'avoir réveillé. Retourne dormir. »

Un Beretta muni d'un silencieux surgit dans la main de Lone Ranger. L'homme pressa la détente à deux reprises, sans détacher les yeux de la poitrine de Gary Winthrop, qui explosa dans un geyser écarlate. Lone Ranger et Captain Midnite le regardèrent s'écrouler sur le plancher. Satisfaits, ils se remirent à la tâche et continuèrent de décrocher des tableaux.

DEUX

Dana Evans fut réveillée par la sonnerie insistante du téléphone. Elle fit un effort pour se redresser et, les yeux encore bouffis de sommeil, consulta le réveil de sa table de chevet.

« Allô ?

— Dana...

— Matt ?

— Tâchez de venir au studio aussi vite que vous pourrez.

— Qu'est-ce qui s'est passé ?

— Je vous raconterai quand vous serez là.

— J'arrive. »

Un quart d'heure plus tard, vêtue à la hâte, Dana frappait à la porte de l'appartement des Wharton, ses voisins de palier.

Dorothy Wharton ouvrit la porte en robe de chambre. Elle considéra Dana avec inquiétude.

« Dana, qu'est-ce qui ne va pas ?

— Je suis franchement désolée de vous imposer ça, Dorothy, mais j'ai reçu un appel urgent du studio. Cela vous ennuierait d'emmener Kemal à l'école ?

— Mais bien sûr que non. Je serais ravie.

— Merci beaucoup. Il faut qu'il y soit à huit heures moins le quart, et il aura besoin de prendre un petit déjeuner.

— Ne vous inquiétez pas. Je m'en charge. Filez.

— Merci », ajouta Dana.

Abbe Lasmann était déjà dans son bureau, l'air endormi.

« Il vous attend. »

Dana entra dans le bureau de Matt.

« J'ai une terrible nouvelle, fit-il. Gary Winthrop a été assassiné tôt ce matin. »

Dana se laissa tomber dans un fauteuil, abasourdie.

« Quoi ? Qui... ?

— Apparemment sa maison a été cambriolée. Quand il s'est trouvé face aux cambrioleurs, ils l'ont abattu.

— Oh non ! Cet homme était si merveilleux ! »

Dana se remémora la gentillesse et la chaleur de ce séduisant mécène, et elle se sentit prise de nausée.

Matt secoua la tête, encore sous le coup de l'incrédulité.

« Cela fait... mon Dieu... la cinquième tragédie. »

Cette réflexion déconcerta Dana.

« Que voulez-vous dire, la cinquième tragédie ? »

Surpris, Matt la dévisagea un instant, puis soudainement il comprit.

« Bien sûr... vous étiez à Sarajevo. J'imagine que là-bas, avec la guerre, ce qui est arrivé aux Winthrop l'an dernier ne méritait pas tant les gros titres. Vous connaissiez Taylor Winthrop, le père de Gary, bien sûr ?

— Il a été ambassadeur des États-Unis en Russie. Sa femme et lui sont morts dans un incendie l'an dernier.

— Exact. Deux mois plus tard, leur fils aîné, Paul, a été tué dans un accident de voiture. Et six semaines après, leur fille, Julie, est morte dans un accident de ski. » Matt marqua un temps de silence. « Et maintenant, ce matin, Gary, le dernier de la famille. »

Dana resta silencieuse, tétanisée.

« Dana, les Winthrop sont une légende. Si ce pays avait une famille royale, ce serait la leur. Ils ont inventé le charisme. Ils étaient célèbres dans le monde entier pour leur générosité de philanthropes et les services qu'ils ont rendus au gouvernement. Gary projetait de suivre les traces de son père et d'être candidat au Sénat, et il serait parti grand favori. Tout le monde l'adorait. Maintenant il a disparu. En moins d'un an, l'une des familles les plus éminentes de la planète a été totalement anéantie.

— Je... je ne sais pas quoi dire.

— Vous feriez bien d'y réfléchir, lui répliqua Matt avec vivacité. Dans vingt minutes, vous serez à l'antenne. »

La nouvelle de la mort de Gary Winthrop déclencha une onde de choc qui parcourut le monde. Les commentaires des chefs de gouvernement se multiplièrent sur les écrans de télévision de la planète.

« C'est une tragédie grecque... »

« Incroyable... »

« Un coup du sort plein d'ironie... »

« Le monde subit une terrible perte... »

« Les plus intelligents, les meilleurs, et ils ont tous disparu... »

Apparemment, tout le monde ne parlait plus que du meurtre de Gary Winthrop. Une vague de tristesse balaya le pays. Sa disparition remettait en mémoire les décès tragiques des autres membres du clan.

« C'est irréel, souffla Dana à Jeff. Toute cette famille devait être si fantastique.

— En effet. Et en plus Gary était un grand sportif, un vrai fan et un fameux supporter. » Jeff secoua la tête. « Il est difficile de croire que deux cambrioleurs à la manque aient pu supprimer un personnage aussi remarquable. »

En se rendant au studio en voiture le lendemain matin, Jeff annonça :

« Tiens, au fait, Rachel est en ville. »

Tiens, au fait ? C'est dit d'un ton tellement détaché. Bien trop détaché, songea Dana.

Jeff avait été marié avec Rachel Stevens, un mannequin vedette. Dana avait aperçu sa photo dans des pubs télé et en couverture de magazines. Sa beauté avait de quoi laisser incrédule. *Mais elle n'a probablement pas une cellule cérébrale en état de marche,* avait tranché Dana. *D'un autre côté, avec ce visage et corps-là, elle n'a pas besoin de cervelle.*

Dana avait discuté de Rachel avec Jeff.

« Qu'est-ce qui est arrivé à votre mariage ?

— Au début, c'était génial, lui avait-il expliqué. Rachel me soutenait vraiment. Elle avait beau détester le base-ball, elle venait tout le temps aux matches me voir jouer. Mis à part ça, nous avions beaucoup de choses en commun. »

Je veux bien le croire.

« C'est vraiment une femme merveilleuse, pas du tout enfant gâtée. Elle adorait cuisiner. Quand elle était sur des prises de vues, Rachel préparait la cuisine pour les autres mannequins. »

Jolie manière de se débarrasser de la concurrence. Elles tombaient sûrement comme des mouches.

« Comment ?

— Je n'ai rien dit.

— En tout cas, on a été mariés cinq ans.

— Et ensuite ?

— Rachel marchait très fort. Elle enchaînait contrat sur contrat, et son métier la conduisait un peu partout dans le monde. Italie... Angleterre... Jamaïque... Thaïlande... Japon... et j'en passe. Pendant ce temps-là, moi, je taquinais la balle d'un bout à l'autre du pays. On n'était pas très souvent ensemble. Petit à petit, la magie s'est évanouie. »

La question suivante paraissait logique, car Jeff adorait les enfants.

« Pourquoi n'avez-vous pas eu d'enfants ? »

Jeff eut un sourire narquois.

« Pour une silhouette de mannequin, ce n'est pas très bon. Ensuite, un jour, Roderick Marshall, le super-metteur en scène d'Hollywood, l'a sollicitée. Rachel est allée à Hollywood. » Jeff hésita. « Une semaine plus tard, elle m'a appelé pour m'annoncer qu'elle souhaitait divorcer. Elle avait le sentiment qu'on avait dérivé trop loin l'un de l'autre. J'ai dû en convenir. Je lui ai accordé le divorce. Peu de temps après, je me suis cassé le bras.

— Et tu es devenu commentateur sportif. Et Rachel ? Elle n'a pas tourné de films ? »

Jeff secoua la tête.

« Ça ne l'intéressait pas vraiment. Mais ça marche quand même bien pour elle.

— Et vous êtes restés amis ? »

Une question lourde de sens.

« Oui. En fait, quand elle m'a appelé, je lui ai parlé de nous. Elle a envie de te rencontrer. »

Dana se renfrogna.

« Jeff, je ne crois pas...

— Elle est vraiment très sympa, chérie. Déjeunons ensemble demain. Tu vas l'apprécier.

— J'en suis sûre », admit Dana.

Il perd son temps. Mais enfin, je n'ai pas souvent l'occasion de causer avec des écervelées.

L'écervelée se révéla encore bien plus belle que Dana ne l'avait redouté. Rachel Stevens était grande et mince, avec de longs cheveux blonds et soyeux, une peau bronzée sans le moindre défaut, et des traits étonnants. Dana la prit en grippe dès le premier coup d'œil.

« Dana Evans, voici Rachel Stevens. »

Dana se dit : *N'aurait-il pas été plus convenable de dire : « Rachel Stevens, voici Dana Evans ? »*

Rachel Stevens qui parlait :

« ... vos reportages de Sarajevo chaque fois que j'ai pu. C'était incroyable. On vous sentait tous le cœur battant et on partageait ça avec vous. »

Comment réagir à un compliment sincère ?

« Merci, fit Dana sans conviction.

— Où voulez-vous déjeuner ? » leur demanda Jeff.

Ce fut Rachel qui suggéra l'endroit.

« Il y a un merveilleux restaurant qui s'appelle les Détroits de Malaisie. C'est juste à deux pâtés de maisons de Dupont Circle. » Elle se tourna vers Dana et lui demanda : « Vous aimez la cuisine thaïe ? »

Comme si ça ne lui était pas égal.

« Oui. »

Jeff sourit.

« Parfait. Essayons, alors. »

Rachel ajouta :

« Ce n'est qu'à quelques rues d'ici. On y va à pied ? »

Par ce temps glacial ?

« Bien sûr », acquiesça Dana, courageusement. *Elle doit se promener nue dans la neige.*

Ils se dirigèrent vers Dupont Circle. A chaque seconde qui passait, Dana se sentait de plus en plus moche. Elle regrettait amèrement d'avoir accepté l'invitation.

Le restaurant était plein à craquer, et une dizaine de personnes au bar attendaient des tables. Le maître d'hôtel se présenta, visiblement débordé.

« Une table pour trois, demanda Jeff.

— Avez-vous réservé ?

— Non, mais nous...

— Je suis désolé, mais... » Il reconnut Jeff. « Monsieur Connors, c'est un plaisir de vous avoir. » Il regarda Dana. « Mademoiselle Evans, c'est un honneur. » Il compléta avec une petite moue. « J'ai bien peur qu'il n'y ait un peu d'attente. » Son regard vint se poser sur Rachel, et son visage s'illumina. « Rachel Stevens ! J'ai lu que vous alliez faire un défilé en Chine.

— J'y suis allée, Somchaï. Je suis rentrée.

— Merveilleux. » Il se tourna vers Dana et Jeff. « Bien sûr que nous avons une table pour vous. »

Il les conduisit à une table au milieu de la salle.

Je la déteste, se répéta Dana. *Vraiment, je la hais.*

Quand ils eurent pris place, Jeff dit :

« Tu m'as l'air en pleine forme, Rachel. Je ne sais pas ce que tu fais, mais ça te réussit. »

Ce n'est pourtant pas compliqué de deviner.

« J'ai pas mal voyagé. Je crois que je vais lever le pied un moment. » Elle regarda Jeff droit dans les yeux. « Tu te souviens de cette soirée où toi et moi nous... »

Dana leva le nez de son menu.

« *Udang goreng*, qu'est-ce que c'est ? »

Rachel jeta un coup d'œil à Dana.

« Ce sont des crevettes au lait de coco. Ici, c'est très bon. » Elle se tourna de nouveau vers Jeff. « Cette soirée où toi et moi nous avons décidé de...

— Le *laksa*, qu'est-ce que c'est ? »

Rachel lui répondit patiemment.

« C'est une soupe épicée aux nouilles. » Elle se tourna encore une fois vers Jeff. « Tu m'as dit que tu voulais...

— Et le *poh pia* ? » Rachel regarda Dana et lui expliqua gentiment. « C'est du jicama sauté aux légumes.

— Ah oui, vraiment ? »

Elle décida de ne pas lui demander ce que c'était que le jicama.

Mais durant le repas, Dana fut surprise, bien malgré elle, de constater qu'elle aimait bien Rachel Stevens. Elle avait un caractère chaleureux, une personnalité charmante. A l'inverse de la plupart de ces beautés internationales, Rachel paraissait complètement naturelle, ne faisant pas le moindre cas de son physique, et elle était apparemment dénuée de tout narcissisme. Elle était intelligente et s'exprimait bien, et quand elle passa commande des plats au serveur en thaï, ce fut sans prendre aucun air supérieur. *Comment Jeff a-t-il pu la laisser filer, celle-là ?* s'interrogea Dana.

« Combien de temps allez-vous rester à Washington ? la questionna-t-elle.

— Il faut que je reparte demain.

— Et où vas-tu, cette fois ? » voulut savoir Jeff.

Rachel hésita.

« Hawaii. Mais je me sens très fatiguée, Jeff. J'ai même envisagé d'annuler.

— Mais tu n'annuleras pas », lui répliqua Jeff, d'un air entendu.

Rachel soupira.

« Non, je ne vais pas annuler.

— Quand rentrez-vous ? » s'enquit Dana.

Rachel la regarda un long moment avant de lui répondre d'une voix feutrée.

« Je ne pense pas que je reviendrai à Washington, Dana. J'espère que Jeff et vous serez très heureux. »

Ses paroles contenaient un message tacite.

*

Dehors, après déjeuner, Dana leur annonça :

« J'ai quelques courses à faire. Allez devant, vous deux. »

Rachel prit la main de Dana dans les siennes.

« Je suis très heureuse qu'on se soit rencontrées.

— Moi de même », reconnut Dana, et elle fut surprise de le penser vraiment.

Dana regarda Jeff et Rachel s'éloigner dans la rue.

Un sacré beau couple, songea-t-elle.

On était au début du mois de décembre, Washington se préparait à la période des fêtes. Les rues de la capitale étaient décorées d'illuminations de Noël et de couronnes de houx, et, à presque tous les coins de rue, se tenait un Père Noël de l'Armée du Salut qui faisait sonner sa clochette pour quelques pièces de monnaie. Les trottoirs étaient bondés de badauds qui se pressaient à leurs emplettes en bravant les vents glacés.

C'est le moment, songea Dana. *Il faut que je m'occupe de mes courses moi aussi*. Elle pensa aux personnes auxquelles elle se devait d'acheter un cadeau. Sa mère, Kemal, Matt, son patron, et, bien sûr, son merveilleux Jeff. Elle sauta dans un taxi et se dirigea vers Hecht, l'un des grands magasins les plus importants de Washington. L'endroit était noir de monde, une foule où chacun célébrait l'esprit de Noël en jouant du coude sans ménagement pour évincer son prochain.

Quand Dana eut terminé ses achats, elle rentra chez elle pour y déposer ses paquets. Elle habitait sur Calvert Street, dans un coin résidentiel et calme. Joliment meublé, l'appartement comprenait une chambre, un salon, une cuisine, une salle de bains et un bureau, où Kemal dormait.

Dana rangea les colis dans un placard, balaya du regard le petit appartement et songea, ravie : *Quand Jeff et moi allons nous marier, il va falloir que nous trouvions plus grand.* Elle se dirigeait vers la porte pour retourner au studio, lorsque le téléphone sonna. *La loi de l'emmerdement maximum.* Elle décrocha.

« Allô.

— Dana, ma chérie. »

C'était sa mère.

« Bonjour, maman. J'allais justement m'en al...

— Mes amis et moi nous avons regardé ton journal hier soir. Tu as été très bonne.

— Merci.

— Enfin, nous nous sommes quand même dit que tu aurais pu égayer un peu les nouvelles. »

Dana soupira.

« Égayer les nouvelles ?

— Oui. Tous les événements dont tu parles sont tellement déprimants. Tu ne peux pas trouver des sujets plus réjouissants ?

— Si, sûrement, je vais voir ce que je peux faire, maman.

— Ce serait gentil. Au fait, je suis un peu à court ce mois-ci. Je me demandais si tu ne pourrais pas me donner encore un petit coup de main ? »

Le père de Dana avait disparu depuis plusieurs années. Sa mère était partie s'installer à Las Vegas. Apparemment, elle était tout le temps « un peu à court ». La pension mensuelle que Dana servait à sa mère semblait ne jamais suffire.

« Est-ce que tu joues, maman ?

— Bien sûr que non, lui répliqua Mme Evans, indignée. Tu sais, Las Vegas est une ville extrêmement chère. Au fait, quand est-ce que tu viens faire un saut par ici ? J'aimerais bien rencontrer Kimbal. Tu devrais l'amener ici.

—Il s'appelle Kemal, mère. Pour l'instant, je ne peux pas. »

Il y eut une légère hésitation à l'autre bout du fil.

« Tu ne peux pas ? Mes amis ne cessent de me rappeler la chance que tu as d'avoir un métier où tu n'as qu'à travailler une ou deux heures par jour. »

Dana acquiesça :

« J'ai de la chance, oui, j'imagine. »

En qualité de présentatrice du journal, Dana arrivait au studio de télévision à neuf heures tous les matins et passait l'essentiel de sa journée en conférence téléphonique avec l'étranger, à recueillir les dernières nouvelles de Londres, de Paris, d'Italie, et de quantité d'autres endroits. Le reste de sa journée était consacré à des réunions, à collationner les informations, et à décider de ce qui serait traité à l'antenne et dans quel ordre. Elle présentait deux journaux du soir.

« C'est sympa que tu aies un métier aussi commode, ma chérie.

— Je te remercie, maman.

— Tu vas venir me voir bientôt, n'est-ce pas ?

— Oui, oui.

— Je suis impatiente de connaître ce petit chou. »

Cela fera du bien à Kemal aussi de la connaître, admit Dana. *Il aura une grand-mère. Et quand nous serons mariés, Jeff et moi, Kemal aura de nouveau une vraie famille.*

Lorsque Dana sortit dans le couloir sur son palier, Mme Wharton fit son apparition.

« Je voulais vous remercier de vous être occupée de Kemal l'autre matin, Dorothy. Vraiment, je suis très touchée.

— Cela m'a fait plaisir. »

Dorothy Wharton et son mari, Howard, s'étaient installés dans l'immeuble un an plus tôt. C'était un couple charmant, des Canadiens, tous les deux d'âge mûr. Howard Wharton était ingénieur, il restaurait des monuments.

Comme il l'avait expliqué à Dana au cours d'un dîner un soir : « Il n'y a pas de ville au monde plus propice à mon genre de métier que Washington. Où pourrais-je trouver des occasions similaires ? » Et il avait répondu lui-même à sa question : « Nulle part. »

« Howard et moi nous adorons Washington, lui avait confié Mme Wharton. Nous n'en partirons jamais. »

A son retour au studio, Dana trouva la dernière édition du *Washington Tribune* sur son bureau. La première page était occupée tout entière par les photographies de la famille Winthrop. Dana regarda ces clichés un long moment, et les pensées se bousculaient dans sa tête. *Disparus tous les cinq en moins d'un an. Incroyable.*

L'appel parvint à un poste téléphonique privé de la tour directoriale de Washington Tribune Enterprises.

« Je viens de recevoir les instructions.

— Bien. Ils s'impatientaient. Que voulez-vous qu'ils fassent des tableaux ?

— Brûlez-les.

— Tous ? Ils valent des millions de dollars.

— Tout s'est déroulé parfaitement. Nous ne pouvons pas nous permettre de laisser quoi que ce soit au hasard. Brûlez-les immédiatement. »

La secrétaire de Dana, Olivia Warkins, était à l'interphone.

« Il y a un appel pour vous sur la ligne trois. Il a déjà appelé deux fois.

— Qui est-ce, Olivia ?

— M. Henry. »

Thomas Henry était le directeur du collège Theodore Roosevelt.

Dana se passa la main sur le front pour dissiper la migraine qui menaçait. Elle décrocha.

« Bonjour, monsieur Henry.

— Bonjour, mademoiselle Evans. Je me demandais si vous ne pourriez pas passer me voir ?

— Certainement. Dans une heure ou deux, je vais...

— Je suggérerais que ce soit tout de suite, si possible.

— J'arrive. »

TROIS

L'école était pour Kemal une épreuve insoutenable. Il était plus petit que les autres gamins de sa classe – y compris les filles, et ce à sa grande honte. On l'avait surnommé « le nabot », « la crevette » et « la sardine ». Sur le plan de ses études, Kemal ne s'intéressait qu'aux maths et à l'informatique, où il obtenait invariablement les meilleures notes. En dehors des cours, il y avait le club d'échecs, et là, Kemal dominait tous ses adversaires. Dans le passé, il avait aimé le football américain, mais lorsqu'il avait essayé d'intégrer l'équipe de tête de l'école, l'entraîneur avait considéré la manche vide de Kemal et lui avait lâché : « Désolé, on ne peut pas te prendre. » Ce n'avait pas été dit méchamment, mais le coup s'était révélé dévastateur.

La bête noire de Kemal, c'était Ricky Underwood. A l'heure du déjeuner, certains élèves mangeaient dans le patio clos plutôt qu'à la cafétéria. Ricky Underwood attendait de vérifier que Kemal était bien là pour venir le rejoindre.

« Hé, l'orphelin, quand est-ce que ta vilaine maman te renvoie d'où tu viens ? »

Kemal l'ignorait.

« C'est à toi que je parle, erreur de la nature. Tu ne crois pas qu'elle va te garder, non ? Tout le monde sait pourquoi elle t'a ramené par ici, face de caramel. Parce qu'elle est une correspondante de guerre célèbre, et elle s'est fait bien voir en sauvant un infirme.

— *Fukat!* » lui avait hurlé Kemal. Il s'était levé et il avait sauté sur Ricky.

Ricky avait d'abord cueilli Kemal d'un coup de poing à l'estomac, avant de lui en écraser un autre en pleine figure. Kemal était tombé par terre, en se tordant de douleur.

Ricky Underwood lui avait lancé :

« Quand tu en voudras encore, tu me fais signe. Et tu ferais mieux de te grouiller, parce que d'après ce que j'ai entendu dire, t'en as plus pour longtemps par ici. »

Kemal avait vécu tenaillé par le doute. Il ne croyait pas un traître mot de ce que racontait Ricky Underwood et pourtant... Et si c'était vrai ? *Et si Dana me renvoyait ? Ricky a raison*, se disait Kemal. *Je suis une erreur de la nature. Pourquoi quelqu'un d'aussi merveilleux que Dana voudrait de moi ?*

Quand ses parents et sa sœur avaient été tués, à Sarajevo, Kemal avait cru que sa vie s'arrêtait. On l'avait envoyé dans une institution pour orphelins de la région parisienne, et là, ç'avait été un cauchemar.

A deux heures tous les vendredis après-midi, les garçons et les filles de l'orphelinat se mettaient en rang tandis que leurs éventuels parents adoptifs venaient les examiner et en choisir un pour le ramener chez eux. A l'approche de chaque vendredi, l'excitation et la tension parmi les enfants atteignaient un seuil quasi insupportable. Ils se lavaient, se mettaient sur leur trente et un, et pendant que les adultes passaient le rang en revue, chaque enfant priait intérieurement pour être retenu.

Invariablement, quand des parents potentiels voyaient Kemal, ils chuchotaient : « Regarde, il n'a qu'un bras », et ils s'éloignaient.

Chaque vendredi, c'était pareil, mais Kemal attendait encore, plein d'espoir, pendant que les adultes examinaient la rangée des candidats. Mais chaque fois ils choisissaient d'autres enfants. Debout, ignoré, Kemal se sentait humilié. *Ce sera toujours quelqu'un d'autre*, se répétait-il, désespéré. *Personne ne veut de moi.*

Kemal avait désespérément envie de faire partie d'une famille. Pour provoquer la chose, il essayait tout ce qui lui passait par la tête. Un vendredi, il avait adressé un sourire radieux aux adultes pour leur montrer quel garçon affectueux il était. La semaine suivante, il avait fait semblant d'être très occupé, pour leur signifier qu'être choisi ou non lui était un peu égal, et quelle chance ils auraient de l'avoir avec eux. D'autres fois, il les regardait d'un air engageant, les priant silencieusement de l'emmener chez eux. Mais semaine après semaine, c'était toujours quelqu'un d'autre qui était choisi et que l'on emmenait vers des maisons merveilleuses et des familles heureuses.

Miraculeusement, Dana avait transformé tout ça. C'était elle qui l'avait trouvé, quand il errait dans les rues de Sarajevo, sans domicile, sans abri. Après son évacuation vers l'orphelinat par avion de la Croix-Rouge, Kemal avait écrit une lettre à Dana. A son grand étonnement, elle avait téléphoné à l'établissement pour indiquer qu'elle souhaitait que Kemal vienne vivre avec elle en Amérique. Ce fut le moment le plus heureux de la vie de Kemal. C'était un rêve impossible qui se réalisait, et cela s'était révélé une joie plus grande encore qu'il ne l'avait jamais imaginé.

Sa vie avait totalement changé. Après coup, il savait gré à ceux qui ne l'avaient pas choisi de l'avoir ignoré. Il n'était plus seul au monde. Quelqu'un veillait sur lui. Il aimait Dana de tout son cœur, de toute son âme, mais au fond de lui-même, il subsistait toujours cette peur terrible que Ricky Underwood y avait instillée, qu'un jour Dana change d'avis et le renvoie à l'orphelinat, à la vie infernale à laquelle il avait échappé. Il faisait un rêve récurrent : il était de retour dans ce foyer pour orphelins, et c'était un vendredi. Une file d'adultes passait les enfants en revue, et Dana était là. Elle regardait Kemal et s'écriait : *Ce vilain petit garçon n'a qu'un bras*, et elle passait son chemin, pour choisir son voisin. Kemal se réveillait en larmes.

Il savait qu'elle le détestait quand il se bagarrait à l'école, et il faisait tout son possible pour l'éviter, mais il ne supportait pas que Ricky Underwood et ses copains insultent Dana. Dès que ces derniers l'avaient compris, les insultes sur la personne de la jeune journaliste s'étaient multipliées, ainsi que les bagarres.

Ricky saluait Kemal avec un « Hé, t'as fait ta valoche, la crevette ? Au journal de ce matin, ils disaient que ta pouffiasse de belle-mère allait te renvoyer en Yougoslavie.

— *Zbosti !* » hurlait Kemal.

Et la bagarre commençait. Kemal rentrait à la maison avec deux yeux au beurre noir et des bleus, mais quand Dana lui demandait ce qui s'était passé, il ne parvenait pas à lui confier la vérité, car il était terrorisé à l'idée qu'il lui suffise de la formuler pour que la prédiction de Ricky Underwood se réalise.

A présent, Kemal attendait dans le bureau du directeur l'arrivée de Dana, et il se répétait : *Cette fois-ci, quand elle va entendre ce que j'ai fait, elle va me renvoyer*. Il était assis là, misérable, le cœur battant la chamade.

Quand Dana pénétra dans le bureau de Thomas Henry, le directeur faisait les cent pas, l'air lugubre. Kemal était assis sur une chaise à l'autre bout de la pièce.

« Bonjour, mademoiselle Evans. Je vous en prie, asseyez-vous. »

Dana lança un coup d'œil à Kemal et prit un siège.

Thomas Henry se saisit d'un grand couteau de boucher posé sur son bureau.

« L'un des professeurs de Kemal lui a confisqué ceci. »

Dana pivota pour regarder Kemal d'un air furieux.

« Pourquoi ? lui demanda-t-elle, en colère. Pourquoi as-tu apporté ça à l'école ? »

Kemal rendit son regard à Dana et lui répliqua, l'air boudeur.

« J'avais pas de pistolet.

— Kemal ! » Dana se tourna vers le directeur. « Puis-je m'entretenir avec vous seule à seul, monsieur Henry ?

— Oui. »

Il adressa un regard à Kemal, la mâchoire serrée.

« Tu vas attendre dans le couloir. »

Kemal se leva, jeta un dernier regard au couteau, et sortit.

Dana prit la parole :

« Monsieur Henry, Kemal a douze ans. Il a vécu presque toutes ces années en s'endormant au bruit des bombes qui lui explosaient aux oreilles, ces mêmes bombes qui ont tué sa mère, son père et sa sœur. L'une de ces bombes l'a privé de son bras. Quand j'ai trouvé Kemal à Sarajevo, il vivait dans une boîte en carton, sur un terrain vague. Il y avait là des centaines d'autres garçons et filles sans abri, qui survivaient comme des animaux. »

Elle se souvenait, tâchant de garder une voix ferme.

« Les bombes ont cessé de pleuvoir, mais ces garçons et ces filles, là-bas, sont toujours sans abri et sans espoir. Les seuls moyens dont ils disposent pour se défendre contre leurs ennemis, ce sont un couteau, un caillou ou un pistolet, s'ils ont la chance de mettre la main dessus. » Dana ferma les yeux un instant et respira profondément. « Ces enfants sont mutilés à vie. Kemal est mutilé, mais c'est un garçon bien élevé. Il a simplement besoin de comprendre qu'il est ici en sécurité. Que personne, parmi nous, n'est son ennemi. Je vous promets qu'il ne recommencera pas. »

Il y eut un long silence. Thomas Henry prit à son tour la parole, pour dire ceci :

« Si jamais j'avais besoin d'un avocat, mademoiselle Evans, je vous confierais volontiers ma défense. »

Il parvint à arracher à Dana un sourire de soulagement.

« Je vous le promets. »

Thomas Henry soupira.

« Très bien. Parlez avec Kemal. S'il recommence quoi que ce soit de ce genre, je crains d'avoir à...

— Je vais lui parler. Merci, monsieur Henry. » Kemal attendait dans le couloir. « On rentre à la maison, fit Dana sèchement.

— Ils ont gardé mon couteau ? »

Elle ne prit pas la peine de répondre.

Durant le trajet, Kemal s'excusa :

« Je suis désolé de t'avoir causé des embêtements, Dana.

— Oh, ça va. Ils ont décidé de ne pas te virer de l'école. Écoute, Kemal...

— D'accord. Plus de couteaux. » Une fois de retour à l'appartement, Dana le prévint :

« Je dois regagner le studio. La baby-sitter sera là d'une minute à l'autre. Ce soir, toi et moi, nous allons avoir une longue conversation. »

Après la fin du journal du soir, Jeff se tourna vers Dana.

« Tu as l'air soucieuse, mon cœur.

— Je le suis. C'est Kemal. Je ne sais pas quoi faire avec lui, Jeff. Aujourd'hui j'ai encore dû aller voir le directeur, et deux femmes de ménage supplémentaires m'ont lâchée à cause de lui.

— C'est un gamin formidable, plaida Jeff. Il a besoin d'un petit temps d'échauffement.

— Peut-être. Jeff ?

— Oui ?

— J'espère ne pas avoir commis une monstrueuse erreur en l'amenant ici. »

Quand Dana fut de retour à l'appartement, Kemal l'attendait.

Dana lui dit :

« Assieds-toi. Il faut que nous parlions. Tu dois commencer à respecter certaines règles, et ces bagarres à l'école doivent cesser. Je sais que les autres garçons te rendent la vie difficile, mais tu dois leur manifester un peu de compréhension. Si tu continues de te coller dans ces bagarres, M. Henry va te renvoyer de l'école.

— Je m'en fiche.

— Tu n'as pas à t'en fiche. Je veux que tu aies un avenir formidable, et ça ne sera pas possible sans éducation. M. Henry t'accorde un sursis, mais...

— Qu'il aille se faire foutre.

— Kemal ! »

Sans réfléchir, Dana le gifla. Instantanément, elle le regretta. Kemal la dévisagea avec une expression d'incrédulité, se leva et fila dans le bureau en claquant la porte derrière lui.

Le téléphone sonna. Dana décrocha. C'était Jeff.

« Dana...

— Chéri, je... je ne peux pas te parler pour le moment. Je suis trop bouleversée.

— Que s'est-il passé ?

— C'est Kemal. Il est impossible.

— Dana...

— Oui ?

— Essaie de te mettre à sa place.

— Pardon ?

— Réfléchis. Désolé, je suis charrette. Je t'aime, et on se parle plus tard. »

Me mettre à sa place ? Ça n'a pas de sens, se dit Dana. *Quel moyen ai-je de savoir ce que ressent Kemal ? Je ne suis pas un orphelin de guerre manchot de douze ans qui a traversé ce qu'il a traversé.* Dana resta assise là un long moment, à réfléchir. *Me mettre à sa place*. Elle se leva, se rendit dans sa chambre, ferma la porte et ouvrit celle du placard. Avant l'arrivée de Kemal, Jeff passait chaque semaine plusieurs nuits chez elle, et il avait laissé là quelques vêtements. Dans la penderie il y avait des pantalons, des chemises et des cravates, un sweater et une veste sport.

Dana sortit quelques-uns de ces vêtements et les plaça sur le lit. Elle alla sortir du tiroir d'une commode une paire de chaussettes et deux caleçons de Jeff. Puis elle se dévêtit complètement. Elle attrapa un caleçon avec sa main gauche et tenta de l'enfiler. Elle perdit l'équilibre et tomba. Il lui fallut encore deux autres tentatives avant d'arriver à rentrer dedans. Ensuite, elle prit une des chemises de Jeff. En n'utilisant que sa main gauche, l'enfiler et la boutonner lui réclamèrent trois minutes éprouvantes. Pour passer le pantalon, elle dut s'asseoir sur le lit et la fermeture éclair n'était pas facile à remonter. Il lui fallut encore deux minutes pour passer le sweater de Jeff.

Quand elle eut fini de s'habiller, elle s'assit pour reprendre son souffle. C'est ce que Kemal devait endurer tous les matins. Et ce n'était que le commencement. Il lui restait à faire sa toilette, à se brosser les dents, et se coiffer. Et ça, ce n'était que le présent. Que dire du passé ? Vivre l'horreur de la guerre, voir sa mère, son père, sa sœur et ses amis assassinés.

Jeff a raison, reconnut-elle. *J'attends trop de lui, trop vite. Il a besoin d'un peu de temps pour s'adapter. Jamais je ne pourrais renoncer à lui. Mon père nous a abandonnés, ma mère et moi, et je ne le lui ai jamais réellement pardonné. Il manque un treizième commandement : Tu n'abandonneras pas ceux qui t'aiment.*

Lentement, en enfilant ses propres vêtements, Dana songea aux paroles des chansons que Kemal écoutait sans arrêt. Les CD de Britney Spears, des Backstreet Boys, de Limp Bizkit. « Don't want to lose you », « I need you tonight », « As long as you love me », « I just want to be with you », « I need love ».

Toutes ces paroles évoquaient la solitude et le manque.

Dana attrapa le bulletin scolaire de Kemal. Il était vrai qu'il n'arrivait à rien dans la plupart des matières, mais il avait un A en maths. *C'est ce A qui est important*, estima Dana. *C'est là qu'il excelle. C'est là qu'il possède un avenir. Nous allons travailler sur ses autres notes.*

Quand Dana rouvrit la porte du bureau, Kemal était au lit, les yeux clos, paupières serrées, et son visage pâle était baigné de larmes. Dana le regarda un instant, puis elle se pencha sur lui et l'embrassa sur la joue.

« Je suis vraiment désolée, Kemal, lui chuchota-t-elle. Pardonne-moi. »

Ça ira mieux demain.

*

Tôt le lendemain matin, Dana emmena Kemal consulter un éminent chirurgien orthopédique, le docteur William Wilcox. Après l'examen, le docteur Wilcox s'entretint avec elle en tête-à-tête.

« Mademoiselle Evans, lui adapter une prothèse coûtera vingt mille dollars et là, nous sommes confrontés à un problème. Kemal n'a que douze ans. Jusqu'à ses dix-sept ou dix-huit ans, son corps va continuer de grandir. Au bout de quelques mois, la prothèse deviendrait trop petite. Je crains que financièrement, ce ne soit pas raisonnable. »

Dana sentit monter en elle une bouffée d'angoisse.

« Je vois. Merci, docteur. »

Une fois dehors, elle en parla à Kemal.

« Ne t'en fais pas, mon chou. Nous trouverons un moyen. »

Dana déposa Kemal à l'école et prit le chemin du studio. A quelques croisements de là, son téléphone portable se mit à sonner. Elle décrocha.

« Allô.

— C'est Matt. Il y a une conférence de presse sur le meurtre Winthrop au siège de la police, à midi. Je veux que vous couvriez. J'envoie une équipe caméra. La police broie vraiment du noir. L'histoire n'arrête pas de grossir de minute en minute, et les flics n'ont pas l'ombre d'un indice.

— J'y serai, Matt. »

Dan Burnett, le directeur général de la police, était au téléphone dans son bureau quand sa secrétaire lui annonça :

« Le maire sur la deux. »

Burnett lâcha d'un ton cassant :

« Dites-lui que je suis avec le gouverneur sur la une. »

Il reprit sa conversation.

« Oui, gouverneur... Je sais... Oui, monsieur. Je crois... je suis sûr que nous sommes en mesure... Dès que nous... Très bien. Au revoir, monsieur. »

Il raccrocha brutalement.

« L'attaché de presse de la Maison-Blanche sur la quatre. »

Toute la matinée fut à l'avenant.

A midi, la salle de conférence du Municipal Center, au

300 Indiana Avenue, dans le centre de Washington, était envahie par les correspondants des médias. Le directeur général de la police fit son entrée et s'avança vers l'estrade.

« Un peu de silence, je vous prie. » Il attendit que le brouhaha cesse. « Avant de répondre à vos questions, je voudrais faire une déclaration. L'assassinat de Gary Winthrop, un meurtre d'une extrême violence, constitue une grande perte non seulement pour notre société, mais pour le monde, et notre enquête ne s'achèvera que lorsque nous aurons appréhendé les responsables de ce crime terrifiant. Vos questions, à présent. »

Un journaliste se leva.

« Monsieur Burnett, la police a-t-elle des pistes ?

— Vers trois heures du matin, un témoin a entrevu deux hommes qui chargeaient une camionnette blanche dans l'allée de la maison de Gary Winthrop. Leurs agissements lui ont paru louches et il a relevé l'immatriculation du véhicule. Les plaques provenaient d'un camion volé.

— La police sait-elle ce qui a été dérobé dans la maison ?

— Une dizaine de tableaux de grande valeur ont disparu.

— A-t-on volé autre chose en dehors de ces peintures ?

— Non.

— De l'argent ? Des bijoux ?

— L'argent et les bijoux qui se trouvaient dans la maison sont restés intacts. Les voleurs n'en avaient qu'aux tableaux.

— Monsieur le directeur, la maison n'était-elle pas équipée d'un système d'alarme, et si oui, était-il activé ?

— Selon le majordome, la nuit, ce système était toujours branché. Les cambrioleurs ont trouvé un moyen de le court-circuiter. Nous ne savons pas encore avec certitude comment ils s'y sont pris.

— Comment les cambrioleurs ont-ils eu accès à la maison ? »

Le directeur général Burnett hésita.

« C'est une question intéressante. Il n'y avait pas trace d'effraction. Nous n'avons pas encore la réponse.

— Pourrait-il s'agir d'un coup monté par quelqu'un de l'intérieur ?

— Nous ne le croyons pas. Le personnel de Gary Winthrop était à son service depuis des années.

— Gary Winthrop se trouvait-il seul dans la maison ?

— Autant que nous sachions, oui. Le personnel avait quitté son service. »

Dana posa une question.

« Possédez-vous la liste des tableaux volés ?

— Oui, nous l'avons. Ce sont des toiles très connues. Cette liste a été diffusée auprès des musées, des marchands d'art, des collectionneurs. A la minute où l'une de ces toiles refera surface, l'affaire sera résolue. »

Dana se rassit, déconcertée. *Les tueurs devaient bien le savoir, donc ils n'oseraient pas courir le risque de revendre ces œuvres. Alors, à quoi bon les voler ? Et commettre un meurtre ? Et pourquoi n'ont-ils pas emporté l'argent et les bijoux ? Quelque chose ne cadre pas.*

Les funérailles de Gary Winthrop se tinrent à la National Cathedral, la sixième du monde par la taille. Wisconsin et Massachusetts Avenues avaient été fermées à la circulation. Les hommes des services secrets et de la police de Washington s'étaient déployés en force. A l'intérieur, il y avait là, attendant le début de la cérémonie funéraire, le vice-président des Etats-Unis, une dizaine de sénateurs et de membres du Congrès, un juge de la Cour suprême, deux membres du gouvernement et une armée de dignitaires du monde entier. Les hélicoptères de la presse et de la police tournaient dans le ciel, leurs pales fouettant l'air. Dehors dans la rue, des centaines de badauds s'étaient regroupés là, soit pour rendre les derniers devoirs au disparu, soit pour apercevoir les célébrités massées à l'intérieur. Les gens ne rendaient pas seulement hommage à Gary, mais à toute la dynastie des Winthrop, frappée par le destin.

Dana couvrait les funérailles avec deux équipes de cameramen. A l'intérieur de la cathédrale, on invitait la foule à se recueillir.

« Les voies du Seigneur sont impénétrables, déclama le

révérend. Les Winthrop ont mené des vies de bâtisseurs d'espoir. Ils ont fait don de millions de dollars à des écoles et des églises, à des sans-abri et à des affamés. Mais, tout aussi important, ils ont fait don de leur temps et de leurs talents, sans nul égoïsme. Gary Winthrop a repris la grande tradition familiale. Pourquoi cette famille, forte de toutes ses réussites et de toute sa générosité, nous a-t-elle été enlevée avec tant de cruauté, voilà qui dépasse notre entendement. En un sens, ils n'ont pas tout à fait disparu, car leur héritage leur survivra éternellement. Nous resterons toujours fiers de tout ce qu'ils ont accompli pour nous... »

Dieu ne devrait pas laisser mourir des êtres pareils de manière aussi horrible, songea tristement Dana.

La mère de Dana lui téléphona :

« Mes amis et moi, nous avons regardé ton reportage sur les funérailles, Dana. A un certain moment, quand tu as parlé de la famille Winthrop, j'ai cru que tu allais pleurer.

— Moi aussi, maman. Moi aussi. »

Cette nuit-là, elle eut du mal à trouver le sommeil.

Quand elle s'endormit enfin, ses rêves furent un kaléidoscope d'incendies, d'accidents de voitures et de coups de feu. Au milieu de la nuit, elle se réveilla en sursaut et se redressa dans son lit. *Cinq membres de la même famille tués en moins d'un an ? Qu'est-ce que ça pouvait bien cacher ?*

QUATRE

« Qu'êtes-vous en train de m'expliquer, Dana ?
— Matt, j'essaie de vous faire comprendre que cinq morts violentes dans une famille en moins d'un an, c'est trop pour demeurer une coïncidence.

— Dana, si je ne vous connaissais pas mieux, j'appellerais un psychiatre et je lui dirais que Chicken Little est dans mon bureau en train de me raconter que le ciel va lui tomber sur la tête. Vous pensez que nous avons affaire à un complot ou quoi ? Qui serait derrière ? Fidel Castro ? La CIA ? Oliver Stone ? Au nom du ciel, vous savez bien que chaque fois qu'un éminent personnage se tue ou se fait tuer, il en circule par centaines, de ces théories du complot, non ? La semaine dernière, un type est venu me soutenir ici même qu'il était en mesure de prouver que Lyndon Johnson avait tué Abraham Lincoln. Washington croule sans arrêt sous ces élucubrations.

— Matt, nous sommes bientôt prêts à lancer *Crimes en direct*. Vous voulez commencer en frappant un grand coup ? Eh bien, si j'ai raison, ça pourrait être cette affaire. »

Matt Baker resta assis un moment, à l'étudier.

« Vous perdez votre temps.

— Merci, Matt. »

*

La « morgue » du *Washington Tribune*, située dans le sous-sol du bâtiment, abritait des milliers de cassettes vidéo de journaux télévisés, soigneusement archivés.

Laura Lee Hill, une brune séduisante, la quarantaine, était assise à son bureau, en train de répertorier des cassettes. A l'entrée de Dana, elle leva les yeux.

« Salut, Dana. J'ai vu ton reportage sur les obsèques. J'estime que tu as fait du bon boulot.

— Merci.

— Quelle épouvantable tragédie, non ?

— Épouvantable, acquiesça la présentatrice.

— Tout est tellement imprévisible, constata Laura Lee Hill d'un air sombre. Enfin... que puis-je faire pour toi ?

— Je voudrais visionner certaines cassettes sur la famille Winthrop.

— Quelque chose en particulier ?

— Non. Je souhaite simplement me faire une idée sur cette famille, voir à quoi ils ressemblaient.

— Je peux te dire à quoi ils ressemblaient. C'étaient des saints.

— C'est ce que j'entends sans arrêt. »

Laura Lee Hill se leva.

« J'espère que tu as du temps, mon chou. Nous avons des tonnes d'enregistrements sur eux.

— Bon. Je ne suis pas pressée. »

Laura Lee la conduisit vers un bureau équipé d'un écran de télévision.

« Je reviens tout de suite », promit-elle. Cinq minutes plus tard, elle était de retour les bras chargés de cassettes. « Tu peux commencer par celles-ci, lui conseilla-t-elle. Le reste suivra. »

Dana considéra l'énorme pile de vidéocassettes et songea : *Je suis peut-être Chicken Little. Mais si j'ai raison...*

Elle chargea une cassette, et l'image d'un homme incroyablement séduisant illumina l'écran. Il avait des traits affirmés, très dessinés, une épaisse chevelure noire, des yeux bleu clair et un menton vigoureux. A ses côtés se tenait un jeune garçon. Un commentateur expliquait : « Taylor Winthrop vient d'inaugurer un nouveau camp de nature qui vient s'ajouter à la liste de tous ceux qu'il a déjà ouverts pour les enfants défavorisés. Son fils Paul est ici avec lui, prêt à prendre part à l'événement. C'est le dixième camp de cette série que crée là Taylor Winthrop. Il en prévoit encore au moins dix de plus. »

Dana enfonça une touche et la scène se transforma. Un Taylor Winthrop plus âgé, avec des mèches argentées, serrait la main d'un groupe de dignitaires. « ... vient de confirmer sa nomination en qualité de conseiller auprès de l'OTAN. D'ici quelques semaines, Taylor Winthrop ralliera Bruxelles pour... »

Dana changea de cassette. La scène se déroulait sur la pelouse devant la Maison-Blanche. Taylor Winthrop se tenait debout à côté du président, qui déclarait : « ... et je l'ai nommé à la direction de la FRA, la Federal Research Agency. Cette agence se consacre à l'aide aux pays en voie de développement du monde entier, et je ne vois pas qui aurait pu être mieux qualifié que Taylor Winthrop pour diriger cette organisation... »

L'écran afficha la scène suivante, l'aéroport Léonard-de-Vinci, à Rome, où Taylor Winthrop débarquait d'un appareil. « Plusieurs chefs d'Etat sont venus ici accueillir Taylor Winthrop à son arrivée pour ces négociations commerciales entre l'Italie et les Etats-Unis. Le fait que M. Winthrop ait été choisi par le président pour prendre en main ces discussions suffit à démontrer leur importance... »

Cet homme a tout fait, constata Dana.

Elle changea encore de cassette. Taylor Winthrop à l'Élysée, à Paris, serrant la main du président français. « Un accord commercial décisif avec la France vient d'être conclu par Taylor Winthrop... »

Encore un autre enregistrement. L'épouse de Taylor Winthrop, Madeline, devant un groupe de jeunes garçons et filles. « Aujourd'hui, Madeline Winthrop a inauguré un nouveau centre pour les enfants maltraités, et... »

Il y avait une cassette où les enfants Winthrop jouaient dans leur ferme aménagée de Manchester, dans le Vermont.

Dana chargea la vidéo suivante. Taylor Winthrop à la Maison-Blanche. A l'arrière-plan, on apercevait sa femme, ses deux fils si séduisants, Gary et Paul, et sa fille, superbe, Julie. Le président remettait à Taylor Winthrop la Médaille de la Liberté. « ... et pour son dévouement désintéressé à son pays, pour toutes les formidables entreprises qu'il a menées à bien, je suis heureux de remettre à Taylor Winthrop la plus haute distinction civile qui soit... la Médaille de la Liberté... »

Il y avait une cassette où l'on voyait Julie skier...

Gary apportant son mécénat financier à de jeunes artistes...

Le Bureau ovale, une fois encore. La presse s'était déplacée en force. Un Taylor Winthrop aux cheveux gris et son épouse se tenaient debout à côté du président. « Je viens de nommer Taylor Winthrop ambassadeur en Russie. Je sais que vous n'ignorez rien des services innombrables que M. Taylor Winthrop a rendus à notre pays, et je me félicite qu'il ait accepté ce poste au lieu de perdre son temps à jouer au golf. »

Éclats de rire des journalistes.

Taylor Winthrop eut ce mot :

« Vous ne m'avez encore jamais vu jouer, monsieur le président. »

Nouvel éclat de rires...

Et là-dessus s'ouvrait une série de désastres.

Dana inséra une nouvelle cassette. La scène se situait devant une maison calcinée d'Aspen, dans le Colorado. Une présentatrice désignait la maison dont il ne restait plus que les quatre murs. « Le chef de la police d'Aspen a confirmé que l'ambassadeur Winthrop et sa femme Madeline ont tous deux péri dans ce terrible incendie. La caserne des pompiers a été alertée aux premières heures de la matinée et les secours sont arrivés en une quinzaine de minutes, mais il était trop tard pour les sauver. Selon le capitaine des pompiers Nagel, le feu a été déclenché par un problème électrique. L'ambassadeur et Mme Winthrop étaient connus dans le monde entier pour leur philanthropie et leur dévouement au service du gouvernement. »

Dana visionna la cassette suivante. On y découvrait la route de la Corniche, sur la Côte d'Azur. Un journaliste expliquait : « Voici le virage où la voiture de Paul Winthrop a quitté la route pour dévaler le flanc à pic de la montagne. Selon l'enquête de l'Institut médico-légal français, il a été tué sur le coup. Il n'y avait pas de passagers. La police enquête sur les causes de l'accident. Terrible ironie du sort, voici seulement deux mois, la mère et le père de Paul Winthrop trouvaient la mort lors de l'incendie de leur maison d'Aspen, dans le Colorado. »

Elle saisit une autre vidéo. Une piste de ski à Juneau, en Alaska. Un reporter engoncé dans une épaisse combinaison : « ... et voici les lieux du tragique accident de ski survenu hier soir. Les autorités ignorent au juste pourquoi une championne comme Julie Winthrop skiait seule la nuit sur cette piste, qui était fermée, mais elles mènent l'enquête. En septembre, voici seulement six semaines, le frère de Julie, Paul, se tuait dans un accident de voiture en France, et en juillet de cette année, ses parents, l'ambassadeur Taylor Winthrop et son épouse, périssaient dans un incendie. Le président a fait part de son émotion. »

Cassette suivante. La demeure de Gary Winthrop dans le quartier ouest de Washington, des journalistes locaux grouillaient devant l'hôtel particulier. Devant la maison, un correspondant exposait les faits : « Nouveau drame dans la succession d'événements tragiques, invraisemblables, touchant la famille Winthrop, Gary Winthrop, le dernier survivant de ce clan si aimé des Américains, a été abattu par des cambrioleurs. Tôt ce matin un vigile a remarqué que le faisceau de l'alarme était coupé, il a pénétré dans la maison, et découvert le corps de M. Winthrop. Il avait été atteint de deux balles. Apparemment, les voleurs recherchaient des tableaux de grande valeur quand ils ont été surpris. Gary Winthrop était le cinquième et dernier membre de la famille à trouver une mort violente cette année. »

Dana éteignit la télévision et resta assis là un long moment. *Qui aurait pu désirer anéantir une famille aussi fantastique ? Qui ? Pourquoi ?*

Elle prit rendez-vous avec le sénateur Perry Leff, au Hart Senate Office Building. Leff avait tout juste la cinquantaine, et c'était un homme sincère et passionné.

Lorsqu'on introduisit Dana, il se leva.

« Qu'attendez-vous de moi, mademoiselle Evans ?

— Je crois savoir que vous avez travaillé étroitement avec Taylor Winthrop, sénateur ?

— Oui. Nous avions été nommés ensemble par le président au sein de plusieurs commissions.

— Je connais son image publique, sénateur Leff, mais quel individu était-ce ? »

Le sénateur Leff considéra Dana un moment.

« C'est bien volontiers que je vais vous répondre. Taylor Winthrop était l'un des hommes les plus admirables que j'aie jamais rencontrés. Le plus remarquable chez lui, c'était sa façon d'aborder les autres. Il prenait cela vraiment à cœur. Il mettait tout en œuvre pour rendre ce monde meilleur. Il me manquera jusqu'à la fin de mes jours, et ça me fait sacrément mal de penser à ce qui est arrivé à sa famille. »

Dana s'entretenait avec Nancy Patchin, l'une des secrétaires de Taylor Winthrop, une femme dans la soixantaine, au visage creusé, les yeux tristes.

« Vous avez travaillé longtemps pour M. Winthrop ?

— Quinze ans.

— Durant cette période, j'imagine que vous avez fini par bien le connaître.

— Oui, naturellement. »

Dana insista :

« Je tâche de me forger une image du genre d'homme qu'il était. Est-ce qu'il... »

Nancy Patchin l'interrompit.

« Je puis vous dire exactement quel genre d'homme

c'était, mademoiselle Evans. Quand il a découvert que mon fils souffrait de la maladie de Lou Gehrig, Taylor Winthrop l'a emmené consulter ses propres médecins et il a réglé toutes les factures de soins. Quand mon fils est mort, M. Winthrop a payé les dépenses funéraires et m'a envoyée en Europe pour m'aider à m'en remettre. » Ses yeux s'emplirent de larmes. « C'était l'homme le plus merveilleux que j'aie jamais connu, un gentleman. »

Dana demanda un entretien au général Victor Booster, le directeur de la FRA, la Federal Research Agency, que Taylor Winthrop avait dirigée. Booster avait d'abord refusé de la recevoir, mais quand il avait appris de quoi elle souhaitait lui parler, il s'était ravisé.

En milieu de matinée, elle se rendit en voiture à la Federal Research Agency, près de Fort Mead, dans le Maryland. Le siège de l'agence était situé sur un terrain étroitement gardé de quarante et un hectares. On n'apercevait pas trace de la forêt de paraboles pour satellites dissimulées derrière cette zone boisée très dense.

Dana roula jusqu'à une clôture grillagée de deux mètres cinquante de hauteur, surmontée de fils de fer barbelés. Elle déclina son identité et montra son permis de conduire à une sentinelle armée, qui lui autorisa l'accès. Une minute plus tard, elle approchait d'un portail électrifié clos, équipé d'une caméra de surveillance. Elle déclina de nouveau son identité et le portail s'ouvrit automatiquement. Elle suivit l'allée qui menait à l'énorme bâtiment administratif blanc.

Un homme en tenue civile l'accueillit devant l'édifice.

« Je vais vous conduire au bureau du général Booster, mademoiselle Evans. »

Ils empruntèrent un ascenseur privé jusqu'au cinquième étage et prirent un long couloir jusqu'à une enfilade de bureaux situés tout au bout.

Ils entrèrent ensuite dans un grand hall de réception aménagé en bureau, avec deux secrétaires. L'une des deux femmes indiqua :

« Le général vous attend, mademoiselle Evans. Entrez, je vous prie. »

Elle appuya sur un bouton et une porte conduisant au bureau s'ouvrit avec un déclic.

Dana se retrouva dans un bureau spacieux, aux plafonds et aux murs capitonnés, insonorisés. Elle fut accueillie par un homme grand, mince, séduisant, la quarantaine. Il lui tendit la main et se présenta d'un ton cordial :

« Je suis le major Jack Stone. Je suis l'aide de camp du général Booster. » Il désigna l'homme assis derrière le bureau. « Et voici le général Booster. »

Victor Booster était un Afro-Américain, au visage buriné, des yeux durs, couleur d'obsidienne. Son crane rasé luisait sous les plafonniers.

« Asseyez-vous », fit-il. Il avait la voix grave et rocailleuse.

Dana prit un siège.

« Je vous remercie d'avoir accepté de me recevoir, général.

— Vous m'avez dit qu'il s'agissait de Taylor Winthrop ?

— Oui. Je voulais...

— Préparez-vous un sujet sur lui, mademoiselle Evans ?

— Eh bien, je... »

La voix se durcit.

« Bordel, vous autres journalistes, vous ne pourriez pas laisser les morts en paix ? Vous n'êtes qu'un ramassis de coyotes, vous remuez la boue, vous êtes des nettoyeurs de cadavres. »

Elle resta immobile, sous le choc.

Jack Stone avait l'air embarrassé.

Dana garda son sang-froid.

« Général Booster, je vous assure que remuer la boue ne m'intéresse pas. Je connais la légende de Taylor Winthrop. J'essaie de me forger une image de l'homme. Je vous saurais gré de tout ce que vous pourriez me dire. »

Le général Booster se pencha en avant.

« J'ignore ce que vous cherchez, nom de Dieu, mais je

peux vous affirmer une chose. L'homme et la légende ne font qu'un. Quand Taylor Winthrop était à la tête de la FRA, j'ai travaillé sous ses ordres. Il a été le meilleur directeur que cette institution ait jamais eu. Ce qui lui est arrivé, à lui et à sa famille, c'est une tragédie qui me dépasse totalement. » Il avait le visage tendu. « Franchement, je n'apprécie guère la presse, mademoiselle Evans. Je pense que vous êtes devenus largement incontrôlables, vous et vos semblables. J'ai regardé vos reportages à Sarajevo. Vos directs à l'eau de rose n'ont rien arrangé, pour aucun de nous. »

Dana tâchait de réprimer sa colère.

« Je n'y étais pas pour vous aider, général. J'étais là-bas pour informer sur ce que subissaient les innocents...

— Passons. Pour votre information, Taylor Winthrop était un des plus grands hommes d'État que ce pays ait jamais comptés. » Ses yeux se plantèrent droit dans les siens. « Si vous avez l'intention de salir sa mémoire, vous allez vous créer beaucoup d'ennemis. Laissez-moi vous donner un conseil. N'allez pas au-devant des ennuis ou vous allez les trouver. Je vous le promets. Je vous aurai avertie, restez à l'écart. Au revoir, mademoiselle Evans. »

Elle le dévisagea un instant, puis elle se leva.

« Merci beaucoup, général. »

Elle sortit du bureau à grands pas.

Jack Stone se pressa à sa suite.

« Je vous raccompagne. »

Dans le couloir, Dana prit une profonde inspiration et s'écria, en colère :

« Il est toujours comme ça ? »

Jack Stone soupira.

« Je vous présente nos excuses pour son attitude. Il peut être un peu brusque. Les mots ont dépassé sa pensée. »

Elle riposta sèchement :

« Vraiment ? Moi, je n'ai pas eu cette impression.

— En tout cas, prenez-le pour ce que ça vaut, mais je suis désolé », insista Stone. Il allait tourner les talons.

Elle le retint en posant la main sur sa manche.

« Attendez. J'aimerais vous parler. Il est midi. Pourrions-nous déjeuner quelque part ? »

Jack Stone jeta un œil vers la porte du général.

« Très bien. A la Sholl Colonial Cafeteria dans une heure ?

— Parfait. Merci.

— Ne me remerciez pas trop tôt, mademoiselle Evans. »

Quand il entra dans la cafétéria à moitié déserte, Dana l'attendait. Jack Stone resta un instant sur le seuil, s'assurant que personne de sa connaissance ne se trouvait dans le restaurant, puis il la rejoignit à sa table.

« Si le général Booster savait que suis en train de vous parler, il aurait ma peau. C'est un type bien. Il occupe un poste dur, très sensible, et dans ce qu'il fait, il est très, très bon. » Il hésita. « Je crains malheureusement qu'il n'apprécie pas trop la presse.

— J'ai cru m'en apercevoir, releva Dana sèchement.

— Il faut que je mette quelque chose au clair avec vous, mademoiselle Evans. Cette conversation est complètement officieuse.

— Je comprends. »

Ils attrapèrent des plateaux et choisirent leurs plats. Quand ils eurent regagné leurs places, Jack Stone reprit :

« Je ne veux pas que vous retiriez une mauvaise impression de notre agence. Les gentils, c'est nous. C'est d'abord pour ça que nous avons intégré cette maison. Nous travaillons pour aider les pays sous-développés.

— Je vous en donne acte, fit Dana.

— Que puis-je vous apprendre au sujet de Taylor Winthrop ? »

Elle s'expliqua :

« Tout ce que j'ai obtenu jusqu'ici, ce sont des histoires pétries de sainteté. L'homme devait bien avoir quelques failles.

— En effet, admit Jack Stone. Laissez-moi commencer par les bons côtés. Taylor Winthrop se souciait des autres, davantage que n'importe quel autre homme que j'ai connu. »

Il s'interrompit. « Je veux dire qu'il s'en souciait vraiment. Il se tenait au courant des anniversaires et des mariages, et tous ceux qui travaillaient pour lui l'adoraient. Il avait un esprit vif, incisif, et c'était l'homme de toutes les solutions. Et non content de s'impliquer aussi fortement dans tout ce qu'il entreprenait, c'était un père de famille dans l'âme. Il aimait sa femme et il adorait ses enfants. »

Jack Stone se tut.

Dana lui demanda :

« Quels sont les mauvais côtés ? »

Jack Stone lui répondit visiblement à contrecœur.

« Taylor Winthrop aimantait les femmes. Il était charismatique, beau, riche, et puissant. Les femmes avaient du mal à résister à cela. » Il continua. « Donc, de temps à autre, Taylor... dérapait. Il a entretenu plusieurs liaisons, mais je puis vous assurer qu'aucune de ces aventures n'a été sérieuse, et il les cantonnait dans un domaine très privé. Il n'aurait jamais rien voulu commettre qui puisse blesser sa famille.

— Major Stone, avez-vous idée de quelqu'un qui aurait eu une raison de tuer Taylor Winthrop et sa famille ? »

Jack Stone posa sa fourchette.

« Quoi ?

— Un personnage avec un profil aussi éminent devait bien compter quelques ennemis quelque part.

— Mademoiselle Evans... insinuez-vous que les Winthrop ont été assassinés ?

— Je m'interroge, c'est tout. »

Jack Stone réfléchit à l'hypothèse un moment. Puis il secoua la tête.

« Non, reconnut-il. Ça n'a aucun sens. Taylor Winthrop n'a jamais causé aucun mal à personne de toute sa vie. Si vous avez abordé le sujet avec l'un ou l'autre de ses amis ou associés, vous devez le savoir.

— Permettez-moi de vous communiquer ce que j'ai découvert jusqu'à présent. Taylor Winthrop était... »

Jack Stone leva la main.

« Mademoiselle Evans, moins j'en sais, mieux je me porte.

J'essaie de rester en marge. Je vous serai d'une plus grande aide ainsi, si vous voyez ce que je veux dire. »

Dana le regarda, déconcertée.

« Je ne suis pas certaine de saisir.

— Franchement, pour votre bien, je préférerais que vous laissiez tomber toute cette affaire. Sinon, soyez prudente. »

Et là-dessus il se leva et s'en alla.

Dana resta à sa place, pesant ce qu'elle venait d'entendre. *Ainsi Taylor Winthrop avait des ennemis. J'aborde peut-être tout ceci sous un mauvais angle. Et si ce n'était pas Taylor Winthrop qui s'était créé un ennemi mortel ? Et si c'était l'un de ses enfants ? Ou sa femme ?*

Elle rapporta son déjeuner avec le major Jack Stone à Jeff.

« C'est intéressant. Et maintenant ?

— Je veux m'entretenir avec certaines personnes qui ont connu les enfants Winthrop. Paul Winthrop était fiancé avec une fille nommée Harriet Berk. Ils étaient ensemble depuis presque un an.

— Je me souviens d'avoir lu quelque chose à son propos, fit Jeff, hésitant. Chérie, tu sais que je te suis à cent pour cent...

— Bien sûr, Jeff.

— Mais et si tu te trompais ? Les accidents, ça arrive. Combien de temps vas-tu consacrer à tout ça ?

— Plus beaucoup, promit Dana. Je vais juste me livrer encore à deux ou trois vérifications. »

Harriet Berk habitait un élégant duplex dans le nord-ouest de Washington. Blonde et mince, au début de la trentaine, elle avait un sourire alerte et engageant.

« Merci de me recevoir, fit Dana.

— Je ne suis pas exactement certaine de savoir pourquoi je vous reçois, mademoiselle Evans. Vous m'avez prévenue qu'il s'agissait de Paul.

— Oui. » Dana choisit ses mots avec soin. « Je n'ai aucunement l'intention de m'immiscer dans votre vie privée, mais Paul et vous étiez fiancés et deviez vous marier, et je suis sûre que vous le connaissez sûrement mieux que personne.

— J'aime à le penser.

— Je souhaiterais en savoir un peu plus à son sujet, à quoi il ressemblait en réalité. »

Harriet Berk garda le silence un moment. Quand elle prit la parole, sa voix était feutrée.

« Paul ne ressemblait à aucun des autres hommes que j'ai connus. C'était la joie de vivre incarnée. Il était gentil et attentionné avec les autres. Il pouvait être très drôle. Il ne se prenait pas trop au sérieux. C'était très marrant de le fréquenter. Nous avions prévu de nous marier en octobre. » Elle s'interrompit. « Quand Paul est mort dans cet accident, je... j'ai eu l'impression que ma vie était finie. » Elle regarda Dana et ajouta tranquillement : « C'est encore ce que j'éprouve.

— Je suis vraiment désolée, s'excusa-t-elle. Je déteste insister là-dessus, mais savez-vous s'il avait des ennemis, quelqu'un qui aurait eu une raison de le tuer ? »

Harriet Berk la dévisagea et des larmes lui vinrent aux yeux.

« Tuer Paul ? » Sa voix s'étouffait. « Si vous l'aviez connu, vous n'auriez même pas posé cette question. »

L'entretien suivant eut lieu avec Steve Rexford, le majordome qui avait travaillé pour Julie Winthrop. C'était un homme d'âge mûr, l'allure élégante d'un Anglais.

« En quoi puis-je vous être utile, mademoiselle Evans ?

— Je voulais vous interroger au sujet de Julie Winthrop.

— Oui, madame ?

— Combien de temps avez-vous travaillé pour elle ?

— Quatre ans et neuf mois.

— Comment cela se passait-il, je veux dire, travailler pour elle ? »

Il sourit, avec nostalgie.

« C'était une personne extrêmement plaisante, une dame,

charmante sur tous les plans. Lorsque j'ai entendu la nouvelle de son accident, je... je ne pouvais pas y croire.

— Julie Winthrop avait-elle des ennemis ? »

Il fronça le sourcil. « Je vous demande pardon ?

— Mlle Winthrop entretenait-elle des relations avec quelqu'un qu'elle aurait pu... plaquer ? Ou quelqu'un qui aurait pu vouloir lui faire du mal, à elle ou à sa famille ? »

Steve Rexford secoua lentement la tête.

« Mlle Julie n'était pas cette sorte de personne. Elle ne pouvait blesser quiconque. Non. Elle était très généreuse de son temps et de sa fortune. Tout le monde l'aimait. »

Dana l'étudia un instant. Il le pensait. Ils le pensaient tous. *Qu'est-ce que je fabrique ?* se demanda-t-elle. *Je me sens comme Don Quichotte. Sauf qu'il n'y a même pas de moulins à vent.*

Morgan Ormond, le directeur du Georgetown Museum of Art, était l'interlocuteur suivant sur la liste de Dana.

« J'ai cru comprendre que vous vouliez m'interroger à propos de Gary Winthrop ?

— Oui. Je me demandais...

— Sa mort a été un coup terrible. Notre nation a perdu là son plus grand mécène.

— Monsieur Ormond, dans le monde de l'art, ne règne-t-il pas une concurrence acharnée ?

— Une concurrence ?

— N'arrive-t-il pas quelquefois que plusieurs personnes convoitent la même œuvre et se livrent à...

— Naturellement. Mais jamais avec M. Winthrop. Il possédait une collection privée fabuleuse, et en même temps, il se montrait extrêmement généreux avec les musées. Pas seulement avec celui-ci, mais avec les musées du monde entier. Son ambition était de rendre l'art, le grand art, accessible à tous.

— Lui connaissiez-vous des ennemis qu'il...

— Gary Winthrop ? Jamais, jamais, jamais. »

Le dernier rendez-vous de Dana fut avec Rosalind Lopez, qui, durant quinze ans, était restée au service de Madeline Winthrop en qualité de femme de chambre. Elle travaillait désormais dans une société de restauration qu'elle possédait avec son mari.

« Merci d'avoir accepté de me rencontrer, madame Lopez, commença-t-elle. Je voulais vous parler de Madeline Winthrop.

— La pauvre femme. Elle... c'était la personne la plus gentille que j'aie jamais connue. »

Ça commence à ressembler à un disque rayé, observa Dana.

« C'est terrible, la façon dont elle est morte.

— Oui, acquiesça-t-elle.

— Vous êtes restée longtemps à son service.

— Oh oui, madame.

— Seriez-vous au courant d'un acte, quel qu'il soit, qu'elle aurait pu commettre et qui aurait porté préjudice à quelqu'un ou lui créer des inimitiés ? »

Rosalind Lopez la dévisagea avec une expression de surprise.

« Des inimitiés ? Non, madame. Tout le monde l'aimait. »

C'est bel et bien un disque rayé, trancha Dana.

Sur le chemin du bureau, Dana réfléchit. *Je dois m'être trompée. Contre toute probabilité, leurs morts étaient certainement des coïncidences.*

Elle alla voir Matt Baker et fut accueillie par Abbe Lasmann.

« Salut, Dana.

— Pour moi, Matt est disponible ?

— Oui. Vous pouvez entrer. »

Lorsqu'elle entra dans son bureau, Matt Baker leva les yeux sur elle.

« Comment se porte Sherlock Holmes aujourd'hui ?

— C'est élémentaire, mon cher Watson. J'avais tort. Il n'y a pas d'histoire là-dessous.

CINQ

L'appel de sa mère, Eileen, tomba à l'improviste.
« Dana, ma chérie. J'ai une nouvelle pour toi, la plus enthousiasmante des nouvelles.

— Oui, maman ?

— Je vais me marier. »

Dana resta abasourdie.

« Comment ?

— Oui. Je suis allée à Westport, dans le Connecticut, rendre visite à une amie, et elle m'a présentée ce beau, ce très bel homme.

— Je... je suis ravie pour toi, maman. C'est merveilleux.

— Il... il est si... » Elle eut un gloussement. « Je suis incapable de te le décrire, mais il est charmant. Tu vas l'adorer. »

Elle réagit avec circonspection.

« Depuis combien de temps le connais-tu ?

— Suffisamment longtemps, mon chou. Nous sommes faits l'un pour l'autre. J'ai tellement de chance.

— A-t-il un métier ? lui demanda Dana.

— Cesse de te comporter comme si tu étais mon père. Bien sûr qu'il a un métier. C'est un courtier en assurances qui réussit très bien. Il s'appelle Peter Tomkins. Il possède une très belle maison à Westport, et je meurs d'envie que Kemal et toi veniez le rencontrer ici. Vous viendrez ?

— Bien sûr que nous viendrons.

— Peter est tellement impatient de te connaître. Il a raconté à tout le monde que tu étais très célèbre. Tu es sûre que tu vas y arriver ?

— Oui. » Elle n'était jamais à l'antenne les week-ends, elle était libre, cela ne soulèverait donc aucun problème. « Kemal et moi nous attendons ça avec impatience, nous aussi. »

Quand Dana alla chercher Kemal à l'école, elle lui annonça :

« Tu vas faire la connaissance de ta grand-mère. Nous allons former une vraie famille, mon cœur.

— Ouais, ça sera trop. »

Dana sourit.

« Trop, c'est le mot. »

Tôt samedi matin, Dana et Kemal prirent la route en direction du Connecticut. Dana attendait beaucoup de ce voyage à Westport.

« Ce sera formidable pour tout le monde, assura-t-elle à Kemal. Tous les grands-parents ont besoin d'avoir des petits-enfants à gâter. C'est le meilleur côté, quand on a des enfants. Et tu vas pouvoir rester avec eux une partie du temps. »

Kemal s'inquiéta, l'air anxieux.

« Tu seras là, toi aussi ? »

Dana lui serra la main.

« Je serai là. »

La maison de Peter Tomkins était un charmant cottage ancien sur Blind Brook Road, que longeait un petit ruisseau.

« Hé, c'est super », s'exclama Kemal.

Dana lui ébouriffa les cheveux.

« Je suis contente que ça te plaise. On reviendra ici souvent. »

La porte d'entrée du cottage s'ouvrit, et Eileen Evans apparut sur le seuil. Il lui restait encore quelques vagues traces de beauté, comme des indices de ce qui fut, mais l'amertume avait voilé le passé de son aile cruelle. C'était une histoire à la Dorian Gray. Sa beauté s'était transmise chez Dana. Debout à côté d'Eileen se tenait un homme d'âge mûr au visage agréable, qui arborait un large sourire.

Eileen se précipita et prit sa fille dans ses bras.

« Dana, ma chérie ! Et voici Kimbal !

— Maman... » Peter Tomkins intervint :

« Et voilà donc la fameuse Dana Evans, n'est-ce pas ? J'ai parlé de vous à tous mes clients. » Il se tourna vers Kemal. « Et voici le jeune garçon. » Il remarqua le bras manquant de Kemal. « Hé, vous ne m'aviez pas dit qu'il était infirme. »

Le sang de Dana se glaça. Elle vit l'expression choquée sur le visage de Kemal.

Peter Tomkins secoua la tête.

« S'il avait eu une police d'assurance avec notre compagnie avant que ça n'arrive, il serait riche. » Il fit volte-face en direction de la porte. « Entrez donc. Vous devez avoir faim.

— Plus maintenant », lâcha Dana d'une voix ferme. Elle se retourna sur Eileen. « Je suis désolée, maman. Kemal et moi, nous rentrons à Washington.

— Je suis navrée, Dana, je...

— Moi aussi. J'espère que tu ne commets pas une grosse erreur. Je te souhaite un joli mariage.

— Dana... »

En plein désarroi, la mère regarda Kemal et sa fille remonter dans la voiture et démarrer.

Peter Tomkins les suivit du regard, hébété.

« Hé, qu'est-ce que j'ai dit ? »

Eileen Evans soupira.

« Rien, Peter. Rien. »

Sur le trajet du retour, Kemal garda le silence.

« Je suis franchement désolée, mon chéri. Certaines personnes ne comprennent tout simplement rien à rien.

— Il a raison, lâcha Kemal avec amertume. Je suis un infirme.

— Tu n'es pas un infirme, rectifia Dana d'un ton farouche. On ne juge pas les gens au nombre de leurs bras ou de leurs jambes. On les juge pour ce qu'ils sont.

— Ah ouais ? Et moi je suis quoi alors ?

— Tu es un survivant. Et je suis fière de toi. Tu sais, M. le Charmeur avait raison sur un point... j'ai faim. J'imagine que ça ne va pas t'intéresser, mais j'aperçois un McDonald's là-bas. »

Kemal sourit.

« Dément. »

Une fois Kemal couché, Dana passa dans le salon et se posa un instant pour réfléchir. Elle alluma la télévision et commença de zapper sur les chaînes d'infos. Toutes revenaient sur le meurtre de Gary Winthrop.

« ... dans l'espoir que la camionnette volée puisse révéler certains indices sur l'identité des meurtriers... »

« ... deux balles de Beretta. La police vérifie toutes les armureries... »

« ... et le meurtre brutal de Gary Winthrop dans un quartier huppé du nord-ouest de la capitale prouve que personne n'est... »

Une idée trottait sans relâche dans la tête de Dana. Il lui avait fallu des heures pour trouver le sommeil. Dans la matinée, à son réveil, elle avait subitement compris ce qui la tenaillait. *L'argent et les bijoux étaient là, à portée de main. Pourquoi les tueurs ne les avaient-ils pas dérobés ?*

Elle s'était levée et s'était préparé une cafetière pleine tout en se repassant mentalement les déclarations du directeur général de la police, Burnett.

Avez-vous une liste des tableaux volés ?

Oui, nous l'avons. Ce sont des toiles très connues. La liste en a été diffusée auprès des musées, des marchands d'art, des collectionneurs. A la minute où l'une de ces toiles refera surface, l'affaire sera résolue.

Les cambrioleurs devaient savoir que ces toiles ne seraient pas facile à revendre, en conclut-elle. *Ce qui pourrait signifier que le vol a été monté de toutes pièces par un riche collectionneur qui a l'intention de conserver les œuvres pour son usage personnel. Mais pourquoi un homme comme celui-là s'en remettrait-il à deux voyous, à deux tueurs ?*

Lundi matin, au lever de Kemal, Dana s'occupa du petit déjeuner et le déposa à l'école.

« Passe une bonne journée mon chou.

— A ce soir, Dana. »

Elle regarda Kemal franchir le portail d'entrée de l'école, puis elle se rendit au siège de la police, sur Indiana Avenue.

Il neigeait de nouveau et un vent sadique s'attaquait à tout sur son passage.

L'inspecteur Phoenix Wilson, chargé de l'enquête sur le meurtre de Gary Winthrop, était un misanthrope, un affranchi tout droit sorti du monde de la rue, décoré de quelques cicatrices pour attester de son parcours. A l'entrée de Dana dans son bureau, il leva les yeux.

« Pas d'interviews, grommela-t-il. Quand il y aura des infos sur le meurtre Winthrop, vous en entendrez causer à la conférence de presse, comme tout le monde.

— Je ne suis pas venue vous questionner là-dessus », le rassura-t-elle.

Il la toisa d'un air sceptique.

« Oh, vraiment ?

— Vraiment. Je m'intéresse aux tableaux volés. Vous en détenez une liste, je suppose ?

— Et donc ?

— Pourriez-vous m'en remettre une copie ? » L'inspecteur Wilson l'interrogea d'un ton soupçonneux. « Pourquoi ça ? Qu'est-ce que vous mijotez ?

— J'aimerais voir ce que les tueurs ont embarqué. Il se pourrait que je fasse un sujet là-dessus. »

L'inspecteur Wilson étudia Dana un moment.

« Ce n'est pas une mauvaise idée. Plus ces toiles recevront de publicité, moins les tueurs auront de chances de les revendre. » Il se leva. « Ils ont emporté douze tableaux et ils en ont laissé bien davantage. J'imagine qu'ils étaient trop paresseux pour les charger tous. La bonne main-d'œuvre, de nos jours, c'est pas facile à trouver. Je vais vous sortir une copie de ce rapport. »

Quelques minutes plus tard, il était de retour avec deux feuillets photocopiés. Il les tendit à Dana.

« Voici la liste de ceux qu'ils ont dérobés. Et ça c'est l'autre liste. »

Elle le regarda, perplexe.

« Quelle autre liste ?

— Celle de toutes les toiles que possédait Gary Winthrop, y compris les tableaux que les tueurs ont laissés derrière eux.

— Oh. Merci. Je vous suis très reconnaissante. »

Dehors, dans le couloir, Dana examina les deux listes. Ce qu'elle y découvrit était troublant. Dana sortit dans l'air glacial et se dirigea vers Christie's, la fameuse maison de vente aux enchères. Il neigeait plus fort, et des foules de gens se dépêchaient de terminer leurs courses de Noël et de regagner leurs maisons et leurs bureaux, bien au chaud.

Quand Dana arriva chez Christie's, le directeur la reconnut immédiatement.

« Mais mais mais ! C'est un honneur, mademoiselle Evans. Que puis-je pour vous ? »

Elle s'expliqua.

« J'ai ici deux listes de tableaux. Je serais très heureuse que quelqu'un chez vous puisse m'indiquer quelle est leur valeur.

— Mais tout à fait. Avec grand plaisir. Veuillez me suivre, par ici, je vous prie... »

*

Deux jours plus tard, Dana se trouvait dans le bureau de Matt Baker.

« Il se trame quelque chose de très étrange, commença-t-elle.

— Nous n'en revenons pas à la théorie du complot chère à Chicken Little, j'espère ?

— C'est à vous de trancher. » Elle tendit à Matt la plus longue des deux listes. « Voici toutes les œuvres d'art dont Gary Winthrop était propriétaire. Je viens de faire évaluer ces toiles par Christie's. »

Matt Baker parcourut la liste.

« Hé, je vois là quelques poids lourds. Vincent Van Gogh, Hals, Matisse, Monet, Picasso, Manet. » Il leva les yeux. « Et alors ?

— Maintenant jetez un œil sur cette liste-ci », reprit Dana. Elle tendit à Matt la liste la plus courte, celle des œuvres volées.

Matt lut à haute voix.

« Camille Pissarro, Marie Laurencin, Paul Klee, Maurice Utrillo, Henri Lebasque. Eh bien, où voulez-vous en venir ? »

Elle détacha soigneusement ses mots.

« Les tableaux de la première liste valent des millions de dollars pièce. » Elle observa un temps de silence. « La plupart des toiles de la seconde liste, celles qui ont été dérobées, ne valent que deux cent mille dollars chacune, voire moins. »

Matt cligna des yeux.

« Les voleurs n'ont emporté que les toiles les moins chères ?

— C'est exact. » Dana se pencha en avant. « Matt, s'il s'agissait de cambrioleurs professionnels, ils auraient également emporté l'argent liquide et les bijoux qui traînaient à portée de main. Nous étions partis de la supposition que quelqu'un les avait engagés pour ne subtiliser que les peintures de grande valeur. Mais à en croire cette liste, ils n'y connaissaient rien en art. Alors pourquoi ont-ils été embauchés, en réalité ? Gary Winthrop n'était pas armé. Pourquoi l'ont-ils abattu ?

— Êtes-vous en train d'insinuer que ce cambriolage n'était qu'un rideau de fumée, et que le motif réel de l'effraction, c'était bel et bien le meurtre ?

— C'est la seule explication qui me vienne à l'esprit. »

Matt avala sa salive.

« Penchons-nous un peu sur l'hypothèse. Supposons que

Taylor Winthrop se soit fait un ennemi et qu'il ait été assassiné... pourquoi aurait-on voulu anéantir la famille entière ?
— Je n'en sais rien, admit Dana. C'est ce que je veux découvrir. »

Le docteur Armand Deutsch, l'un des psychiatres les plus respectés de Washington, était un homme impressionnant, d'environ soixante-dix ans, le front large et des yeux bleus pénétrants, comme il se devait. Lorsque Dana pénétra dans son bureau, il leva brièvement le regard sur elle.
« Mademoiselle Evans ?
— Oui, je vous suis reconnaissante d'avoir accepté de me recevoir, docteur. La raison pour laquelle j'avais besoin de vous rencontrer est de la première importance.
— Et qu'est-ce qui serait si important ?
— Vous avez lu les informations concernant les disparitions de la famille Winthrop ?
— Bien sûr. Terribles tragédies. Tous ces accidents. »
Dana releva ce dernier propos. « Et si ce n'étaient pas des accidents ?
— Comment ? Que laissez-vous entendre ?
— Qu'il y a une possibilité qu'ils aient tous été assassinés.
— Les Winthrop, assassinés ? Voilà qui me semble extrêmement tiré par les cheveux, mademoiselle Evans. Extrêmement tiré par les cheveux.
— Mais pas impossible.
— Qu'est-ce qui vous fait croire qu'ils aient pu être assassinés ?
— C'est... ce n'est qu'une intuition, reconnut-elle.
— Je vois. Une intuition. » Le docteur Deutsch était là, assis, en train d'étudier Dana. « J'ai suivi vos reportages de Sarajevo. Vous êtes une excellente journaliste.
— Merci. »
Le docteur Deutsch s'inclina vers son interlocutrice, calé sur ses deux coudes, ses yeux bleus fixés sur elle.
« Ainsi, il n'y a pas si longtemps, vous étiez en plein milieu d'une terrible guerre. C'est bien cela ?

— Oui.

— A multiplier les reportages sur des gens qui se faisaient violer, tuer, sur des bébés que l'on assassinait... »

Dana l'écoutait, non sans méfiance.

« Vous avez été sans aucun doute soumise à un stress important. »

Elle l'admit.

« Oui.

— Depuis combien de temps êtes-vous rentrée... cinq, six mois ?

— Trois mois », précisa-t-elle.

Il opina du chef, satisfait.

« Un laps de temps bien court pour se réadapter à la vie civile, n'est-ce pas ? Vous devez faire des cauchemars sur tous ces meurtres effrayants dont vous avez été témoin, et à présent votre inconscient va imaginer... »

Elle l'interrompit.

« Docteur, je ne suis pas paranoïaque. Je ne dispose d'aucune preuve, mais j'ai des raisons de croire que les décès des Winthrop n'étaient pas accidentels. Je suis venue ici car j'espérais que vous pourriez m'aider.

— Vous aider ? Et de quelle manière ?

— J'ai besoin d'un motif. Quel motif aurait-on pu avoir de vouloir anéantir une famille entière ? »

Le docteur Deutsch observa Dana et joignit le bout des doigts.

« Évidemment, il existe des précédents pour de telles agressions violentes. Une vendetta... une vengeance. En Italie, la Mafia était connue pour décimer des familles entières. Ou alors cela pourrait concerner la drogue. Ce pourrait être une revanche, consécutive à une tragédie terrible dont cette famille aurait été la cause. Ou encore un maniaque qui n'aurait aucune motivation rationnelle pour...

— Je ne crois pas que cela soit le cas ici, objecta-t-elle.

— Ensuite, naturellement, nous avons l'un des plus anciens mobiles qui soient au monde... l'argent. »

L'argent. Elle y avait déjà songé.

*

A la tête du cabinet Calkin, Taylor & Anderson, Walter Calkin avait été l'avocat de la famille Winthrop durant plus de vingt-cinq ans. C'était un homme âgé, handicapé par l'arthrite, mais si le corps était fragile, l'esprit n'en demeurait pas moins alerte.

Il jaugea sa visiteuse du regard pendant un petit moment.

« Vous avez indiqué à ma secrétaire que vous souhaitiez me questionner à propos du patrimoine des Winthrop ?

— Oui. »

Il lâcha un soupir.

« Ce qu'il est advenu de cette famille formidable est pour moi incroyable. Incroyable.

— Je crois savoir que c'est vous qui traitiez leurs affaires juridiques et financières, commença Dana.

— Oui.

— Monsieur Calkin, au cours de cette dernière année, s'est-il produit quoi que ce soit d'inhabituel dans ces affaires ? »

Il porta sur elle un regard étrange.

« Inhabituel en quel sens ? »

Dana choisit soigneusement ses termes.

« C'est difficile à exprimer, mais... si un membre de cette famille avait été victime... d'un chantage, en auriez-vous eu connaissance ? »

Il y eut un instant de silence.

« Vous voulez dire, si l'on avait versé régulièrement de fortes sommes d'argent à quelqu'un, aurais-je été au courant ?

— Oui.

— J'imagine que oui.

— Et avez-vous constaté quoi que ce soit de cet ordre ? poursuivit-elle.

— Rien de tel. Je suppose que vous faites allusion à des agissements criminels ? Je dois vous avouer que je considère tout cela comme parfaitement ridicule.

— Mais ils sont tous morts, insista Dana. Leur patrimoine doit s'évaluer à des milliards de dollars. Je vous serais très reconnaissante de me préciser qui serait susceptible d'hériter de ces biens. »

Elle regarda l'avocat ouvrir une boîte de pilules, en prendre une, et l'avaler avec une gorgée d'eau.

« Mademoiselle Evans, nous ne discutons jamais des affaires de nos clients. » Il hésita. « Toutefois, dans le cas présent, je n'y vois aucun inconvénient, car un communiqué de presse sera diffusé dès demain. »

Ensuite, naturellement, il reste toujours l'un des mobiles les plus anciens qui soient au monde... l'argent.

Walter Calkin posa le regard sur Dana.

« Avec la mort de Gary Winthrop, le dernier membre survivant de la famille...

— Oui ? » Elle retint son souffle.

« La totalité de la fortune des Winthrop revient à des œuvres de bienfaisance. »

SIX

L'équipe se tenait prête pour le journal du soir.

Dana se trouvait dans le studio A, installée à son pupitre de présentatrice, procédant à des modifications de dernière minute avant le direct à l'antenne. Les dépêches qui n'avaient pas cessé de lui parvenir toute la journée en provenance des agences de presse et des sources policières avaient été examinées, choisies ou écartées.

A la table des présentateurs, à côté de Dana, Jeff Connors et Richard Melton avaient pris place. Anastasia Mann entama le compte à rebours et acheva sur 3-2-1, l'index tendu. Le témoin rouge de la caméra s'alluma.

La voix de l'annonceur retentit dans le studio : « Voici le journal de 23 heures en direct sur WTN, avec Dana Evans – Dana sourit à la caméra – et Richard Melton. » Melton regardait droit vers la caméra avec un hochement de tête. « Jeff Connors pour la page sportive et Marvin Greer pour la météo. Le journal de 23 heures, tout de suite. »

Dana plongea les yeux dans la caméra.

« Bonsoir. Je suis Dana Evans. »

Richard Melton sourit.

« Et je suis Richard Melton. »

Dana lut en suivant l'écran du téléprompteur.

« Nous commençons par une exclusivité. Une traque policière s'est achevée ce soir après le braquage d'un magasin de spiritueux du centre-ville. »

« On passe sur la bande un. »

A l'écran, on se retrouva aussitôt à bord d'un hélicoptère. Aux commandes de l'appareil marqué des couleurs de WTN, Norman Bronson, un ancien pilote de la marine. A côté de lui avait pris place Alyce Barker. La caméra changea d'angle. Au sol, trois voitures de police encerclaient une berline qui s'était écrasée contre un arbre.

Alyce Barker commentait :

« La traque a commencé quand les deux hommes sont entrés dans le Haley Liquor Store sur Pennsylvania Avenue pour tenter de dévaliser le vendeur. Ce dernier a résisté et il a déclenché l'alarme pour avertir la police. Les braqueurs se sont enfuis, mais la police les a poursuivis sur six kilomètres jusqu'à ce que la voiture des suspects percute un arbre. »

La poursuite était couverte par l'hélicoptère de reportage de la chaîne. Dana suivit l'image et se dit : *La meilleure décision que Matt ait jamais prise, c'était de demander à Elliot d'acheter ce nouvel hélicoptère. Pour nos reportages, cela change tout.*

Il y avait encore trois sujets à venir, et la réalisatrice signala une pause publicitaire.

« Nous vous retrouvons juste après... ceci », annonça Dana.

Et un message publicitaire s'inscrivit à sa place sur l'écran.

Richard Melton se tourna vers elle.

« Tu as regardé dehors. Il fait un temps de cochon.

— Je sais. » Elle éclata de rire. « Notre pauvre Monsieur Météo va recevoir un paquet de lettres vengeresses. »

Le témoin rouge de la caméra se ralluma. Le téléprompteur resta vide un instant, puis le texte se remit à défiler. Dana commença de lire : « Au Nouvel An, j'aimerais... » Elle s'arrêta, stupéfaite, et suivit le défilement du reste des mots. Elle lut : ... *que l'on se marie. Nous aurons une double raison de fêter le Nouvel An.*

Jeff se tenait debout à côté du téléprompteur, tout sourire.

Elle regarda droit dans la caméra, et annonça, quelque peu mal à l'aise : « Eh bien, nous allons marquer une nouvelle pause publicitaire. »

La lampe rouge s'éteignit. Dana se leva.

« Jeff ! »

Ils s'avancèrent l'un vers l'autre et s'embrassèrent.

« Qu'en dis-tu ? » lui demanda-t-il.

Elle le serra fort et chuchota :

« Je dis oui. »

Le studio s'emplit des acclamations joyeuses de l'équipe.

Après le journal, une fois seul avec Dana, Jeff lui demanda :

« Qu'est-ce que tu souhaiterais, ma chérie ? Un grand mariage, un petit mariage, un mariage taille moyenne ? »

Son mariage, elle y pensait depuis qu'elle était petite fille. Elle s'était représentée dans une robe magnifique en dentelle blanche, avec une longue, longue traîne. Dans les films qu'elle avait vus, il y avait cette excitation, cette frénésie des préparatifs de la noce... la liste des invités à dresser... le traiteur à choisir... les demoiselles d'honneur... l'église... Tous ses amis seraient présents, et sa mère. Ce serait le plus beau jour de sa vie. Et maintenant ce jour était devenu réalité.

Jeff souffla : « Dana... ? » Il attendait sa réponse.

Si je choisis un grand mariage, songea Dana, *il va falloir que j'invite maman et son mari. Je ne peux pas infliger cela à Kemal.*

« On s'enfuit, tous les deux », décida-t-elle.

Jeff hocha la tête, surpris.

« Si c'est que tu veux, alors c'est ce que je veux moi aussi. »

La nouvelle transporta Kemal de joie.

« Tu veux dire que Jeff va vivre avec nous ?

— C'est exact. Nous serons tous réunis. Tu vas avoir une vraie famille, mon chou. »

Durant l'heure qui suivit, Dana resta au chevet de Kemal, à discuter de leur avenir avec excitation. Tous trois allaient vivre ensemble, partir en vacances ensemble, être ensemble, c'est tout. *Ensemble, ce mot magique.*

Lorsque Kemal se fut endormi, Dana se rendit dans sa chambre et alluma l'ordinateur. *Appartements. Appartements. Il nous faudra deux chambres, deux salles de bains, un salon, une cuisine, une salle à manger, et peut-être un bureau et un cabinet de travail.* Dana songea à l'hôtel particulier de Gary Winthrop, demeuré désert, et son esprit se mit à vagabonder. *Que s'est-il réellement passé cette nuit-là ? Et qui a coupé l'alarme ? S'il n'y avait aucun signe d'effraction, alors comment les cambrioleurs sont-ils entrés ?* Presque involontairement, ses doigts tapèrent « Winthrop » sur le clavier. *Bon sang, qu'est-ce qui m'arrive ?* Elle vit s'afficher les mêmes informations sans surprises qu'elle avait déjà lues auparavant.

Régional > États américains > Washington D.C. > Gouvernement > Politique > Federal Research Agency.
* *Winthrop, Taylor* - a occupé le poste d'ambassadeur en Russie et négocié un important accord commercial avec l'Italie...
* *Winthrop, Taylor* - le milliardaire autodidacte Taylor Winthrop s'est dévoué au service de son pays...
* *Winthrop, Taylor* - la famille Winthrop crée des sociétés d'investissement à vocation philanthropique pour aider au financement des écoles, des bibliothèques, et des programmes de soutien aux quartiers défavorisés...

Il y avait cinquante-quatre sites Web sur la famille Winthrop. Dana était sur le point d'abandonner et de commencer sa recherche à elle (*Appartements*), quand au passage une entrée retint son attention.

* *Winthrop, Taylor* - Action en justice. Joan Sinisi, l'ancienne secrétaire de Taylor Winthrop, a entamé une action judiciaire, avant d'y renoncer par la suite.

Dana relut l'article. *Quel genre d'action ?*

Elle passa sur plusieurs autres sites concernant les Winthrop, mais sans trouver d'autre mention de cette action judiciaire. Elle tapa le nom *Joan Sinisi*. Cela ne donna rien.

« C'est une ligne sûre ?

— Oui.

— Je veux un rapport sur les sites Web que le sujet consulte.

— Nous nous en occupons immédiatement. »

Le lendemain matin, en arrivant à son bureau après avoir déposé Kemal à l'école, Dana éplucha l'annuaire téléphonique de Washington. Pas de Joan Sinisi. Elle essaya l'annuaire du Maryland... de la Virginie... Sans plus de succès. *Elle a probablement déménagé*, en conclut-elle.

Tom Hawkins, le producteur de l'émission, entra dans le bureau de Dana.

« Nous étions premiers à l'audimat hier soir encore.

— Génial. » Elle demeura songeuse un instant. « Tom, tu connais quelqu'un à la compagnie du téléphone ?

— Bien sûr. Tu as besoin d'une ligne ?

— Non. Je veux voir si quelqu'un n'aurait pas un numéro sur liste rouge. Est-ce que tu penses pouvoir me faire ça ?

— A quel nom ?

— Sinisi. Joan Sinisi. » Il fronça le sourcil. « Pourquoi ce nom me dit-il quelque chose ?

— Elle a été impliquée dans un procès contre Taylor Winthrop.

— Ah, oui. Je me souviens maintenant. C'était il y a environ un an. Tu étais en Yougoslavie. Je croyais tenir une histoire bien juteuse, mais elle a été étouffée aussi sec. Elle vit probablement quelque part en Europe, mais je vais essayer de te dégotter ça. »

Un quart d'heure plus tard, Olivia Watkins la prévenait :

« J'ai Tom en ligne pour vous.

— Tom ?

— Joan Sinisi habite toujours à Washington. J'ai son numéro protégé pour toi, si tu le veux.

— Formidable », s'exclama Dana. Elle attrapa un stylo. « Vas-y.

— Cinq-cinq-cinq-deux-six-neuf-zéro.

— Merci.

— Laisse tomber les remerciements. Convertis-les en déjeuner.

— Accordé. »

La porte du bureau s'ouvrit sur Dean Ulrich, Robert Fenwick et Maria Toboso, trois reporters qui travaillaient pour le journal.

Robert Fenwick s'écria :

« On se prépare une sacrée soirée à l'antenne : deux déraillements, un accident d'avion, et un glissement de terrain grand format. »

Tous quatre entamèrent la lecture des dépêches. Deux heures plus tard, la réunion terminée, Dana sortit le bout de papier avec le numéro de téléphone de Joan Sinisi et appela.

Une femme décrocha.

« Domicile de mademoiselle Sinisi.

— Pourrais-je parler à mademoiselle Sinisi, je vous prie ? De la part de Dana Evans. »

La femme répondit :

« Je vais vérifier si elle est disponible. Un moment, s'il vous plaît. »

Dana attendit. Une autre voix de femme se fit entendre, douce et hésitante.

« Allô...

— Mademoiselle Sinisi ?

— Oui.

— C'est Dana Evans. Je me suis demandé si...

— Dana Evans ? La... ?

— Euh... oui.

— Oh ! Je regarde votre journal tous les soirs. Je suis une de vos fans, emballée !

— Merci. C'est très flatteur. Je me demandais si vous

pourriez m'accorder quelques minutes de votre temps, mademoiselle Sinisi, car je souhaiterais vous parler.

— Ah oui ? » A en juger d'après sa voix, cela constituait une heureuse surprise. « Oui. Pourrions-nous nous retrouver quelque part ?

— Eh bien, certainement. Voudriez-vous venir ici, chez moi ?

— Ce serait parfait. Quand cela ? A votre convenance. » Il y eut une brève hésitation. « N'importe quand. Je ne bouge pas de la journée.

— Alors demain après-midi, disons vers deux heures.

— Très bien. »

Elle lui donna l'adresse.

« A demain », fit Dana. Elle reposa le combiné. *Pourquoi est-ce que je continue avec cette histoire ? Enfin, là, on va toucher le bout.*

A deux heures le lendemain après-midi, elle se garait devant la tour où habitait Joan Sinisi, dans Prince Street. Un portier en uniforme se tenait à l'entrée du bâtiment. Elle considéra l'imposant édifice. *Comment une secrétaire peut-elle avoir les moyens d'habiter là ?* Elle se gara et entra dans le hall. Il y avait un réceptionniste à son bureau.

« Puis-je vous aider ?

— J'ai rendez-vous avec mademoiselle Sinisi. Dana Evans.

— Oui, mademoiselle Evans. Elle vous attend, Prenez l'ascenseur jusqu'à la suite du dernier étage. C'est l'appartement A. »

La suite du dernier étage ?

Quand elle parvint au dernier étage, elle sortit de l'ascenseur et sonna à la porte de l'appartement A. Une bonne en uniforme lui ouvrit.

« Mademoiselle Evans ?

— Oui.

— Entrez, je vous prie. »

Joan Sinisi habitait un appartement de douze pièces avec

une immense terrasse dominant la ville. La bonne la précéda dans un long corridor, pour la conduire vers un vaste salon peint en blanc et magnifiquement décoré. Une femme petite et fluette était assise sur le canapé. A l'entrée de Dana, elle se leva.

En soi, Joan Sinisi constituait une surprise. Dana ignorait à quoi elle aurait dû s'attendre, mais la femme qui se leva pour l'accueillir était la dernière personne qu'elle se serait figuré rencontrer dans ce cadre. Joan Sinisi était petite, quelconque, avec des yeux marron et ternes cachés derrière d'épaisses lunettes. Sa voix était timide, presque inaudible.

« C'est un vrai plaisir de vous rencontrer en personne, mademoiselle Evans.

— Merci de me recevoir », répondit Dana. Elle rejoignit Joan Sinisi sur un grand sofa blanc près de la terrasse.

« J'allais prendre le thé. Cela vous ferait-il plaisir ?

— Merci. »

Joan Sinisi se tourna vers la bonne et lui demanda, presque avec méfiance :

« Greta, puis-je vous demander de nous apporter un peu de thé ?

— Oui, madame.

— Merci, Greta. »

Tout cela laissait une impression d'irréalité. Elle songea : *Joan Sinisi et cet appartement, cela ne colle pas du tout ensemble. Comment pourrait-elle avoir les moyens de vivre dans un endroit pareil ? Quel genre d'accord Taylor Winthrop a-t-il passé avec elle ? Et à quoi ce procès avait-il trait ?*

« ... et je ne manque jamais vos journaux, lui répétait Joan Sinisi de sa voix feutrée. Je vous trouve formidable.

— Merci.

— Je me souviens de vos reportages en direct de Sarajevo, avec toutes ces bombes terrifiantes et ces coups de feu. J'avais toujours peur qu'il ne vous arrive quelque chose.

— Pour être honnête, moi aussi.

— Ç'a dû être une expérience horrible.

— Oui, en un sens. »

Greta fit son entrée avec le thé et des gâteaux secs sur un plateau. Elle le posa sur la table basse devant les deux femmes.

« Je vous sers », proposa Joan Sinisi.

Dana l'observa tandis qu'elle versait le thé.

« Voulez-vous un gâteau ?

— Non, merci. »

Joan Sinisi lui tendit une tasse, puis elle se servit.

« Comme je vous l'ai dit, je suis réellement enchantée de vous connaître, mais je... je ne vois pas du tout de quoi vous voulez me parler.

— Je voulais vous parler de Taylor Winthrop. »

Joan Sinisi tressaillit et renversa un peu de thé sur ses genoux. Son visage était devenu blême.

« Vous vous sentez mal ?

— Non, je... je me sens bien. » Elle tamponna sa jupe avec une serviette. « Je... j'ignorais ce que vous vouliez... »

Sa voix s'éteignit peu à peu.

Subitement, l'atmosphère avait changé. Dana reprit :

« Vous étiez la secrétaire de Taylor Winthrop, n'est-ce pas ? »

Joan Sinisi répondit prudemment.

« Oui. Mais j'ai quitté le service de M. Winthrop voici un an. J'ai bien peur de ne pouvoir vous aider. »

Elle était presque tremblante.

Dana se voulut rassurante.

« J'ai entendu tant de propos positifs sur Taylor Winthrop. Je me demandais simplement si vous ne pourriez y ajouter les vôtres ? »

Joan Sinisi eut l'air soulagé.

« Oh, oui, bien sûr que je peux. M. Winthrop était un grand homme.

— Combien de temps avez-vous travaillé pour lui ?

— Presque trois ans. » Dana sourit. « Quelle expérience formidable ce devait être.

— Oui, oui, en effet, mademoiselle Evans. »

Elle avait l'air bien plus détendu.

« Mais vous avez porté plainte contre lui. »

La peur se ralluma dans les yeux de Joan Sinisi.

« Non... je veux dire, oui. Mais c'était une erreur, voyez vous. J'ai commis une erreur.

— Quel genre d'erreur ? »

Joan Sinisi avala sa salive.

« Je... je me suis méprise sur un propos que M. Winthrop avait tenu auprès de quelqu'un. Je me suis conduite très sottement. J'ai honte de moi.

— Vous avez porté plainte, mais vous n'êtes pas allée jusqu'au tribunal ?

— Non. Il... nous avons réglé la chose à l'amiable. Ce n'était rien. »

Dana jeta un coup d'œil à l'appartement.

« Je vois. Pouvez-vous m'indiquer de quel accord amiable il s'agissait ?

— Non, je crains de ne pas pouvoir, s'excusa Joan Sinisi. Tout cela est très confidentiel. »

La journaliste s'interrogea sur ce qui avait pu amener cette femme timide à porter plainte contre un titan comme Taylor Winthrop, et sur les raisons pour lesquelles elle était si terrorisée à l'idée d'évoquer l'affaire.

Il y eut un long silence. Joan Sinisi observait Dana, et cette dernière eut l'impression qu'elle avait envie d'ajouter quelque chose.

« Mademoiselle Sinisi... »

Joan Sinisi se leva.

« Je suis désolée de ne pouvoir être plus... s'il y a autre chose, mademoiselle Evans...

— Je comprends », fit Dana.

J'aimerais bien.

Il inséra la cassette dans l'appareil et enfonça la touche « marche ».

Je... je me suis méprise sur un propos que M. Winthrop avait tenu auprès de quelqu'un. Je me suis conduite très sottement. J'ai honte de moi.

Vous avez porté plainte, mais vous n'êtes pas allée jusqu'au tribunal ?

Non. Il... nous avons réglé la chose à l'amiable. Ce n'était rien.

Je vois. Pouvez-vous m'indiquer de quel accord amiable il s'agissait ?

Non, je crains de ne pas pouvoir. Tout cela est très confidentiel.

Mademoiselle Sinisi...

Je suis désolée de ne pouvoir être plus... s'il y a autre chose, mademoiselle Evans...

Je comprends.

Fin de la cassette.

Tout commençait. A partir de maintenant.

Dana avait convenu avec un agent immobilier de visites d'appartements, mais ce fut une matinée perdue. Ils couvrirent Georgetown, Dupont Circle et le quartier Adams-Morgan. Les appartements étaient trop petits, ou trop grands, ou trop chers. A midi, Dana était sur le point de renoncer.

« Ne vous inquiétez pas, la rassura l'agent. Nous allons trouver exactement ce que vous recherchez.

— Je l'espère », lâcha-t-elle. *Et bientôt.*

Elle ne parvenait pas à se sortir Joan Sinisi de la tête. Que savait-elle sur Taylor Winthrop qui aurait pu lui valoir cet appartement luxueux et Dieu seul sait quoi d'autre ? *Elle avait envie de me confier quelque chose*, estima Dana. *J'en suis sûre. Il faut que je lui reparle.*

Elle téléphona à l'appartement de Joan Sinisi. Ce fut Greta qui répondit :

« Bonjour.

— Greta, c'est Dana Evans. J'aimerais parler à mademoiselle Sinisi, je vous prie.

— Je suis désolée. Mademoiselle Sinisi ne prend aucun appel.

— Eh bien, voulez-vous lui transmettre que c'est Dana Evans, et j'ai besoin...

— Je suis navrée, mademoiselle Evans. Mademoiselle Sinisi n'est pas disponible. »

Et la communication fut coupée.

Le lendemain matin, Dana déposa Kemal à l'école. Dans le ciel gelé, un soleil pâle tentait une apparition. Au coin des rues, dans toute la ville, les mêmes faux Pères Noël sonnaient de leurs clochettes.

Je dois nous trouver un appartement à tous les trois avant le Nouvel An, se dit-elle.

Dès son arrivée au studio, elle entra en réunion pour la matinée avec les équipes d'information, afin de discuter des sujets à traiter et des tournages à programmer. L'un des reportages concernait un meurtre non élucidé d'une singulière brutalité, et Dana songea aux Winthrop.

Elle composa de nouveau le numéro de Joan Sinisi.

« Bonjour.

— Greta, je dois parler à mademoiselle Sinisi, c'est très important. Dites-lui que c'est Dana Evans.

— Elle ne souhaite pas vous parler, mademoiselle Evans. »

Et la communication s'interrompit.

Que se passe-t-il ? s'étonna-t-elle.

Elle alla voir Matt Baker. Abbe Lasmann la salua.

« Félicitations ! J'ai appris que la date du mariage était fixée. »

Dana sourit.

« Oui. »

Abbe soupira.

« Quelle façon romantique de se déclarer.

— Ça, c'est mon mec.

— Ah, Dana, notre chroniqueuse des Conseils et Remèdes aux peines d'amour affirme qu'après la noce, vous devriez aller vous acheter deux sacs de boîtes de conserve et les fourrer dans le coffre de votre voiture.

— Et pourquoi ça... ?

— Elle prévoit qu'un jour, sur la route, vous pourriez décider de vous accorder un petit plaisir buissonnier et rentrer tard à la maison. Quand Jeff vous demandera où vous étiez, vous lui montrerez simplement les sacs et vous lui répondrez : "Je suis allée m'occuper des courses." Il va...

— Merci, chère Abbe. Matt est visible ?

— Je vais l'avertir que vous êtes là. »

Quelques instants plus tard, Dana entrait dans le bureau de Matt Baker.

« Asseyez-vous, Dana. Bonne nouvelle : nous venons de recevoir les derniers taux d'audience Nielsen. Hier soir, nous avons encore enfoncé la concurrence.

— Génial. Matt, j'ai parlé avec l'ex-secrétaire de Taylor Winthrop et elle... »

Il eut un large sourire.

« Vous autres, les Vierge, vous ne lâchez jamais, hein ? Vous m'aviez dit que vous...

— Je sais, mais écoutez ceci. Quand elle travaillait pour Taylor Winthrop, elle a porté plainte contre lui. La procédure n'est jamais allée à son terme parce qu'il a passé un accord avec elle. Elle vit dans un immense appartement au dernier étage avec terrasse qu'elle n'a absolument pas pu se louer avec son salaire de secrétaire, donc leur accord devait réellement peser lourd. Quand j'ai évoqué le nom de Winthrop, cette femme était terrorisée, absolument terrorisée. Elle agissait comme si elle craignait pour sa vie. »

Matt Baker la reprit patiemment.

« A-t-elle dit qu'elle craignait pour sa vie ?

— Non.

— A-t-elle dit qu'elle avait peur de Taylor Winthrop ?

— Non, mais...

— Donc, autant que je sache, elle pouvait aussi bien avoir peur d'un petit ami qui la frapperait ou de cambrioleurs cachés sous son lit. Vous n'avez absolument pas de matière, rien pour aller de l'avant, n'est-ce pas ?

— Eh bien, je... » Dana vit l'expression sur le visage de Matt Baker. « Rien de concret.

— Bien. A propos des taux Nielsen... »

Joan Sinisi regardait le journal du soir sur WTN. Dana annonçait :

« ... et au chapitre des informations locales, selon le dernier rapport, la criminalité aux Etats-Unis a chuté de vingt-sept pour cent sur les douze derniers mois. La baisse la plus importante a pu être constatée à Los Angeles, à San Francisco et Detroit... »

Joan Sinisi étudia le visage de Dana, elle plongea ses yeux dans les siens, s'efforçant de prendre une décision. Elle suivit tout le bulletin d'informations, et, le temps d'arriver au bout, sa décision était prise.

SEPT

Quand Dana entra dans son bureau le lundi matin, Olivia lui lança : « Bonjour. Vous avez reçu trois appels d'une femme qui n'a pas voulu laisser son nom.

— Elle a laissé son numéro ?

— Non. Elle a dit qu'elle rappellerait. » Une demi-heure plus tard, Olivia reparut :

« J'ai de nouveau cette femme en ligne. Voulez-vous lui parler ?

— Oui. » Elle décrocha. « Allô, c'est Dana Evans. Qui est...

— C'est Joan Sinisi. »

Son cœur fit un bond.

« Oui, mademoiselle Sinisi...

— Souhaitez-vous toujours me parler ? » Elle semblait nerveuse.

« Oui. Tout à fait.

— Très bien.

— Je peux être à votre appartement dans...

— Non ! » Il y avait de la panique dans sa voix. « Il faut que nous nous rencontrions ailleurs. Je... je pense qu'on me surveille.

— Où vous voudrez. Alors ?

— La volière du zoo, dans le parc. Vous pouvez y être dans une heure ?

— J'y serai. »

*

Le parc était pratiquement désert. Les vents glacés de décembre qui balayaient la ville tenaient éloignées les foules habituelles. Dana attendit Joan Sinisi devant la volière, frissonnant dans le froid. Elle consulta sa montre. Elle était là depuis plus d'une heure. *Je lui accorde encore un quart d'heure.*

Un quart d'heure plus tard, elle se dit : *Encore une demi-heure, et c'est tout.* Une trentaine de minutes plus tard, elle jura, *Nom de Dieu ! Elle a changé d'avis.*

Elle regagna son bureau, frigorifiée et trempée.

« Des appels ? lança-t-elle à Olivia, avec un secret espoir.

— Une demi-douzaine. Les messages sont sur votre bureau. »

Dana examina la liste. Joan Sinisi n'y figurait pas. Elle composa le numéro de l'ex-secrétaire. Elle laissa sonner une dizaine de fois avant de raccrocher. *Elle changera peut-être de nouveau d'avis.* Elle essaya encore deux fois, mais sans obtenir de réponse. Devait-elle retourner à cet appartement ? Elle pesa le pour et le contre, mais résolut de n'en rien faire. *Il va falloir attendre qu'elle vienne à moi*, décida-t-elle.

Elle n'eut plus de nouvelles de Joan Sinisi.

A six heures le lendemain matin, elle regardait le journal tout en s'habillant :

« ... et la situation en Tchétchénie s'est aggravée. Une dizaine de cadavres de soldats russes ont été découverts, et en dépit des assurances du gouvernement russe selon lesquelles les rebelles auraient été tenus en échec, les combats se poursuivent... Au chapitre des nouvelles locales, une femme a fait une chute mortelle de son appartement du treizième étage. La victime, Joan Sinisi, était l'ancienne secrétaire de l'ambassadeur Taylor Winthrop. La police enquête sur l'accident. »

Dana resta là, figée, paralysée.

*

« Matt, vous vous souvenez de cette femme que je suis allée voir, je vous en ai parlé... Joan Sinisi, l'ancienne secrétaire de Taylor Winthrop.

— Oui. Eh bien ?

— Elle a été mentionnée dans le journal de ce matin. Elle est morte.

— Quoi ?

— Hier matin, elle m'a appelée pour me proposer un rendez-vous urgent. Elle m'a indiqué qu'elle avait quelque chose de très important à me révéler. Je l'ai attendue au zoo plus d'une heure. Elle n'est jamais venue. »

Matt la dévisagea.

« Quand je lui ai parlé au téléphone, elle m'a confié qu'elle se sentait surveillée. »

Matt Baker restait assis, à se gratter le menton.

« Bon Dieu, sur quoi on est tombés là ?

— Je n'en sais rien. Je veux parler à la bonne de Joan Sinisi.

— Dana...

— Oui ?

— Soyez prudente. Soyez très prudente. »

Quand Dana pénétra dans le hall de la tour d'habitation, c'est un autre portier qui était de service.

« Puis-je vous aider ?

— Je suis Dana Evans. Je suis là au sujet du décès de mademoiselle Sinisi. Quelle terrible tragédie. »

Le visage du portier s'assombrit.

« Oui, en effet. C'était une dame charmante. Toujours tranquille et réservée.

— Recevait-elle beaucoup de visiteurs ? demanda-t-elle d'un air détaché.

— Non, pas vraiment. Elle était très discrète.

— Étiez-vous en service hier quand le... » Elle buta sur le mot. « ... quand cet accident est arrivé ?

— Non, madame.

— Alors vous ne savez pas si quelqu'un était avec elle là-haut ?

— Non, madame.

— Mais quelqu'un était bien de garde ici ?

— Oh, oui. Dennis. La police l'a interrogé. Quand la pauvre mademoiselle Sinisi est tombée, il était sorti faire une course.

— J'aimerais parler à Greta, la bonne de mademoiselle Sinisi.

— Je crains que ce ne soit impossible.

— Impossible. Pourquoi ?

— Elle est partie.

— Où ?

— Elle a dit qu'elle rentrait chez elle. Elle était complètement bouleversée.

— Où est-ce, chez elle ? » Le portier secoua la tête. « Je n'en ai aucune idée.

— Y a-t-il quelqu'un dans l'appartement, maintenant ?

— Non, madame. »

Dana réfléchit à toute vitesse.

« Mon patron souhaite que je prépare un reportage pour WTN sur la mort de mademoiselle Sinisi. Je me demandais si je ne pourrais pas revoir les lieux ? Je suis venue voici quelques jours. »

Le portier hésita un instant, puis il haussa les épaules.

« Je n'y vois aucun inconvénient. Je suis obligé de monter avec vous.

— Ça me va », acquiesça-t-elle.

Ils montèrent jusqu'à l'appartement en silence, par l'ascenseur. Quand ils eurent atteint le treizième étage, le portier sortit un passe-partout et ouvrit la porte de l'appartement A.

Dana s'avança. L'appartement était exactement comme elle l'avait découvert la dernière fois. *Sauf que Joan Sinisi a disparu.*

« Vouliez-vous voir quelque chose en particulier, mademoiselle Evans ?

— Non, mentit-elle. Je souhaitais simplement me rafraîchir la mémoire. »

Elle emprunta le corridor en direction du salon et continua vers la terrasse.

« C'est là que la pauvre dame est tombée », commenta le portier.

Elle sortit sur l'immense terrasse et se rendit au parapet. Un mur d'un mètre vingt de haut courait sur tout le pourtour. Il n'y avait aucun moyen que quelqu'un bascule par-dessus accidentellement.

Elle se pencha sur la rue tout en bas, encombrée par la circulation de Noël, et elle se dit : *Qui pourrait être assez impitoyable pour commettre un acte pareil ?* Elle frissonna.

Le portier était à côté d'elle.

« Ça va ? »

Elle respira profondément.

« Oui, très bien. Merci.

— Vouliez-vous voir autre chose ?

— Non, j'en ai assez vu. »

L'accueil du commissariat de police du centre-ville était surpeuplé de criminels, d'ivrognes, de prostituées et de touristes désespérés dont les portefeuilles avaient mystérieusement disparu.

« Je suis ici pour voir l'inspecteur Marcus Abrams, signifia Dana au sergent de garde.

— Troisième porte sur la droite.

— Merci. »

Elle s'avança dans le couloir.

La porte de l'inspecteur Abrams était ouverte.

« Inspecteur Abrams ? »

Il était devant son classeur à tiroirs, un homme très fort, avec du ventre et des yeux marron fatigués. Il la dévisagea.

« Oui ? » Il la reconnut. « Dana Evans. Qu'attendez-vous de moi ?

— J'ai appris que vous vous occupiez de l'acc... (ce mot, encore...) l'accident de Joan Sinisi.

— C'est exact.

— Pouvez-vous me renseigner à ce sujet ? »

Il se rendit à son bureau, une poignée de documents dans les mains, et s'assit.

« Il n'y a pas grand-chose à en dire. C'était soit un accident soit un suicide. »

Dana prit un siège.

« Y avait-il quelqu'un avec elle quand c'est arrivé ?

— Rien que la bonne. A cette heure-là, elle se trouvait dans la cuisine. Elle a indiqué que personne d'autre n'était là.

— Avez-vous une idée de l'endroit où je peux joindre la bonne ? » s'enquit-elle.

Il étudia la question.

« La bonne en question va passer en direct dans le journal de ce soir, hein ? »

Elle lui sourit.

« Exact. »

L'inspecteur Abrams retourna à son classeur à tiroirs et fouilla dans des papiers. Il en sortit une carte.

« Voilà. Greta Miller. Onze cent quatre-vingt, Connecticut Avenue. Ça vous ira ? »

Vingt minutes plus tard, Dana roulait dans Connecticut Avenue, en suivant les numéros des bâtiments : 1170... 1172... 1174... 1176... 1178...

Le numéro 1180 correspondait à un parking.

« Tu crois vraiment que cette femme, là, cette Sinisi a été balancée du haut de la terrasse ? s'étonna Jeff.

— Jeff, tu n'appelles pas pour obtenir un rendez-vous d'urgence et ensuite te suicider. Quelqu'un ne voulait pas qu'elle me communique quelque chose. C'est exaspérant. C'est comme dans *Le Chien des Baskerville*. Personne n'a entendu le chien aboyer. Personne n'a rien vu. »

Jeff observa :

« Ça commence même à être angoissant. Je ne suis pas convaincu que tu doives aller plus loin.

— Maintenant je ne peux plus m'arrêter. Il faut que je trouve.

— Si tu as raison, Dana, six personnes ont été assassinées. »

Elle avala sa salive.

« Je sais. »

*

« ... et la bonne a fourni à la police une fausse adresse avant de disparaître », exposa Dana à Matt Baker. « Quand j'ai parlé à Joan Sinisi, elle avait l'air inquiète, mais elle ne m'a absolument pas fait l'effet de quelqu'un de suicidaire. Quelqu'un l'a aidée à sauter de ce balcon.

— Mais nous ne disposons d'aucune preuve.

— Non. Mais je sais que j'ai raison. La première fois que je l'ai rencontrée, Joan Sinisi allait très bien, jusqu'à ce que je mentionne le nom de Taylor Winthrop. C'est à partir de là qu'elle a paniqué. C'est la première fois que j'ai entrevu une faille dans la magnifique légende que Taylor Winthrop s'est forgée de toutes pièces. Un homme comme Winthrop n'aurait pas acheté une secrétaire, à moins qu'elle n'ait possédé une information de première importance contre lui. Il devait s'agir d'un chantage. Il se passe vraiment quelque chose de bizarre. Matt, connaissez-vous quelqu'un qui ait travaillé avec Taylor Winthrop et qui ait pu rencontrer un problème avec lui, quelqu'un qui ne craindrait pas de parler ? »

Matt Baker resta songeur un instant.

« Vous pourriez aller voir Roger Hudson. Avant de se retirer des affaires, il était le leader de la majorité au Sénat et il a travaillé avec Taylor Winthrop au sein d'une ou deux commissions. Il pourrait savoir quelque chose. C'est un homme qui ne redoute personne.

— Pourriez-vous m'organiser un rendez-vous ?

— Je vais voir ce que je peux faire. »

Une heure plus tard, Matt Baker rappelait sur la ligne de Dana.

« Vous avez rendez-vous avec Roger Hudson jeudi à midi, à son domicile de Georgetown.

— Merci, Matt. Je vous suis très reconnaissante.

— Il faut que je vous prévienne, Dana...

— Oui ?

— Hudson peut se montrer irritable, un personnage épineux.

— J'essaierai de ne pas trop m'approcher. »

*

Matt Baker était sur le point de quitter son bureau quand Elliot Cromwell entra.

« Je veux vous parler de Dana.

— Un souci ?

— Non, et je ne souhaite pas qu'il y en ait. Cette histoire Taylor Winthrop, l'enquête qu'elle mène...

— Oui.

— Elle est en train de prendre certaines personnes à rebrousse-poil, et je crois qu'elle perd son temps. Je connaissais Taylor Winthrop et sa famille. C'étaient tous des gens formidables. »

Matt Baker en tira sa propre conclusion.

« Bon. Alors il n'y a pas de mal à ce que Dana continue. »

Elliot Cromwell regarda Matt un instant, puis il haussa les épaules.

« Tenez-moi informé. »

« C'est une ligne sûre ?

— Oui, monsieur.

— Bien. Nous comptons fermement sur l'information en provenance de WTN. Êtes-vous certain que cette source est fiable ?

— Absolument. Elle provient directement de la tour directoriale de la chaîne. »

HUIT

Mercredi matin, Dana était en train de préparer le déjeuner quand elle entendit des bruits assourdis venant du dehors. Elle regarda par la fenêtre et elle eut la surprise de voir un camion de déménagement devant l'immeuble, avec des hommes en train d'y charger du mobilier.

Qui donc peut déménager ? s'étonna Dana. Tous les appartements étaient occupés, et c'étaient des baux de location à long terme.

Elle mettait les céréales sur la table quand on frappa à la porte. C'était Dorothy Wharton.

« Dana, j'ai une nouvelle à vous annoncer, fit-elle, au comble de l'excitation. Howard et moi partons nous installer à Rome aujourd'hui même. »

Dana la dévisagea, stupéfaite.

« A Rome ? Aujourd'hui ?

— N'est-ce pas incroyable ? La semaine dernière, un homme est venu voir Howard. Il avait l'air très secret. Howard m'a expliqué qu'il ne pouvait rien me confier. Enfin, hier soir, cet homme a rappelé pour proposer à Howard un poste dans cette société, en Italie, en triplant le salaire actuel d'Howard. »

Dorothy était rayonnante.

« Eh bien, c'est... c'est formidable, convint Dana. Vous allez nous manquer.

— Vous aussi, vous allez nous manquer. » Howard vint

les rejoindre sur le seuil. « Je suppose que Dorothy vous a appris la nouvelle ?

— Oui. Je suis enchantée pour vous. Mais je vous croyais installés ici pour la vie. Et subitement... »

Howard continua de rapporter l'événement, sans écouter davantage.

« Je n'arrive pas y croire. De but en blanc. Et puis c'est une grande société. Italiano Ripristino. L'un des plus grands groupes italiens. Ils possèdent une filiale spécialisée dans la restauration des monuments en ruine. J'ignore comment ils ont entendu parler de moi, mais ils ont envoyé un responsable depuis l'Europe rien que pour conclure ce contrat avec moi. Il y a là-bas quantité de monuments qui demandent à être restaurés. Ils acquittent même notre reliquat de loyer ici pour l'année et en plus nous récupérons notre dépôt de garantie. Le seul inconvénient, c'est qu'il nous faut être à Rome d'ici demain. Cela signifie que nous devons avoir quitté l'appartement dès aujourd'hui. »

Dana remarqua prudemment :

« C'est très inhabituel, non ?

— J'imagine qu'ils doivent se trouver devant une urgence.

— Avez-vous besoin d'aide pour vos cartons ? »

Dorothy secoua la tête.

« Non. Nous sommes restés debout toute la nuit. Presque tout va partir au dépôt-vente. Avec le nouveau salaire d'Howard, nous pouvons nous offrir beaucoup mieux. »

Dana éclata de rire.

« Tenez moi au courant, Dorothy. »

Une heure plus tard, les Wharton avaient abandonné leur appartement et filaient pour Rome.

A son arrivée à son bureau, elle demanda à Olivia :

« Vous voudriez vérifier une entreprise pour moi ?

— Certainement.

— Cela s'appelle Italiano Ripristino. Leur siège doit se trouver à Rome.

— D'accord. »

Une demi-heure plus tard, Olivia lui tendait un papier.

« Voilà. C'est l'une des plus importantes sociétés du continent européen. »

Elle se sentit profondément soulagée.

« Bon. Je suis heureuse d'entendre ça.

— Au fait, ajouta Olivia. Ce n'est pas une entreprise privée.

— Ah ?

— Non. C'est une entreprise publique, propriété du gouvernement italien. »

Quand Dana ramena Kemal de l'école à la maison cet après-midi-là, un homme d'âge mûr portant lunettes emménageait dans l'appartement des Wharton.

La journée de jeudi, jour de son rendez-vous avec Roger Hudson, débuta de façon éprouvante.

A la première conférence de rédaction de la chaîne, Robert Fenwick annonça :

« Apparemment nous allons avoir un problème avec le journal de ce soir.

— Expliquez-moi ça, fit Dana.

— Vous savez, l'équipe que nous avons envoyée en Irlande ? Nous devions utiliser leurs images ce soir.

— Oui, et... ?

— Ils se sont fait arrêter. Tout leur équipement a été confisqué.

— Vous êtes sérieux ?

— Je ne plaisante jamais avec les Irlandais. » Il lui tendit une feuille de papier. « Voici notre sujet d'ouverture sur ce banquier de Washington accusé de fraude.

— C'est un bon sujet, observa-t-elle. Et c'est une exclusivité.

— Notre département juridique vient de l'enterrer.

— Quoi ?

— Ils craignent des poursuites.

— Magnifique, ponctua-t-elle avec amertume.

— Je n'ai pas terminé. Le témoin dans l'affaire de meurtre, que nous avions prévu d'interviewer en direct ce soir...

— Oui...

— Il a changé d'avis. Il se défile. »

Dana lâcha un gémissement. Il n'était pas encore dix heures du matin. La seule chose qu'elle attendait de cette journée, c'était sa rencontre avec Roger Hudson.

Quand elle sortit de sa réunion de rédaction, Olivia lui conseilla :

« Mademoiselle Evans, il est onze heures. Par ce temps, vous devriez plutôt partir tout de suite pour votre rendez-vous avec M. Hudson.

— Merci, Olivia. Je devrais être de retour d'ici deux ou trois heures. »

Dana regarda par la fenêtre. Il se remettait à neiger. Elle enfila son manteau, noua son écharpe et se dirigea vers la porte. Le téléphone sonna.

« Mademoiselle Evans... »

Elle se retourna.

« Vous avez un appel sur la ligne trois.

— Pas maintenant, répliqua-t-elle. Il faut que j'y aille.

— C'est une personne de l'école de Kemal.

— Quoi ? » Elle regagna son bureau en vitesse. « Allô ?

— Mademoiselle Evans ?

— Oui.

— C'est Thomas Henry.

— Oui, monsieur Henry. Est-ce que Kemal va bien ?

— Je ne sais franchement pas comment répondre à cette question. Je suis tout à fait désolé de vous dire ceci, mais Kemal est exclu de l'école. »

Dana resta là, debout, sous le choc.

« Exclu ? Pourquoi ? Qu'a-t-il fait ?

— Peut-être devrions-nous en discuter de vive voix. Je vous serais reconnaissante de venir le chercher ici.

— Monsieur Henry...

— Je vous expliquerai lorsque vous serez là, mademoiselle Evans. Je vous remercie. »

Elle reposa le combiné, abasourdie. *Qu'a-t-il pu se passer ?*

Olivia lui demanda.

« Est-ce que tout va bien ?

— Super, grogna-t-elle. Cela nous donne une matinée à peu près parfaite.

— Puis-je faire quelque chose ?

— Priez pour moi. »

Tôt ce matin-là, lorsque Dana avait déposé Kemal à l'école, avec un signe de la main en guise d'au revoir avant de redémarrer, Ricky Underwood observait la scène.

Quand Kemal était passé devant lui, Ricky lui avait lancé :

« Hé, mais c'est notre héros de la guerre. Eh, ta maman, elle doit être carrément frustrée. Tu n'as qu'un bras, alors du coup quand tu joues à touche-pipi avec elle... »

Kemal avait des gestes si agiles qu'ils en étaient presque invisibles. Son pied était allé s'écraser dans l'entrejambe de Ricky, qui s'était cassé en deux en poussant un hurlement. Le genou gauche de Kemal avait fusé et lui avait fracassé le nez. Du sang avait giclé.

Kemal s'était penché sur la forme gémissante affalée par terre.

« La prochaine fois, je te tue. »

Dana roula aussi vite qu'elle put jusqu'au collège Theodore Roosevelt, inquiète de ce qui avait pu se produire. *En tout cas, il faut que je convainque Henry de garder Kemal dans l'école.*

Thomas Henry attendait Dana dans son bureau. Kemal était assis sur une chaise en face de lui. Lorsque Dana entra, elle eut une impression de déjà vu.

« Mademoiselle Evans. »

Elle s'enquit : « Que s'est-il passé ?

— Votre fils a fracturé le nez et la pommette d'un garçon. Une ambulance a dû l'emmener aux urgences. »

Dana le considéra, incrédule.

« Comment... comment cela a-t-il pu se produire ? Kemal n'a qu'un bras.

— Oui, répliqua sèchement Thomas Henry. Mais il a deux jambes. Il a fracturé le nez de ce garçon avec son genou. »

Kemal scrutait le plafond.

Elle se tourna vers lui.

« Kemal, comment as-tu pu faire ça ? »

Il regarda par terre.

« C'était facile.

— Vous voyez, mademoiselle Evans, reprit Thomas Henry. Toute son attitude est... je... je ne sais comment la définir. Je crains que nous ne puissions plus tolérer le comportement de Kemal. Je suggère que vous lui trouviez une école qui lui convienne mieux. »

Dana répondit en toute sincérité.

« Monsieur Henry, Kemal ne provoque pas de bagarres. Je suis certaine que s'il s'est battu, c'est qu'il avait de bonnes raisons pour ça. Vous ne pouvez pas... »

M. Henry l'arrêta d'un ton ferme.

« Nous avons pris notre décision, mademoiselle Evans. »

Au ton de sa voix, c'était irrévocable.

Elle prit une profonde inspiration.

« Très bien. Nous allons lui chercher une école où l'on se montrera plus compréhensif. Viens, Kemal. »

Kemal se leva, lança un coup d'œil furibond à M. Henry, et la suivit hors du bureau. Ils marchèrent jusqu'au trottoir en silence. Dana consulta sa montre. A présent, elle était en retard à son rendez-vous, et elle n'avait aucun endroit où laisser Kemal. *Je vais devoir l'emmener avec moi.*

Lorsqu'ils furent montés dans la voiture, elle le questionna :

« Très bien, Kemal. Que s'est-il passé ? »

Il n'était pas question qu'il lui révèle les propos de Ricky Underwood.

« Je suis vraiment désolé, Dana. C'était ma faute. »

Super, se dit-elle.

La propriété des Hudson était nichée sur un terrain de trois hectares dans un quartier huppé de Georgetown. La maison, invisible depuis la rue, était une demeure à trois étages de style géorgien, sur une colline. On découvrait la façade toute blanche depuis la longue et large allée qui conduisait à l'entrée.

Dana gara la voiture devant la maison. Elle regarda Kemal.

« Tu m'accompagnes.

— Pourquoi ?

— Parce que dehors il fait froid. Allez. »

Elle se rendit à la porte d'entrée et Kemal la suivit à contrecœur. Elle se retourna vers lui.

« Kemal, je suis ici pour une interview très importante. Je veux que tu te tiennes tranquille et que tu sois poli. Compris ?

— Compris. »

Dana sonna. La porte lui fut ouverte par un homme à la stature gigantesque, au visage plaisant, en uniforme de majordome.

« Mademoiselle Evans ?

— Oui.

— Je suis Cesar. M. Hudson vous attend. » Il regarda Kemal, avant de revenir à Dana. « Puis-je vous débarrasser de vos manteaux ? »

Un moment plus tard, il les suspendait à l'intérieur de la penderie des invités, dans le hall d'entrée. Kemal ne pouvait détacher son regard de la personne de Cesar, qui le dominait de toute sa stature.

« Quelle taille faites-vous ? »

Dana s'écria :

« Kemal ! Ne sois pas grossier.

— Oh, cela ne fait rien, mademoiselle Evans. J'ai tout à fait l'habitude.

— Êtes-vous plus grand que Michael Jordan ? insista Kemal.

— J'en ai bien peur. » Le majordome sourit. « Je mesure deux mètres seize. Par ici, je vous prie. »

L'entrée était immense, un long corridor parqueté, des miroirs d'époque et des tables en marbre. Le long des murs, sur des étagères, étaient alignées de précieuses figurines de la dynastie Ming et des statuettes Chihuly en verre soufflé.

Dana et Kemal suivirent Cesar dans le couloir jusqu'à un salon en contrebas, aux murs jaune pâle lambrissés de blanc. La pièce était meublée de confortables canapés, de tables basses Queen Anne et de fauteuils à accoudoirs Sheraton tapissés de soie jaune.

Le sénateur Roger Hudson et son épouse, Pamela, étaient assis à une table de backgammon. Lorsque Cesar annonça Dana et Kemal, ils se levèrent.

Roger Hudson était un homme d'apparence sévère, pas éloigné de la soixantaine, aux yeux d'un gris froid et affichant un sourire circonspect. Il dégageait la réserve et la prudence.

Pamela Hudson était une beauté, légèrement plus jeune que son mari. Elle paraissait ouverte et chaleureuse, les pieds sur terre. Elle avait des cheveux blond cendré, avec quelques mèches grises qu'elle ne se donnait pas la peine de dissimuler.

« Je suis confuse de mon retard, s'excusa Dana. Je me présente, Dana Evans. Voici mon fils, Kemal.

— Roger Hudson. Voici mon épouse, Pamela. »

Elle avait effectué des recherches à propos de Roger Hudson sur Internet. Son père possédait une petite aciérie, Hudson Industries, à partir de laquelle Roger, le fils, avait édifié un groupe de dimension mondiale. Il était milliardaire, il avait été le leader de la majorité au Sénat, et, à une époque, il avait dirigé la commission des Forces Armées. Il était retiré des affaires et demeurait à présent l'un des conseillers politiques de la Maison-Blanche. Voici vingt-cinq ans, il avait épousé une beauté mondaine, Pamela Donnelly. Ils étaient tous deux des figures très en vue de la haute société de Washington, très influents en politique.

Dana commença :

« Kemal, voici M. et Mme Hudson. » Elle regarda Roger. « Je vous prie de m'excuser de l'avoir amené avec moi, mais...

— Cela ne pose aucun problème, la rassura Pamela Hudson. Nous savons tout de Kemal. »

Elle la regarda, surprise.

« Ah oui ?

— Oui. On a écrit quantité de choses sur vous, mademoiselle Evans. Vous avez secouru Kemal à Sarajevo. C'était là un geste tout à fait exemplaire. »

Roger Hudson était resté debout, silencieux.

« Que pouvons-nous vous proposer ? s'enquit Pamela Hudson.

— Rien pour moi, je vous remercie », fit Dana.

Ils se tournèrent vers Kemal. Celui-ci secoua la tête.

« Asseyez-vous, je vous en prie. »

Roger Hudson et sa femme prirent place sur le canapé. Dana et Kemal s'assirent dans les deux confortables fauteuils en face d'eux.

Roger Hudson prit la parole, non sans sécheresse.

« Je ne sais pas au juste quelle est la raison de votre présence ici, mademoiselle Evans. Matt Baker m'a prié de vous recevoir. Que puis-je pour vous ?

— Je voulais vous parler de Taylor Winthrop. »

Roger Hudson haussa le sourcil. « Et de quoi donc, à son propos ?

— Je crois savoir que vous le connaissiez ?

— Oui. J'ai rencontré Taylor quand il était ambassadeur en Russie. A l'époque, j'étais à la tête de la commission des Forces Armées. Je suis allé en Russie évaluer notre capacité militaire. Taylor a passé deux ou trois jours avec notre commission.

— Que pensiez-vous de lui, monsieur Hudson ? »

Il marqua un temps de réflexion.

« Pour être tout à fait franc, mademoiselle Evans, je n'ai

pas été excessivement impressionné par tout son charme. Mais je dois dire que je tenais l'homme pour très capable. »

Kemal, qui s'ennuyait, regarda autour de lui, et s'aventura dans la pièce voisine.

« Savez-vous si l'ambassadeur Winthrop a rencontré la moindre difficulté quand il était en poste en Russie ? »

Roger Hudson réagit d'un air perplexe.

« Je ne suis pas certain de saisir. Quel genre de difficulté ?

— Quelque chose... quelque chose qui aurait pu lui créer des ennemis. Je veux dire, des ennemis réellement mortels. »

Roger Hudson secoua lentement la tête.

« Mademoiselle Evans, si quoi que ce soit de tel s'était produit, non seulement j'en aurais été informé, mais le monde entier aurait été au courant. Taylor Winthrop menait une vie très publique. Puis-je vous demander où vous voulez en venir, avec ces questions ? »

Dana répondit non sans embarras :

« Je crois possible que Taylor Winthrop ait pu commettre à l'encontre de je ne sais qui un acte suffisamment grave pour que cela motive le désir de le tuer, lui et sa famille. »

Les Hudson la dévisagèrent tous deux.

Elle poursuivit sans tergiverser.

« Je sais que ça paraît inconcevable, mais ni plus ni moins que toutes leurs morts violentes en moins d'une année. »

Roher Hudson rétorqua avec brusquerie :

« Mademoiselle Evans, j'ai vécu suffisamment longtemps pour savoir que tout est possible, mais ceci... sur quoi vous fondez-vous ?

— Si vous entendez par là des preuves matérielles, je n'en possède aucune.

— Cela ne me surprend pas. » Il hésita. « J'ai entendu dire que... » Il se tut. « Peu importe. »

Les deux femmes le regardèrent.

Pamela intervint avec amabilité.

« Ce n'est pas gentil pour mademoiselle Evans, chéri. Qu'allais-tu dire ? »

Il haussa les épaules.

« Cela ne présente aucun intérêt. » Il se tourna vers Dana. « Lors de ma visite à Moscou, le bruit courait que Winthrop était partie prenante d'un accord avec les Russes, à titre privé. Mais les rumeurs ne sont pas mon affaire, et je suis bien certain qu'elles ne sont pas non plus la vôtre, mademoiselle Evans. »

Il avait achevé sa phrase presque sur un ton de reproche.

Avant que Dana n'ait pu répondre, il y eut un fracas retentissant en provenance de la bibliothèque, juste à côté.

Pamela Hudson se leva et se rendit vivement dans la direction d'où provenait ce bruit. Roger et Dana la suivirent. Ils restèrent interdits sur le seuil. Dans la bibliothèque, un vase Ming bleu était tombé par terre et s'était brisé en morceaux. Kemal se tenait debout à côté.

« Oh, mon Dieu, s'exclama Dana, horrifiée. Je suis tellement désolée. Kemal, comment as-tu pu... ?

— C'était un accident. »

Elle se tourna vers les Hudson, le visage écarlate.

« Je suis terriblement navrée. Je vous rembourserai, cela va de soi. Je...

— Je vous en prie, ne vous inquiétez pas pour ça, la rassura Pamela Hudson avec un aimable sourire Nos chiens font bien pire. »

Roger Hudson avait un air sinistre. Il allait ajouter quelque chose, mais un regard de son épouse l'en empêcha.

Dana contempla les restes du vase. *Probablement l'équivalent de dix années de mon salaire.*

« Pourquoi ne pas regagner le salon », proposa Pamela Hudson.

Dana suivit les Hudson, Kemal à ses côtés.

« Reste avec moi », marmonna-t-elle, furibonde. Ils reprirent place.

Roger Hudson regarda Kemal.

« Comment as-tu perdu ton bras, fiston ? »

Dana fut surprise de la rudesse de la question, mais Kemal répondit sans rechigner.

« Une bombe.

— Je vois. Et tes parents, Kemal ?

— Ils ont tous les deux été tués pendant un raid aérien, en même temps que ma sœur. »

Roger Hudson grogna.

« Bon sang de guerres. »

A cet instant, Cesar entra dans la pièce.

« Le déjeuner est servi. »

Le déjeuner fut délicieux. Dana trouvait Pamela chaleureuse et charmante, et Roger Hudson plutôt renfermé.

« Sur quoi travaillez-vous en ce moment ? demanda Pamela Hudson à Dana.

— Nous discutons de la création d'une nouvelle émission, qui s'intitulerait *Crimes en direct*. Nous allons démasquer des auteurs de crimes restés impunis, et aussi tâcher d'aider des personnes détenues qui sont innocentes. »

Roger Hudson ironisa :

« Washington est l'endroit parfait pour commencer. C'est plein de charlatans, des petits saints hauts placés qui ont commis tous les crimes impunis possibles et imaginables.

— Roger fait partie de plusieurs commissions de réforme gouvernementale, rappela fièrement Pamela Hudson.

— Pour ce qu'elles servent... grommela son mari. La différence entre le bien et le mal semble s'être effacée. On devrait l'enseigner à la maison. Nos écoles y ont manifestement renoncé. »

Pamela Hudson regarda Dana.

« Au fait, Roger et moi nous donnons une petite soirée samedi. Seriez-vous libre pour être des nôtres ? »

Dana sourit.

« Eh bien, merci. Je serais ravie.

— Avez-vous un fiancé ?

— Oui. Jeff Connors. » Roger Hudson remarqua. « Le chroniqueur sportif de votre chaîne ?

— Oui.

— Il n'est pas mal. Je le regarde à l'occasion, avoua-t-il. Cela ne me déplairait pas de le rencontrer. »

Dana sourit.

« Je suis certaine que Jeff serait enchanté de m'accompagner. »

*

Lorsque Dana et Kemal furent sur le départ, Roger Hudson prit Dana à part.

« En toute franchise, mademoiselle Evans, j'estime que votre théorie du complot autour de la famille Winthrop relève du royaume de l'imaginaire. Mais par égard pour Matt Baker, je veux bien effectuer quelques vérifications et voir si je ne découvre rien qui puisse éventuellement venir l'étayer.

— Je vous remercie. »

> *En toute franchise, mademoiselle Evans, j'estime que votre théorie du complot autour de la famille Winthrop relève du royaume de l'imaginaire. Mais par égard pour Matt Baker, je veux bien effectuer quelques vérifications et voir si je ne découvre rien qui puisse éventuellement venir l'étayer.*

Fin de la bande.

NEUF

Ils étaient en plein milieu de leur réunion du matin consacrée à *Crimes en direct*, et Dana se trouvait dans la salle de conférence avec une demi-douzaine de journalistes et de documentalistes de l'équipe.

Olivia pointa la tête par la porte.

« M. Baker souhaiterait vous voir.

— Dites-lui que j'arrive dans une minute. »

« Le patron vous attend.

— Merci, Abbe. Vous avez l'air toute gaie. »

Abbe confirma d'un hochement de tête.

« J'ai enfin réussi à m'offrir une bonne nuit de sommeil. Pour la dernière...

— Dana ? Entrez, voulez-vous, beugla Matt.

— A suivre », acheva Abbe.

Dana entra dans le bureau de Matt.

« Comment s'est déroulé l'entretien avec Roger Hudson ?

— J'ai le sentiment que ça ne l'intéressait guère. Il juge ma théorie cinglée.

— Je vous ai prévenu, ce n'est pas M. Chaleur Humaine en personne.

— Cela prend un petit peu de temps, mais on s'y fait. Sa femme est ravissante. Il faut l'entendre sur la folie de la haute société de Washington. Dépeindre toute cette cruauté.

— Je sais. C'est une femme merveilleuse. »

Dana tomba sur Elliot Cromwell dans la salle à manger réservée à la direction.

« Joignez-vous à moi, lui proposa Elliot Cromwell.

— Merci. »

Elle prit place.

« Comment va Kemal ? »

Elle hésita.

« A la minute présente, malheureusement, il y a un léger problème.

— Ah ? Quel genre de problème ?

— Kemal a été renvoyé de son école.

— Pourquoi ?

— Il s'est bagarré et il a envoyé un autre garçon à l'hôpital.

— Le motif paraît suffisant.

— Je suis certaine que ce n'était pas sa faute, s'écria Dana, sur la défensive. Il n'arrête pas de se faire asticoter parce qu'il n'a qu'un bras. »

Elliot Cromwell eut cette remarque.

« J'imagine que ça doit être réellement difficile à vivre, pour lui.

— Ça l'est. J'essaie de lui obtenir une prothèse. Là encore, il semble que cela pose quelques problèmes.

— En quelle classe Kemal est-il ?

— En cinquième. » Elliot Cromwell resta songeur. « Avez-vous entendu parler du lycée privé Lincoln ?

— Oh, oui. Mais je crois savoir qu'il n'est pas facile d'y entrer. » Elle ajouta : « Et puis malheureusement les notes de Kemal ne sont pas très bonnes.

— J'ai quelques contacts là-bas. Aimeriez-vous que j'en touche un mot à quelqu'un ?

— Je... c'est très aimable à vous.

— Mais je vous en prie. »

*

Plus tard ce même jour, Elliot Cromwell fit convoquer Dana.

« J'ai de bonnes nouvelles pour vous. J'ai parlé à la directrice du lycée Lincoln, et elle accepte d'inscrire Kemal à titre d'essai. Pourriez-vous l'emmener là-bas demain matin ?

— Bien sûr. Je... » Il lui fallut un instant pour prendre la mesure de la nouvelle. « Oh, c'est fantastique ! Je suis absolument ravie. Merci, merci beaucoup. Je vous suis infiniment reconnaissante, Elliot. Vraiment, je suis touchée.

— Je voulais vous faire savoir que c'est moi qui suis touché. Par vous. J'estime que c'était formidable, de votre part, de ramener Kemal dans notre pays. Vous êtes vraiment une personnalité unique.

— Je... merci. »

Une fois sortie du bureau, Dana se fit cette réflexion. *Il fallait avoir beaucoup d'influence. Et beaucoup de bonté.*

Le lycée privé Lincoln était un ensemble imposant, composé d'un grand bâtiment de style édouardien, de trois annexes plus petites, d'un parc vaste et bien entretenu, et de terrains de sport impeccables.

Debout devant l'entrée, Dana prévint :

« Kemal, c'est la meilleure école de Washington. Ici, tu vas pouvoir beaucoup apprendre, mais il va falloir que tu adoptes une attitude positive. Tu comprends ?

— Cool.

— Et ici pas question de bagarres. »

Kemal ne répondit rien.

Dana et Kemal furent introduits dans le bureau de Rowana Trott, la directrice de l'école. C'était une femme séduisante, d'un abord cordial.

« Soyez les bienvenus », commença-t-elle. Elle se tourna vers Kemal. « J'ai beaucoup entendu parler de vous, jeune homme. Nous sommes tous impatients de vous accueillir parmi nous. »

Dana attendit que Kemal réponde quelque chose. Comme il gardait le silence, elle s'exprima à sa place.

« Kemal est aussi impatient d'entrer ici.

— Bien. Je pense que dans notre école tu vas te faire quelques très bons amis. »

Kemal restait là, debout, sans rien répondre.

Une femme plus âgée entra dans le bureau. Mme Trott se chargea des présentations.

« Voici Becky. Becky, voici Kemal. Peut-être pouvez-vous emmener Kemal visiter les lieux. Qu'il fasse connaissance avec certains de ses professeurs.

— Certainement. Par ici, Kemal. »

Kemal lança un regard suppliant à Dana, puis il se retourna et suivit Becky.

« A propos de Kemal, je voudrais vous expliquer, commença Dana. Il... »

Mme Trott l'interrompit.

« Ce n'est pas la peine, mademoiselle Evans. Elliot Cromwell m'a exposé la situation, et d'où Kemal était issu. Je comprends qu'il a subi davantage d'épreuves qu'il ne devrait être permis à un enfant d'en vivre, et nous sommes prêts à lui accorder toutes les excuses possibles.

— Merci, fit Dana.

— J'ai ici une copie de ses notes au collège Theodore Roosevelt. Nous allons voir si nous ne pouvons pas améliorer cela. »

Dana approuva de la tête.

« Kemal est un garçon très intelligent.

— J'en suis certaine. Ses notes en maths le prouvent. Nous allons tâcher de lui apporter des incitations, pour qu'il excelle dans toutes les autres matières.

— Le fait qu'il n'a qu'un bras constitue pour lui un fort traumatisme, précisa Dana. J'espère trouver le moyen de résoudre ce problème. »

Mme Trott hocha la tête, l'air compréhensif.

« Bien sûr. »

Après que Kemal eut achevé sa visite de l'école, et tandis que Dana et lui regagnaient la voiture, elle lui affirma :

« Je sais que tu vas te plaire ici. »

Kemal gardait le silence.

« C'est une école magnifique, non ?

— Ça craint. »

Dana s'arrêta net.

« Pourquoi ? »

Subitement, la voix de Kemal s'étouffa.

« Ils ont des courts de tennis et un terrain de foot et moi je peux pas... »

Ses yeux s'emplirent de larmes.

Elle l'étreignit.

« Je suis désolée, mon chou. »

Et elle ajouta pour elle-même : *Il faut que je trouve une solution.*

Le samedi soir, au dîner-buffet chez les Hudson, tout n'était que prestige et tenue de soirée. Les pièces somptueuses étaient remplies de tous les personnages influents de la capitale, y compris le secrétaire à la Défense, plusieurs membres du Congrès, le directeur de la Banque fédérale et l'ambassadeur d'Allemagne.

A l'arrivée de Dana et Jeff, Roger et Pamela accueillaient leurs invités à l'entrée. Dana leur présenta Jeff.

« Vos chroniques sportives et vos émissions me plaisent beaucoup, lui lança Roger Hudson.

— Merci. »

Pamela ajouta :

« Laissez-moi vous présenter quelques-uns de nos invités. »

La plupart de ces visages ne leur étaient pas inconnus, et les présentations furent cordiales. On eût dit qu'il n'y avait là, pour ainsi dire, que des admirateurs de Dana ou Jeff – ou des deux.

Quand ils furent seuls un instant, Dana s'exclama :

« Mon Dieu ! Leur liste d'invités, c'est le *Who's Who*. »

Jeff lui prit la main.

« La célébrité numéro un, ici, c'est toi, ma chérie.

— Tu parles, ironisa Dana. Je ne suis qu'une... »

A cette seconde précise, Dana aperçut le général Victor Booster et Jack Stone qui se dirigeaient vers eux.

« Bonsoir, général », lança-t-elle.

Booster lui rendit son regard et lui rétorqua grossièrement.

« Bon Dieu, qu'est-ce que vous fabriquez ici ? »

Dana s'empourpra.

« C'est une soirée mondaine, tonna le général d'un ton hargneux. J'ignorais que les médias étaient invités. »

Jeff tança le général Booster, furibond.

« Attendez ! s'insurgea-t-il. Nous avons tout autant le droit de... »

Victor Booster l'ignora. Il se pencha tout près de Dana.

« Souvenez-vous de ce que je vous ai promis, si vous continuez de chercher les embêtements. »

Il s'éloigna.

Jeff le suivit du regard, incrédule.

« Nom de Dieu, qu'est-ce que c'est que cette histoire ? »

Jack Stone était demeuré planté là, le visage écarlate.

« Je... je suis absolument navré. Le général s'emporte parfois de la sorte. Le tact n'est pas toujours son fort.

— Nous avons remarqué », lâcha Jeff, glacial.

Le dîner en lui-même fut fantastique. En face de chaque couple était disposé un menu élégamment calligraphié.

Caviar béluga et Blinis à la russe
avec leur crème à la vodka
Consommé de Faisan Ambassadeur au Fumet de Truffe
et Asperges Vertes
Foie Gras Bismarck sur sa laitue Boston,
aux Baies de poivre et Vinaigre de Xérès
Homard thermidor du Maine Sauce Mornay au champagne
Filet de bœuf Wellington avec ses Patates rôties Orloff
et son Sauté de légumes
Soufflé au Chocolat chaud à la liqueur de zeste d'orange et aux éclats
de chocolat, servi en sauce nougatine

C'était un banquet digne de Lucullus.

Dana eut la surprise de découvrir qu'elle avait été placée à côté de Roger Hudson. *L'œuvre de Pamela*, paria-t-elle.

« Pamela m'a appris que Kemal était admis au lycée privé Lincoln. »

Dana sourit.

« Oui. Elliot Cromwell a organisé ça. C'est un homme remarquable. »

Roger approuva de la tête.

« C'est aussi ce que j'ai entendu dire. »

Il hésita un moment.

« Cela ne signifie peut-être rien, mais il semble que peu de temps avant de devenir notre ambassadeur en Russie, Taylor Winthrop avait confié à des amis proches qu'il s'était définitivement retiré de la vie publique. »

Dana fronça le sourcil.

« Et là-dessus il a accepté cette ambassade en Russie ?

— Oui. »

Étrange.

Sur la route du retour, Jeff interrogea Dana.

« Qu'est-ce que tu as fait pour que le général Booster soit tellement en admiration devant toi ?

— Il ne veut pas que j'enquête sur les morts de la famille Winthrop.

— Et pourquoi non ?

— Il ne s'est pas expliqué. Il se borne à aboyer. »

Jeff observa avec lenteur :

« Dana, sa morsure est pire que ses aboiements. Il ne fait pas bon l'avoir pour ennemi. »

Elle adressa à Jeff un regard curieux.

« Pourquoi ?

— Il est le chef de la FRA, la Federal Research Agency.

— Je sais. Ils mettent au point des technologies pour aider les pays sous-développés à intégrer les méthodes de production modernes et... »

Jeff la coupa sèchement.

« Et ce qui fait d'eux un véritable Père Noël. »

Dana le dévisagea, interloquée.

« De quoi parles-tu ?

— L'agence est une couverture. La véritable fonction de la FRA, c'est l'espionnage des services secrets ennemis et l'interception de leurs communications. Quelle ironie. *FRAter* signifie frère en latin... sauf que là, c'est Big Brother, et Big Brother surveille tout le monde, ça ne fait pas un pli. Ils sont plus secrets que la NSA. »

Elle observa, songeuse.

« Taylor Winthrop a été le chef de la FRA. C'est intéressant.

— Je te conseillerais de rester le plus loin possible du général Booster.

— C'est mon intention.

— Je sais que tu as un problème de baby-sitter, chérie, donc si tu dois rentrer... »

Dana se blottit contre lui.

« Pas question. La baby-sitter peut attendre. On va chez toi. »

Jeff afficha un grand sourire.

« J'ai cru que tu ne me le demanderais jamais. »

Jeff habitait un petit appartement dans un immeuble de quatre étages sur Madison Street. Il emmena Dana dans la chambre.

« Quand on emménagera, je ne serai pas mécontent de changer, avoua Jeff. Il faudra que Kemal ait sa chambre. Pourquoi nous ne... ?

— Pourquoi nous n'arrêterions pas de parler ? » suggéra-t-elle.

Jeff la prit dans ses bras.

« Idée géniale. »

Il l'enveloppa et ses mains épousèrent le contour de ses hanches, une caresse tout en douceur. Il commença de la déshabiller.

« Tu sais que tu as un corps superbe ?

— Tous les types me le disent, ironisa-t-elle. On ne parle que de ça. Tu prévois de te déshabiller ou non ?

— J'y réfléchis. »

Dana vint se coller contre lui et entreprit de lui déboutonner sa chemise.

« Tu sais que tu es une dévergondée ? »

Elle sourit. « Et comment. »

Quand Jeff eut fini de se dévêtir, elle était au lit, elle l'attendait. Elle se réchauffa au soleil de ses bras. C'était un merveilleux amant, sensuel et attentif.

« Je t'aime tellement, lui chuchota-t-elle.

— Je t'aime, ma chérie. »

A l'instant où Jeff amenait sa main tout contre elle, un téléphone portable sonna.

« Le tien ou le mien ? »

Ils rirent. La sonnerie se répéta.

« Le mien, fit Jeff. On laisse sonner.

— Ça pourrait être important, remarqua Dana.

— Oh, d'accord. » Jeff se redressa, mécontent. Il prit la ligne. « Allô ? » Sa voix se transforma. « Non, pas du tout... Vas-y... Bien sûr... Je suis sûr que tu n'as aucun souci à te faire. C'est probablement le stress, tout simplement. »

La conversation se prolongea cinq minutes.

« D'accord... Alors du calme... Parfait... Bonne nuit, Rachel. »

Il coupa la communication.

N'est-il pas extrêmement tard pour que Rachel appelle ?

« Quelque chose ne va pas, Jeff ?

— Pas vraiment. Rachel ne sait pas s'arrêter. Elle a simplement besoin de repos. Ça va aller. » Il reprit Dana dans ses bras et ajouta d'une voix feutrée : « Où en étions-nous ? » Il attira son corps nu contre le sien et ce fut aussitôt magique.

Elle oublia tous ses problèmes, les Winthrop, Joan Sinisi, les généraux, les femmes de ménage, Kemal et les écoles, et la vie redevint une fête, joyeuse et passionnée.

Plus tard, Dana lui chuchota, mais à contrecœur :

« J'ai bien peur, mon chéri, qu'il ne soit l'heure pour le carrosse de se transformer en citrouille.

— Et quelle citrouille ! Je prépare mon attelage. »

Elle baissa les yeux sur lui. « Mais... je vois qu'il est prêt. On remet ça ? »

Quand Dana rentra chez elle, la jeune femme de l'agence de baby-sitting attendait impatiemment de pouvoir s'en aller.

« Il est une heure et demie, remarqua-t-elle d'un ton accusateur.

— Je suis désolée, j'ai été retenue. » Dana remit à la jeune femme un petit supplément. « Prenez un taxi, lui conseilla-t-elle. Le quartier est dangereux. Je vous revois demain soir. »

La baby-sitter ajouta.

« Mademoiselle Evans, il faut que vous sachiez, je crois...

— Oui ?

— Toute la soirée, Kemal n'a pas cessé de me harceler pour savoir à quelle heure vous rentriez. Cet enfant est très fragile.

— Merci. Bonne nuit. »

Dana se rendit dans la chambre de Kemal. Il était éveillé, en train de s'amuser avec un jeu informatique.

« Salut, Dana.

— Dis donc, toi, tu es censé dormir.

— J'attendais que tu rentres à la maison. Tu t'es bien amusée.

— C'était délicieux, mais tu m'as manqué, mon chou. »

Kemal éteignit son ordinateur.

« Est-ce que tu vas sortir tous les soirs ? »

Dana mesura toutes les émotions que recelait la question.

« Je vais tâcher de te consacrer davantage de temps, mon chou. »

DIX

L'appel lui parvint à l'improviste, un lundi matin.

« Dana Evans ?

— Oui.

— Je suis le docteur Joel Hirschberg. Je fais partie de la Fondation pour l'Enfance. »

Dana l'écouta, déconcertée.

« Oui ?

— Elliot Cromwell m'a fait part du problème que vous lui avez confié au sujet d'une prothèse de bras pour votre fils. »

Elle dut réfléchir un instant.

« Oui, il me semble lui en avoir parlé.

— M. Cromwell m'a communiqué l'historique. Cette fondation a été créée pour aider les enfants de pays déchirés par la guerre. D'après ce que M. Cromwell m'a expliqué, votre fils entre très certainement dans cette catégorie. Je me demandais si vous accepteriez de me l'amener pour que je le voie ?

— Eh bien je... enfin, bien sûr. »

Ils prirent un rendez-vous plus tard le même jour.

Quand Kemal rentra de l'école, Dana lui annonça, tout excitée :

« Toi et moi, nous allons consulter un médecin pour te procurer un nouveau bras. Ça te plairait ? »

Kemal réfléchit un instant.

« Je sais pas. Ça sera pas un vrai bras.

— Ça sera aussi proche d'un vrai bras que possible. D'accord, mon pote ?

— Super. »

Le docteur Joel Hirschberg était un homme séduisant, à l'air grave, pas loin de la cinquantaine, d'où émanait une impression de compétence et de sérénité.

Après l'échange des salutations, Dana expliqua :

« Docteur, je souhaiterais d'emblée vous indiquer que nous allons devoir nous accorder sur un arrangement financier, car j'ai appris, comme Kemal est en plein croissance, que son nouveau bras serait très vite dépassé... »

Le docteur Hirschberg l'interrompit.

« Comme je vous l'ai expliqué au téléphone, la Fondation pour l'Enfance a été spécialement créée pour les enfants des pays dévastés par les guerres. Nous prendrons toutes les dépenses à notre charge. »

Dana se sentit soulagée.

« Mais c'est merveilleux. »

Elle prononça une prière silencieuse. *Dieu bénisse Elliot Cromwell.*

Le docteur Hirschberg se tourna de nouveau vers Kemal.

« Maintenant, jeune homme, nous allons t'examiner un peu. »

Une demi-heure plus tard, le docteur Hirschberg affirma à Dana :

« Je pense que nous allons être en mesure de faire quelque chose pour lui. » Il déroula un tableau fixé au mur. « Nous disposons de deux sortes de prothèses, la première, myoélectrique, qui fonctionne grâce à une technologie de pointe, et l'autre, un bras actionné par câbles. Comme vous le voyez ici, le bras myoélectrique est en plastique et recouvert d'un gant en tout point semblable à une main. » Il sourit à Kemal. « Il aura l'air aussi beau que l'original. »

Kemal demanda :

« Comment ça bouge ?

— Kemal, est-ce qu'il ne t'arrive jamais d'avoir envie de remuer la main ? Je veux dire la main qui n'est plus là ?

— Si », reconnut Kemal.

Le docteur Hirschberg se pencha en avant.

« Eh bien, donc, chaque fois que tu penses à cette main fantôme, les muscles qui entraient en action à cet endroit se contractent et génèrent automatiquement un signal myoélectrique. Autrement dit, tu seras en mesure d'ouvrir et de fermer la main rien qu'en y pensant. »

Le visage de Kemal s'illumina.

« Ah oui ? Comment... comment je mets le bras, et comment je le retire ?

— C'est vraiment très facile, Kemal. Tu l'enfiles, tout simplement. C'est une attache par ventouse. Une fine chaussette en nylon recouvre le bras. Tu peux nager avec, si tu en as envie, mais tu peux aussi faire à peu près tout ce qui te passe par la tête. C'est pareil qu'une paire de chaussures. Tu le retires la nuit et tu l'enfiles le matin.

— Combien pèse ce bras ? voulut savoir Dana.

— Entre deux cents et cinq cents grammes, cela dépend. »

Elle se tourna vers Kemal.

« Qu'est-ce que tu en dis, mon pote ? On essaie ? »

Kemal s'efforçait de dissimuler son excitation.

« Ça ressemblera à un vrai ? »

Le docteur Hirschberg lui sourit.

« Ça aura l'aspect d'un vrai.

— Ça m'a l'air super.

— Il a fallu que tu deviennes gaucher, donc tu auras à désapprendre. Cela va exiger du temps, Kemal. Nous pouvons t'adapter ce bras immédiatement, mais tu vas devoir consulter un éducateur kinésithérapeute pendant un certain temps pour apprendre comment faire de ce bras une partie de toi-même et comment contrôler les signaux myoélectriques. »

Kemal prit une profonde inspiration.

« Super. »

Dana serra Kemal très fort.

« Cela va être formidable », s'exclama-t-elle. Elle réprimait ses larmes.

Le docteur Hirschberg les observa un moment, puis il sourit.

« Mettons-nous au travail. »

A peine retournée à son bureau, elle alla voir Elliot Cromwell.

« Elliot, nous rentrons à l'instant d'une consultation chez le docteur Hirschberg.

— Bon. J'espère qu'il sera en mesure d'aider Kemal.

— Apparemment, c'est le cas. Je ne sais comment vous exprimer toute ma gratitude.

— Dana, vous n'avez rien à m'exprimer. Je suis heureux d'avoir pu rendre service. Simplement, tenez-moi au courant de l'évolution.

— Comptez sur moi. »

Quel ange vous êtes.

« Des fleurs ! »

Olivia entra dans le bureau chargée d'un grand bouquet de fleurs.

« Elles sont superbes ! » s'exclama Dana.

Elle ouvrit l'enveloppe et lut la carte. *« Chère mademoiselle Evans, l'aboiement de notre ami est plus à craindre que sa morsure. J'espère que vous apprécierez ces fleurs. Jack Stone. »*

Elle étudia la carte un moment. *C'est intéressant*, en conclut-elle. *Jeff, lui, m'a prévenue que la morsure était encore pire que l'aboiement. Lequel des deux a raison ?* Dana avait le sentiment que Jack Stone détestait son métier. Et son patron. *Je saurai m'en souvenir.*

Elle téléphona à Jack Stone à la FRA.

« Monsieur Stone ? Je voulais simplement vous remercier pour ce magnifique...

— Êtes-vous à votre bureau ?

— Oui. Je...

— Je vous rappelle. »

Tonalité.

Trois minutes plus tard, Jack Stone rappelait.

« Mademoiselle Evans, il vaudrait mieux pour tous les deux qu'un de nos amis communs ignore que nous nous parlons. J'ai tenté de l'amener à changer d'attitude, mais l'homme est têtu. Si jamais vous avez besoin de moi... je veux dire réellement besoin de moi... je vais vous confier mon numéro de téléphone portable privé. Je serai joignable à toute heure.

— Je vous remercie. » Dana nota le numéro.

« Mademoiselle Evans...

— Oui.

— Non, rien. Soyez prudente. »

Quand Jack Stone était arrivé à son bureau le matin même, le général Booster l'attendait déjà.

« Jack, j'ai le sentiment que cette salope d'Evans est une faiseuse d'embrouilles. Je veux que vous ouvriez un dossier sur elle. Et je veux garder le contact.

— Je m'en charge. » *Sauf qu'il n'y aura pas de contact.* Et il avait envoyé des fleurs à Dana.

Dana et Jeff étaient installés dans la salle à manger directoriale de la chaîne, en train d'évoquer la prothèse de Kemal.

Elle lui expliquait :

« Je suis tellement surexcitée, mon chéri. Cela va tout changer, absolument tout. Kemal était agressif parce qu'il se sentait inférieur. Cela va tout changer.

— Il doit être emballé, fit Jeff. Moi, déjà, je sais que je le suis.

— Et le plus fantastique c'est que la Fondation pour l'Enfance va payer le tout. Si nous pouvons... »

Le téléphone portable de Jeff sonna.

« Pardonne-moi, mon cœur. » Il appuya sur une touche et parla dans le téléphone. « Allô ? Oh... » Il jeta un coup d'œil à Dana. « Non... Ça va... Tu peux y aller... »

Elle resta assise là, tâchant de ne pas écouter.

« Oui... Je vois... D'accord... Ce n'est certainement rien de grave, mais peut-être devrais-tu consulter un médecin. Où es-tu à présent ? Au Brésil ? Ils ont de bons médecins là-bas. Naturellement... Je comprends... Non... » La conversation semblait traîner en longueur. Jeff dit enfin : « Prends soin de toi. Au revoir. »

Il raccrocha.

Dana le questionna :

« Rachel ?

— Oui. Elle souffre de petits problèmes de santé. Elle a annulé sa séance de prises de vues à Rio. Elle n'a jamais pris une décision pareille auparavant.

— Pourquoi t'appelle-t-elle, toi ?

— Elle n'a personne d'autre, mon chou. Elle est seule. »

« Au revoir, Jeff. »

A contrecœur, Rachel raccrocha, non sans regretter de devoir en rester là. Elle regarda par la fenêtre, le Pain de Sucre au loin, et la plage d'Ipanema, tout là-bas. Elle rentra dans sa chambre et s'allongea, épuisée, la journée écoulée défilant tant bien que mal dans son esprit. Cela avait bien débuté. Ce matin, elle avait fait des photos pour une publicité American Express, avec une séance de pose sur la plage.

Vers midi, le réalisateur lui avait suggéré :

« La dernière était formidable, Rachel. Mais on en ajoute une de plus. »

Elle allait accepter, puis s'était entendue répondre :

« Non. Je suis navrée. Je ne peux pas. »

Il l'avait regardée, surpris.

« Quoi ?

— Je suis très fatiguée. Il va vous falloir m'excuser. »

Elle avait tourné les talons et filé à l'hôtel, franchi la réception, gagné le refuge de sa chambre. Elle tremblait et se sentait prise de nausée. *Qu'est-ce qui m'arrive ?* Elle avait le front fiévreux.

Elle avait décroché le téléphone pour appeler Jeff. Rien

qu'à entendre le son de sa voix, elle se sentait mieux. *Quel ange. Il est toujours là pour moi, ma bouée de sauvetage.* Une fois la conversation terminée, Rachel était restée couchée dans son lit, pensive. *Nous avons vécu de beaux moments. Il était toujours drôle. Nous aimions les mêmes choses, et nous adorions partager. Comment ai-je pu le laisser filer ?* Elle s'était repassé mentalement la fin de leur mariage.

Tout avait débuté par un coup de téléphone.

« Rachel Stevens ?

— Oui.

— Roderick Marshall souhaiterait vous parler. »

L'un des réalisateurs les plus importants d'Hollywood.

Un instant plus tard, ce dernier était en ligne.

« Mademoiselle Stevens ?

— Oui ?

— Roderick Marshall. Savez-vous qui je suis ? »

Elle avait vu plusieurs de ses films. « Bien sûr, Monsieur Marshall.

— J'ai regardé une série de photos de vous. Nous avons besoin de vous ici, à la Fox. Voudriez-vous venir à Hollywood, effectuer quelques essais ? »

Rachel avait hésité un moment sur la réponse.

« Je ne sais pas. Je veux dire, j'ignore si je suis capable de jouer la comédie. Je n'ai jamais...

— Ne vous en faites pas. Je me charge de ça. Nous réglerons tous vos frais, naturellement. Je dirigerai les essais moi-même. D'ici combien de temps pensez-vous pouvoir arriver, au plus tôt ? »

Rachel avait réfléchi à son calendrier.

« Dans trois semaines ?

— Bon. Le studio va s'occuper de tout préparer. »

Après avoir raccroché, Rachel s'était rendu compte qu'elle n'avait pas consulté Jeff. *Ça lui sera égal*, estimait-elle. *De toute façon, nous sommes tellement peu ensemble.*

« Hollywood ? avait répété Jeff.

— Ça peut être amusant, Jeff. »

Il avait hoché la tête. « Très bien. Lance-toi. Tu vas sûrement être géniale.

— Tu peux m'accompagner ?

— Chérie, nous jouons à Cleveland lundi, ensuite nous allons à Washington et puis à Chicago. Nous avons encore quantité de matches au calendrier. Si l'un de ses lanceurs de tête manquait à l'appel, je pense que l'équipe s'en apercevrait.

— Dommage. » Elle s'était efforcé de prendre la chose avec détachement. « On dirait que nos deux vies ne coïncident jamais, hein, Jeff ?

— Pas assez souvent, en tout cas. »

Rachel allait ajouter quelque chose, mais elle s'était ravisé. *Ce n'est pas le moment.*

Un employé du studio était venu la chercher à l'aéroport de Los Angeles dans une limousine interminable.

« Je m'appelle Henry Ford, avait-il gloussé. « Aucun rapport. On me surnomme Hank. »

La limousine filait sans à-coups dans la circulation. Sur la route, il avait gratifié Rachel d'un flot de commentaires ininterrompu.

« La première fois que vous venez à Hollywood, mademoiselle Stevens ?

— Non. Je suis venue plein de fois. La dernière, c'était il y a deux ans.

— Eh bien, ça a sûrement changé. Ici, tout va plus vite et plus fort que jamais. Si vous êtes branchée glamour, vous allez adorer. »

Si je suis branchée glamour.

« Le studio vous a réservé une suite au Château Marmont. C'est là que descendent toutes les célébrités. »

Elle avait fait mine de ne pas se laisser impressionner. « Vraiment ?

— Ah oui. C'est là-bas que John Belushi est mort, vous savez, d'une overdose.

— Ça alors.

— Gable a créché là-bas, Paul Newman, Marilyn Monroe. »

Sa litanie de célébrités s'était poursuivie sans relâche. Rachel avait cessé d'écouter.

Le Château Marmont, situé juste au nord de Sunset Strip, avait l'air d'un château de décor de cinéma.

Henry Ford lui avait expliqué :

« Je viens vous chercher à deux heures pour vous emmener au studio. Vous allez faire la connaissance de Roderick Marshall là-bas.

— Je serai prête. »

Deux heures plus tard, Rachel était dans le bureau de Roderick Marshall. Il avait la quarantaine, petit et râblé, l'énergie d'une dynamo.

« Vous serez ravie d'être venue, lui avait-il affirmé. Je vais faire de vous une grande star. Nous allons tourner l'essai demain. L'un de mes assistants va vous conduire au magasin de costumes pour vous aider à choisir quelque chose qui vous aille bien. Vous allez jouer une scène d'essai de l'une de nos grandes productions, *La Fin d'un rêve*. Demain matin, à sept heures, nous nous occuperons du maquillage et de la coiffure. J'imagine que tout ça n'a rien de bien nouveau pour vous, hein ? »

Rachel avait répondu d'une voix atone.

« Non.

— Êtes-vous venue seule ici, Rachel ?

— Oui.

— Pourquoi ne pas dîner tous les deux ce soir ? »

Elle s'était accordé un instant de réflexion. « Parfait.

— Je passe vous prendre à huit heures. »

Le dîner s'était mué en une soirée tourbillonnante à travers la ville.

« Si vous savez où aller... et si vous êtes admis à l'entrée, lui avait expliqué Roderick Marshall à Rachel, L.A. possède quelques-unes des boîtes les plus chaudes du monde. »

La tournée avait commencé au Standard, sur Sunset Boulevard, un bar et un restaurant à la mode (qui faisait aussi hôtel). Lorsqu'ils étaient passés devant la réception, à l'entrée, Rachel s'était arrêtée net. A côté de la réception, derrière une vitre dépolie, il y avait un tableau vivant, un modèle nu.

« N'est-ce pas génial ?

— Incroyable », avait admis Rachel.

Ensuite, ce fut un pot-pourri de boîtes bruyantes et bondées, et à la fin de la soirée elle était épuisée.

Roderick Marshall l'avait déposée à l'hôtel.

« Dormez bien. La journée de demain va transformer toute votre vie. »

A sept heures, Rachel était en salle de maquillage. Bob Van Dusen, le maquilleur, l'avait regardée d'un œil appréciateur et lui avait déclaré :

« Et en plus on me paie pour ça ? »

Elle avait éclaté de rire.

« Vous n'avez pas besoin de beaucoup de maquillage. La nature y a pourvu.

— Merci. »

Dès qu'elle avait été prête, une habilleuse l'avait aidée à enfiler la robe qu'elles avaient essayée l'après-midi de la veille. Un assistant réalisateur l'avait introduite sur un plateau immense.

Roderick Marshall et l'équipe attendaient. Le réalisateur avait étudié Rachel un moment et tranché :

« Parfait. Rachel, nous allons effectuer un essai en deux parties. Vous allez vous asseoir dans ce fauteuil et moi, je vais vous poser quelques questions, hors champ. Soyez vous-même, tout simplement.

— D'accord. Et la seconde partie ?

— C'est la brève scène d'essai dont je vous ai parlé. »

Elle s'était assise et le chef opérateur avait fait le point. Roderick Marshall se tenait hors champ.

« Vous êtes prête ?

— Oui.

— Bien. Détendez-vous. Vous allez être géniale. Caméra. Action. Bonjour.

— Bonjour.

— J'ai entendu dire que vous étiez mannequin. »

Rachel avait souri. « Oui.

— Comment avez-vous débuté ?

— J'avais quinze ans. Le patron d'une agence m'a vue dans un restaurant avec ma mère, il est venu lui parler et quelques jours plus tard j'étais devenue mannequin. »

L'entretien s'était poursuivi une quinzaine de minutes, et l'intelligence, l'aisance de Rachel étaient éclatantes.

« Coupez ! Magnifique ! »

Roderick Marshall lui avait tendu le texte d'une courte scène.

« Nous allons nous offrir une pause. Lisez ceci. Quand vous serez prête, dites-le-moi, et nous allons la tourner. Ça va être du gâteau, Rachel. »

Elle avait lu la scène. Il s'agissait d'une femme qui demandait le divorce à son mari. Elle l'avait relue encore une fois.

« Je suis prête. »

On avait présenté Rachel à Kevin Webster, qui allait lui donner la réplique – un beau jeune homme fabriqué dans le moule hollywoodien.

« Très bien, s'était écrié Roderick Marshall. On la tourne. Caméra. Action. »

Rachel avait regardé Kevin Webster.

« Cliff, ce matin, je me suis adressée à un avocat, pour le divorce.

— Je suis au courant. Tu ne crois pas que tu aurais dû m'en parler à moi, avant ?

— Je t'en ai parlé. Je t'en ai parlé à peu près toute l'année dernière. Notre mariage est inexistant. Tu ne m'as pas écoutée, Jeff. »

« Coupez, avait fait Roderick. Rachel, il s'appelle Cliff. »

Elle s'était excusée, gênée.

« Je suis vraiment navrée.

— On recommence. Prise deux. »

En réalité, dans cette scène, c'est de Jeff et moi qu'il s'agit, s'apercevait Rachel. *Notre mariage est devenu inexistant. Comment en sommes-nous arrivés là ? Nous vivons deux vies parallèles. Nous nous voyons à peine. Nous rencontrons tous les deux des gens attirants, mais nous nous refusons tout écart à cause d'un contrat de mariage qui ne signifie plus rien.*

« Rachel !

— Désolée. »

Ils avaient repris la scène.

Le temps d'achever son bout d'essai, elle avait pris deux décisions :

Elle n'était pas faite pour Hollywood.

Et elle voulait divorcer...

A présent, allongée dans son lit, à Rio, se sentant malade et épuisée, Rachel le reconnaissait : *J'ai commis une erreur. Je n'aurais jamais dû divorcer de Jeff.*

Mardi, à la sortie de l'école, Dana vint chercher Kemal pour l'emmener chez le spécialiste en rééducation qui devait travailler avec lui sur son nouveau bras. Ce bras artificiel ressemblait à un vrai et fonctionnait bien, mais Kemal avait du mal à s'y habituer, tant physiquement que psychologiquement.

« Il va avoir l'impression d'être attaché à un corps étranger », avait expliqué le spécialiste de la rééducation à Dana. « Notre travail consiste à l'amener à l'accepter comme une partie intégrante de son propre corps. Il faut qu'il s'habitue à redevenir ambidextre. En général, cela exige une période d'apprentissage de deux à trois mois. Je dois vous avertir que cela peut comporter un passage assez pénible.

— Nous y arriverons », lui assura Dana.

Ce ne fut pas si facile. Le lendemain matin, Kemal sortit du bureau qui lui tenait lieu de chambre, sans sa prothèse.

« Je suis prêt. »

Dana le regarda avec étonnement.

« Où est ton bras, Kemal ? »

Kemal leva sa main gauche d'un air de défi.

« Le voilà.

— Tu sais très bien ce que je veux dire. Où est ta prothèse ?

— C'est nul. Je veux plus la porter.

— Tu vas t'y habituer, mon chou. Je te le promets. Il faut que tu sois patient. Je vais t'aider à...

— Personne ne peut m'aider. Je suis un *fukati* d'infirme... »

Elle retourna voir l'inspecteur Marcus Abrams. A son entrée, elle le découvrit assis à son bureau en train de remplir des rapports. Il leva les yeux, l'air maussade.

« Vous savez ce que je déteste, dans ce foutu boulot ? » Il désigna la pile de paperasses. « C'est ça. Je pourrais être dans la rue en train de me marrer à tirer sur des voyous. Oh, j'oubliais. Vous êtes journaliste, non ? Surtout ne me citez pas.

— Trop tard.

— Et que puis-je pour vous en ce jour, mademoiselle Evans ?

— Je suis venue vous interroger au sujet de l'affaire Sinisi. Y a-t-il eu une autopsie ?

— Pour la forme. » Il sortit quelques documents du tiroir de son bureau.

« Le rapport d'autopsie comporte-t-il des éléments suspects ? »

Elle regarda l'inspecteur Abrams étudier le document.

« Pas d'alcool... pas de drogue... non. » Il leva les yeux. « On dirait que cette dame était déprimée et qu'elle a décidé d'en finir. C'est ça ?

— C'est ça », acquiesça Dana.

Sa visite suivante fut pour le bureau de l'inspecteur Phoenix Wilson.

« Bonjour, inspecteur Wilson.

— Et qu'est-ce qui vous amène dans mon modeste bureau ?

— Je me demandais si vous aviez du neuf concernant le meurtre de Gary Winthrop. »

L'inspecteur Wilson poussa un soupir et se gratta l'aile du nez.

« Rien de rien. J'aurais cru qu'à l'heure qu'il est, un de ces tableaux aurait refait surface. C'est là-dessus que nous comptions. »

Dana avait envie de lui rétorquer : *A votre place, je n'y compterais pas*, mais elle tint sa langue.

« Aucun indice d'aucune sorte ?

— Absolument rien. Ces salopards s'en tirent comme si de rien n'était. Nous ne connaissons pas beaucoup de voleurs d'œuvres d'art, mais le modus operandi est toujours le même. C'est ce qui est si surprenant.

— Surprenant.

— Ouais. Ceux-là procèdent différemment.

— Différemment... en quoi ?

— Les voleurs d'œuvres d'art ne tuent pas les gens qui ne sont pas armés, et ces types n'avaient aucune raison d'abattre Gary Winthrop de sang-froid. » Il s'interrompit. « Avez-vous un intérêt particulier à suivre cette affaire ?

— Non, mentit-elle. Pas du tout. Juste la curiosité. Je...

— Vu, fit l'inspecteur Wilson. On se tient au courant. »

A la fin d'une réunion au bureau du général Booster, dans le huis clos très protégé du quartier général de la FRA, le général se tourna vers Jack Stone et lui demanda :

« Qu'est-ce qui se passe avec cette fille, cette Evans ?

— Elle pose des questions à droite à gauche, mais je pense qu'elle est inoffensive. Elle n'aboutit à rien.

— Cela ne me plaît pas qu'elle aille fouiner. Passez-moi ça en code trois.

— Quand voulez-vous que ce soit mis en place ?

— Hier. »

Dana était en pleine préparation de son prochain journal quand Matt Baker entra dans son bureau et se laissa choir dans un fauteuil.

« Je viens de recevoir un coup de fil vous concernant. »

Elle remarqua d'un ton léger.

« Mes fans en veulent toujours davantage, c'est ça ?

— Celui-là, il en a marre.

— Ah oui ?

— L'appel provenait de la FRA. Ils exigent que vous cessiez vos investigations sur Taylor Winthrop. Rien d'officiel. Simplement ce qu'ils appellent une suggestion amicale. Apparemment, ils apprécieraient que vous vous mêliez de vos affaires.

— Ah oui, c'est ça ? » fit-elle. Elle regarda Matt droit dans les yeux. « Et apparemment, ça vous laisse perplexe ? Je ne vais pas lâcher cette affaire sous prétexte que je ne sais quelle agence gouvernementale le veut. Tout a commencé à Aspen, où Taylor et sa femme ont été tués dans un incendie. Je vais commencer par me rendre là-bas. Et si là-bas je déniche quelque chose, ça devrait nous fournir la grande affaire idéale pour lancer *Crimes en direct*.

— Combien de temps vous faut-il ?

— Ça ne devrait pas prendre plus d'un jour ou deux.

— Allez-y. »

ONZE

Le moindre geste coûtait à Rachel. Rien que de passer d'une pièce à l'autre de son appartement de Floride, cela l'épuisait. Elle ne se souvenait pas d'avoir été jamais aussi fatiguée. *J'ai sûrement une espèce de grippe. Jeff avait raison. Je devrais consulter un médecin. Un bain chaud va me détendre...*

C'est alors que Rachel s'allongeait dans l'eau chaude et réconfortante que sa main vint se poser sur son sein et qu'elle sentit cette grosseur.

Elle fut d'abord sous le choc. Qui fit place à la dénégation. *Ce n'est pas un cancer. Je ne fume pas. Je fais de l'exercice et je prends soin de mon corps. Il n'y a pas de cancer dans ma famille. Je vais bien. Je vais me faire examiner par le médecin, mais ce n'est pas un cancer.*

Rachel sortit de la baignoire, et passa un coup de téléphone.

« Agence de mannequins Betty Richman.

— J'aimerais parler à Betty Richman. Dites-lui s'il vous plaît que c'est de la part de Rachel Stevens. »

Un instant plus tard, Betty Richman était au bout du fil.

« Rachel ! C'est génial de t'entendre. Tu vas bien ?

— Bien, oui. Pourquoi me demandes-tu ça ?

— Eh bien, tu as écourté la séance de prise de vues à Rio, et je me suis dit que peut-être... »

Rachel éclata de rire.

« Non, non, j'étais simplement fatiguée. J'ai hâte de me remettre à travailler.

— Ça, c'est une bonne nouvelle. Tu as été demandée par un peu tout le monde.

— Eh bien, je suis prête. Qu'est-ce que j'ai sur mon agenda ?

— Attends une seconde. »

Une minute plus tard, Betty Richman était de retour au bout du fil.

« La prochaine prise de vues se déroule à Aruba. Ça commence la semaine prochaine. Cela te donne tout le temps que tu veux. Ils ont souhaité t'engager, toi.

— J'adore Aruba. Tu signes pour moi.

— Affaire conclue. Je suis contente que tu ailles mieux.

— Je me sens super.

— Je t'envoie toutes les infos. »

Le lendemain, à deux heures de l'après-midi, Rachel avait un rendez-vous avec le docteur Graham Elgin.

« Bonjour, docteur Elgin.

— Que puis-je faire pour vous ?

— J'ai un petit kyste au sein droit et...

— Oh, avez-vous vu un spécialiste ?

— Non, mais je sais ce que c'est. Ce n'est qu'un petit kyste. Je connais mon corps. J'aimerais que vous me l'ôtiez par microchirurgie. » Elle sourit. « Je suis mannequin. Je ne peux pas me permettre d'avoir une cicatrice. S'il n'y a qu'une petite tache, je pourrai toujours la maquiller. Je pars la semaine prochaine pour Aruba, alors vous serait-il possible de programmer l'intervention pour demain ou après-demain ? »

Le docteur Elgin l'étudia. Vu la situation, elle était d'un calme anormal.

« Laissez-moi d'abord vous examiner, ensuite il faudra que je pratique une biopsie. Mais oui, nous pouvons programmer l'opération dans la semaine, si nécessaire. »

Rachel était enchantée.

« Merveilleux. »

Le docteur Elgin se leva.

« Passons dans l'autre pièce, voulez-vous ? L'infirmière va vous apporter une blouse. »

Un quart d'heure plus tard, en présence d'une infirmière, le docteur Elgin palpait la grosseur du sein de Rachel.

« Je vous l'ai dit, docteur, ce n'est qu'un kyste.

— Eh bien, pour m'en assurer, mademoiselle Stevens, j'aimerais pratiquer une biopsie. Je peux procéder ici même. »

Rachel s'efforça de ne pas tressaillir lorsque le docteur Elgin inséra une fine aiguille dans le côté du sein pour en extraire des tissus cellulaires.

« C'est terminé. Ce n'était pas trop méchant, n'est-ce pas ?

— Non. Dans combien de temps... ?

— J'envoie ça au labo et je pourrais obtenir le rapport cytologique préliminaire demain matin. »

Elle sourit.

« Bien. Je rentre chez moi préparer mes bagages pour Aruba. »

A peine rentrée chez elle, la première chose qu'elle fit fut de sortir deux valises et de les poser sur le lit. Elle passa dans son dressing et commença à réunir des vêtements pour Aruba.

Jeanette Rhodes, sa femme de ménage, entra dans la chambre.

« Mademoiselle Stevens, vous repartez encore ?

— Oui.

— Et où allez-vous cette fois-ci ?

— A Aruba.

— Où est-ce ?

— C'est une île magnifique dans la mer des Caraïbes, juste au nord du Venezuela. Un paradis. Des plages sublimes, de beaux hôtels, et la nourriture est excellente.

— Ça m'a l'air superbe.

— Au fait, Jeanette, tout le temps que je serai partie, j'aimerais que vous veniez trois fois par semaine.

— Naturellement. »

*

A neuf heures, le lendemain matin, le téléphone sonna.

« Mademoiselle Stevens ?

— Oui...

— C'est le docteur Elgin.

— Bonjour, docteur. Vous avez pu programmer l'opération ?

— Mademoiselle Stevens, je viens de recevoir le rapport d'examen cytologique. J'aimerais que vous veniez à mon cabinet pour que nous puissions...

— Non. Je veux connaître le résultat tout de suite, docteur. »

Il eut une légère hésitation.

« Je n'aime pas aborder ce genre de chose au téléphone, mais je crains malheureusement que l'examen préliminaire ne montre que vous souffrez bien d'un cancer. »

Jeff était en plein dans la rédaction de sa rubrique sportive quand le téléphone sonna. Il décrocha.

« Allô ?

— Jeff... » Elle était en larmes. « Rachel... c'est toi ? Qu'est-ce que c'est ? Que s'est-il passé ?

— J'ai... j'ai un cancer du sein.

— Oh, mon Dieu. C'est à quel stade ?

— Je n'en sais rien pour l'instant. Il faut que j'effectue une mammographie. Jeff, je ne peux pas affronter ça seule. Je sais que je te demande beaucoup, mais pourrais-tu descendre ici ?

— Rachel, je... j'ai bien peur que...

— Rien que pour une journée. Simplement jusqu'à ce que... je sache. »

Elle fondit de nouveau en larmes.

« Rachel... » Il se sentait tiraillé. « Je vais essayer. Je te rappelle. »

Elle sanglotait trop violemment pour pouvoir parler.

*

Quand Dana rentra de sa réunion de production, elle fit :

« Olivia, réservez-moi un avion pour demain matin, destination Aspen, dans le Colorado. Trouvez-moi un hôtel. Oh, et je voudrais une location de voiture.

— Très bien. M. Connors vous attend dans votre bureau.

— Merci. » Elle entra. Jeff était debout, en train de regarder par la fenêtre. « Hello, chéri. »

Il se retourna.

« Hello, Dana. »

Il avait une expression étrange. Inquiète, elle l'interrogea du regard.

« Est-ce que ça va ?

— C'est une question qui appelle une réponse en deux parties », répondit-il sombrement. « Oui et non.

— Assieds-toi », lui suggéra-t-elle. Elle prit le fauteuil en face de lui. « Qu'est-ce qui ne va pas ? »

Il lâcha un profond soupir.

« Rachel a un cancer du sein. »

Cela fit à Dana un petit choc.

« Je... je suis vraiment navrée. Elle prend ça comment ?

— Elle m'a appelé ce matin. Ils vont la tenir informée du degré de gravité. Elle panique. Elle veut que j'aille la voir en Floride pour l'aider à affronter la nouvelle. Je voulais d'abord t'en parler. »

Elle s'approcha de Jeff et le serra dans ses bras.

« Bien sûr que tu dois y aller. »

Dana se rappela leur déjeuner avec Rachel et l'attitude merveilleuse de cette dernière.

« Je serai de retour d'ici un jour ou deux. »

Jeff était dans le bureau de Matt Baker.

« J'ai une urgence, Matt. Il faut que je m'absente quelques jours.

— Ça va, Jeff ?

— Oui. C'est Rachel.

— Votre ex ? » Jeff hocha la tête. « Je viens d'apprendre qu'elle a un cancer.

— Je suis désolé.

— Quoi qu'il en soit, elle a besoin d'un peu de soutien moral. Je voudrais prendre un avion pour la Floride cet après-midi.

— Filez. Je vais vous faire remplacer par Maury Falstein. Tenez-moi au courant.

— Je n'y manquerai pas. Merci, Matt. »

Deux heures plus tard, Jeff était dans l'avion pour Miami.

Le problème le plus immédiat de Dana, c'était Kemal. *Je ne peux pas partir pour Aspen sans avoir quelqu'un de confiance qui prenne soin de lui,* songeait-elle. *Mais qui va pouvoir s'occuper du ménage, du linge et du jeune garçon le plus entêté qui soit au monde ?*

Elle téléphona à Pamela Hudson.

« Je suis franchement désolée de vous ennuyer, Pamela, mais je dois quitter la ville quelque temps et j'ai besoin de quelqu'un qui puisse rester auprès de Kemal. Connaîtriez-vous une bonne qui aurait la patience d'une sainte ? »

Il y eut un instant de silence.

« Il se trouve que oui. Elle s'appelle Mary Rowane Daley, et elle a travaillé pour nous voici des années. C'est un trésor. Laissez-moi le temps de la retrouver, et elle vous appelle.

— Merci », fit Dana.

Une heure plus tard, Olivia lui annonçait :

« Dana, vous avez une certaine Mary Daley au téléphone, pour vous. »

Elle prit la ligne.

« Madame Daley ?

— Oui. C'est elle-même. »

La voix chaleureuse avait un fort accent irlandais.

« Mme Hudson m'a informée que vous pourriez avoir besoin d'une personne pour prendre soin de votre fils.

— C'est exact, confirma-t-elle. Je dois m'absenter de Washington un jour ou deux. Je me demandais si vous auriez la possibilité de venir tôt demain matin... disons, à sept heures... que nous puissions en discuter ?

— Sûr que je peux. Par chance, en ce moment, je suis libre. » Dana communiqua son adresse à Mme Daley. « J'y serai, mademoiselle Evans. »

Mary Daley arriva le lendemain matin à sept heures pile. Elle avait apparemment la cinquantaine, une femme très enrobée, d'un abord chaleureux et un sourire lumineux. Elle serra la main de Dana.

« Je suis très heureuse de vous rencontrer, mademoiselle Evans. Je vous regarde à la télévision chaque fois que j'en ai l'occasion.

— Je vous remercie.

— Et où se trouve le jeune monsieur de la maison ? »

Dana appela.

« Kemal. »

Un instant plus tard, Kemal sortait de sa chambre. Il regarda Mme Daley avec une expression qui signifiait : *le monstre.*

Mme Daley lui sourit.

« Kemal, c'est ça ? Je n'ai jamais rencontré aucun Kemal avant toi. Tu m'as l'air d'un jeune diable. » Elle s'approcha de lui. « Il faut que tu me dises tout ce que tu aimes manger. Je suis une grande cuisinière. On va bien s'amuser tous les deux, Kemal. »

Je l'espère, commenta Dana en guise de prière.

« Madame Daley, allez-vous pouvoir rester ici pendant que je serai absente ?

— Certainement, mademoiselle Evans.

— C'est formidable, s'écria-t-elle, reconnaissante. Malheureusement, je crains qu'il n'y ait pas beaucoup de place. Les couchages sont... »

Mme Daley l'arrêta d'un sourire.

« Ne vous bilez pas pour ça. Ce canapé-lit fera très bien l'affaire. »

Dana lâcha un soupir de soulagement. Elle consulta sa montre.

« Pourquoi n'accompagneriez-vous pas Kemal à l'école avec moi ? Ensuite vous pourrez venir le chercher à deux heures moins le quart.

— Ce sera parfait. »

Kemal se tourna vers elle.

« Tu vas revenir, hein, Dana ? »

Elle le prit dans ses bras.

« Bien sûr que je vais rentrer, pour toi, mon chou.

— Quand ?

— Je serai de retour dans quelques jours. » *Avec quelques réponses.*

A son arrivée au studio, Dana trouva sur son bureau un petit paquet très joliment enveloppé. Elle le considéra un instant, et, mue par la curiosité, elle l'ouvrit. A l'intérieur, elle trouva un beau stylo en or. La carte était rédigée ainsi : « Chère Dana, nous te souhaitons un voyage sans histoires. » C'était signé *La Bande.*

C'est gentil. Elle glissa le présent dans son sac.

A l'instant même où elle embarquait à bord de l'appareil, un homme en tenue de travail sonnait à l'ancien appartement des Wharton. La porte s'ouvrit et le nouveau locataire échangea un regard avec lui, hocha la tête, et referma la porte. L'homme se tourna vers la porte de l'appartement de Dana et sonna.

Mme Daley lui ouvrit.

« Oui ?

— Mademoiselle Evans m'a prié de venir réparer son poste de télévision.

— Très bien. Entrez. »

Mme Daley regarda l'homme s'approcher du téléviseur et se mettre au travail.

DOUZE

Rachel Stevens était à l'aéroport de Miami International pour accueillir Jeff à sa descente d'avion.

Mon Dieu, elle est tellement belle, observa Jeff. *Je ne peux pas croire qu'elle soit malade.*

Rachel le serra dans ses bras.

« Oh, Jeff ! Merci d'être venu.

— Tu as l'air splendide », lui assura Jeff. Ils se rendirent vers une limousine qui les attendait.

« Au bout du compte, ce ne sera rien du tout, tu vas voir.

— Bien sûr. » Sur la route de la maison, elle lui demanda .

« Comment se porte Dana ? »

Il hésita. Avec Rachel si malade, il n'avait pas envie d'étaler son propre bonheur.

« Elle va bien.

— Tu as de la chance de l'avoir. J'avais une séance de prise de vues programmée la semaine prochaine à Aruba.

— Aruba ?

— Oui. » Elle continua. « Sais-tu pourquoi j'ai accepté ce boulot ? Parce que nous étions partis là-bas en lune de miel, tu te souviens. Comment s'appelait l'hôtel où nous étions descendus ?

— L'Oranjestad.

— C'était magnifique, non ? Et quel est le nom de cette montagne que nous avions escaladée ?

— Le Hooiberg. » Rachel eut un sourire et lui dit doucement. « Tu n'as pas oublié, n'est-ce pas ?

— En général, les gens n'oublient pas leur lune de miel, Rachel. »

Elle posa la main sur le bras de Jeff.

« C'était le paradis, non ? Je n'ai jamais vu de plages aussi blanches, incroyable. »

Jeff sourit à son tour.

« Et tu avais peur de bronzer. Tu t'emmitouflais comme une mamie. »

Il y eut un instant de silence.

« C'est l'un de mes plus profonds regrets, Jeff. »

Il la regarda, sans comprendre.

« Quoi ?

— De ne pas avoir eu... peu importe. » Elle le regarda et ajouta paisiblement : « J'ai adoré être avec toi à Aruba. »

Jeff répondit d'un ton évasif.

« C'est un bel endroit. Pêche, planche à voile, plongée, tennis, golf...

— Et nous n'avons eu le temps de rien faire de tout ça, hein ? »

Jeff éclata de rire. « Non.

— Je dois subir une mammographie dans la matinée. A ce moment-là, je ne veux pas être seule. Tu viendras avec moi ?

— Bien sûr, Rachel. »

Lorsqu'ils arrivèrent au domicile de Rachel, Jeff porta ses bagages dans le salon spacieux et jeta un œil.

« Pas mal. Pas mal du tout. »

Elle lui passa les bras autour de la taille.

« Merci, Jeff. »

Il pouvait la sentir trembler.

La mammographie eut lieu au centre d'imagerie médicale Tower, dans le centre de Miami. Jeff patienta dans la salle d'attente pendant qu'une infirmière emmenait Rachel dans une chambre, pour qu'elle se change et enfile une blouse, avant de l'escorter vers la salle de radiographie.

« Cela va prendre environ un quart d'heure, mademoiselle Stevens. Etes-vous prête ?

— Oui. Quand aurai-je les résultats ?

— C'est votre oncologue qui se chargera de vous les communiquer. Il devrait les recevoir demain. »

Demain.

L'oncologue se nommait Scott Young. Jeff et Rachel pénétrèrent dans son cabinet et s'assirent.

Le médecin regarda Rachel un petit moment et commença :

« Je suis désolé de vous annoncer que j'ai de mauvaises nouvelles pour vous, mademoiselle Stevens. »

Rachel agrippa la main de Jeff.

« Ah ?

— Les résultats de votre biopsie et de la mammographie montrent que vous souffrez d'un carcinome proliférant. »

Elle blêmit.

« Qu'est-ce... qu'est-ce que ça signifie ?

— Malheureusement, je crains qu'il ne faille procéder à une mastectomie.

— Non ! » L'exclamation lui avait échappé d'instinct. « Vous ne pouvez pas... je veux dire, il doit y avoir un autre moyen.

— J'ai bien peur, ajouta le docteur Young avec douceur, que ce ne soit allé trop loin. »

Rachel garda le silence un moment.

« Je ne peux pas faire ça tout de suite. Vous voyez, j'ai une séance de prises de vues prévue à Aruba la semaine prochaine. Je serai libre après ça. »

Jeff scrutait du regard le visage soucieux du médecin.

« Quand suggérez-vous l'intervention, docteur Young ? »

Il s'adressa à Jeff.

« Dès que possible. »

Jeff regarda Rachel. Elle s'efforçait de ne pas pleurer. Quand elle parla, sa voix tremblait.

« J'aimerais avoir un second avis.

— C'est naturel. »

*

Ce fut le docteur Aaron Cameron qui le lui apporta.

« Je parviens malheureusement à la même conclusion que le docteur Young. Je recommanderais une ablation du sein. »

Rachel tâcha de maintenir le timbre de sa voix.

« Merci, docteur. » Elle prit la main de Jeff et la serra. « Je pense que c'est clair, non ? »

Le docteur Young les attendait.

« Il semble que vous aviez raison, reconnut Rachel. Simplement, je ne peux pas... » Il y eut un long, un triste silence. Enfin, elle chuchota. « Très bien. Si vous êtes sûr que c'est... que c'est nécessaire.

— Nous allons vous faciliter la chose autant qu'il sera possible, lui assura le docteur Young. Avant d'opérer, je vais vous présenter un chirurgien esthétique pour envisager avec vous la reconstruction de votre sein. Aujourd'hui, nous pouvons accomplir des miracles. »

Elle éclata en sanglots et Jeff la prit dans ses bras.

Il n'existait pas de vols directs de Washington à Aspen. Dana embarqua à bord d'un vol Delta Airlines à destination de Denver, où elle changea pour un appareil d'United Express. Après coup, elle ne devait conserver aucun souvenir de cette journée. Elle avait la tête pleine de pensées au sujet de Rachel et des tourments qu'elle devait traverser. *Je suis heureuse que Jeff soit là-bas pour adoucir les événements*. Et elle s'inquiétait au sujet de Kemal. *Et si Mme Daley abandonnait avant mon retour ? Il faut que je...*

La voix du chef de cabine retentit dans le haut-parleur. « Nous allons atterrir à Aspen dans quelques minutes. Veuillez attacher vos ceintures et redresser le dossier de votre siège. »

Dana se concentra sur ce qui l'attendait dans les heures à venir.

Elliot Cromwell entra dans le bureau de Matt Baker.

« Je crois savoir que Dana n'assurera pas les journaux de ce soir.

— C'est exact. Elle est à Aspen.

— Elle suit sa théorie sur Taylor Winthrop ?

— Ouais.

— Je veux que vous me teniez au courant.

— Très bien. »

Matt observa Cromwell qui ressortait et se dit : *Il s'est réellement pris d'intérêt pour Dana.*

A sa descente d'avion, Dana se dirigea vers le comptoir des locations de véhicules. A l'intérieur de l'aérogare, le docteur Carl Ramsey s'expliquait avec l'employée du comptoir :

« Mais j'ai réservé une voiture depuis une semaine. »

L'employé s'excusa :

« Je sais, docteur Ramsey, mais je crains qu'il n'y ait eu une confusion. Nous n'avons plus une seule voiture disponible. Il y a un bus de l'aéroport juste à l'extérieur, ou alors je peux vous appeler un taxi...

— Laissez tomber », lâcha le docteur, et il sortit en trombe, furieux.

Elle pénétra dans le hall de l'aéroport et se rendit au guichet de location.

« J'ai une réservation, indiqua-t-elle. Dana Evans. »

L'employé se montra souriant.

« Oui, mademoiselle Evans. Nous vous attendions. » Il lui remit un formulaire à signer et lui tendit des clefs. « C'est une Lexus blanche, à la place de parking numéro un.

— Merci. Pouvez-vous m'expliquer comment j'arrive au Little Nell Hotel ?

— Vous ne pouvez pas le manquer. C'est en plein centre. Six cent soixante-quinze East Durant Avenue. Je suis certain que l'endroit vous plaira.

— Je vous remercie », fit-elle.

L'employé la regarda franchir la porte. *Mais que se passe-t-il, bon sang ?* se demanda-t-il.

Le Little Nell Hotel était construit dans le style d'un chalet élégant, niché au pied des montagnes pittoresques d'Aspen. La réception possédait une vaste cheminée, haute du sol au plafond, avec un feu crépitant constamment allumé en hiver, et de grandes fenêtres avec vue sur les Rocheuses aux sommets enneigés. Des clients en tenue de ski étaient installés çà et là dans des canapés et de grands fauteuils, en train de se délasser. Dana regarda autour d'elle et songea : *Jeff adorerait cet endroit. Peut-être viendrons-nous ici...*

Quand elle eut achevé de signer le registre, elle s'enquit auprès du réceptionniste :

« Par hasard, savez-vous où se trouverait la demeure de Taylor Winthrop ? »

Il la considéra d'un air étrange.

« La demeure de Taylor Winthrop ? Elle n'existe plus. Elle a brûlé de fond en comble. »

Elle reprit :

« Je sais. Je voulais simplement voir...

— Il n'y a plus rien là-haut qu'un tas de cendres, mais si vous tenez à la voir, vous prenez vers l'est en direction de Conundrum Creek Valley. C'est à environ six kilomètres d'ici.

— Merci, fit-elle. Voudriez-vous faire monter mes bagages à ma chambre, je vous prie ?

— Certainement, mademoiselle Evans. »

Dana regagna sa voiture.

Le site de la demeure de Taylor Winthrop, dans Conundrum Creek Valley, était entouré par les terres de la National Forest. Il s'agissait d'une construction de plain-pied en pierre de la région et en séquoia, située dans un endroit charmant, à l'écart, et agrémentée d'un grand étang à castors et d'un ruisseau qui traversait toute la propriété. Le panorama était spectaculaire. Et au milieu de toute cette beauté, comme une cicatrice obscène, s'élevaient les vestiges calcinés de la maison où deux personnes étaient mortes.

Dana arpenta le terrain afin de mieux visualiser ce qui s'y était trouvé naguère. A l'évidence, la maison avait été très vaste, sur un seul niveau. Il devait y avoir de nombreuses portes et fenêtres également de plain-pied.

Et pourtant les Winthrop n'avaient pas été en mesure de s'échapper, par aucune d'entre elles. *Je crois que je ferais mieux d'aller rendre visite aux pompiers.*

Dès son entrée dans la caserne des pompiers, Dana vit un homme s'approcher d'elle. Il avait la trentaine, grand, bronzé, l'allure athlétique. *Il passe probablement sa vie sur les pentes*, observa Dana.

« Puis-je vous aider, madame ? »

Elle s'expliqua :

« J'ai lu un article sur l'incendie qui a détruit la maison de Taylor Winthrop de fond en comble et j'étais curieuse à ce sujet.

— Ouais. Ça remonte à un an. Sûrement la pire catastrophe qui soit jamais survenue dans cette ville.

— A quelle heure de la journée est-ce arrivé ? »

Si la question lui paraissait bizarre, il n'en laissa rien paraître.

« C'était au milieu de la nuit. Nous avons reçu l'appel à trois heures du matin. Nos camions étaient sur place à trois heures et quart, mais il était trop tard. La maison a brûlé comme une torche. Nous ignorions que quelqu'un se trouvait à l'intérieur, jusqu'à ce que nous éteignions les flammes et que nous découvrions les deux corps. Ce fut un moment déchirant, permettez-moi de vous le dire.

— Avez-vous une idée de ce qui a déclenché le feu ? » Il hocha la tête. « Oh, ouais. C'était un problème électrique.

— Quel genre de problème électrique ?

— Nous ne savons pas exactement, mais la veille de l'incendie quelqu'un a appelé un électricien pour réparer.

— Mais vous ignorez quelle était la nature du problème ?

— Je crois que quelque chose ne fonctionnait pas dans le système d'alarme incendie. »

Elle tâcha de conserver le même ton détaché.

« L'électricien qui est allé réparer... vous ne connaîtriez pas son nom, par hasard ?

— Non. Je suppose que la police devrait l'avoir.

— Merci. »

Il posa sur elle un regard intrigué. « Pourquoi vous intéressez-vous tant à tout ça ? »

Dana répondit sur le ton de la plus grande sincérité :

« Je prépare un article sur les incendies qui ont pu se déclarer dans les stations de sports d'hiver un peu partout dans le pays. »

Le commissariat de police d'Aspen était un immeuble d'un étage en brique rouge, à une demi-douzaine de pâtés de maisons de son hôtel.

L'officier de police de garde leva les yeux et s'exclama :

« Vous êtes Dana Evans, la dame de la télé ?

— Oui.

— Je suis le capitaine Turner. Que puis-je pour vous, mademoiselle Evans ?

— Je m'intéresse à l'incendie qui a tué Taylor Winthrop et son épouse.

— Mon Dieu, quelle tragédie ç'a été. Les gens d'ici sont encore sous le choc.

— Je peux comprendre ça.

— Ouaip. Dommage qu'on n'ait pas pu les sauver.

— J'ai cru comprendre que le feu était parti d'un problème électrique ?

— C'est juste.

— Aurait-il pu s'agir d'un incendie criminel ? »

Le capitaine Turner haussa le sourcil.

« D'un incendie criminel ? Non, non. Il s'agissait d'une défaillance électrique.

— L'électricien qui s'est rendu sur les lieux la veille de l'incendie, avez-vous son nom ?

— Je suis certain qu'il figure dans nos archives. Voulez-vous que je vérifie ?

— Je vous en serais reconnaissante. »

Le capitaine Turner décrocha son téléphone et prononça quelques mots brefs, avant de revenir à elle.

« C'est la première fois que vous venez à Aspen ?

— Oui.

— Un endroit merveilleux. Vous skiez ?

— Non. » *Mais Jeff, oui. Quand nous viendrons par ici...*

Un fonctionnaire de police fit son apparition et tendit au capitaine Turner une feuille de papier. Celui-ci le transmit à Dana. Il était inscrit : *Al Larson Electrical Company, Bill Kelly.*

« Ils sont juste en bas de la rue.

— Merci beaucoup, capitaine Turner.

— Tout le plaisir était pour moi. »

Lorsque Dana sortit du bâtiment, de l'autre côté de la rue, un homme se détourna et parla dans un téléphone portable.

Al Larson Electrical Company occupait un petit bâtiment en ciment gris. Un clone de l'homme de la caserne des pompiers, bronzé, l'allure athlétique, était assis au bureau. Lorsque Dana entra, il se leva.

« Bonjour.

— Bonjour, répondit Dana. J'aimerais parler à Bill Kelly. »

L'homme lâcha un grommellement. « Et moi donc.

— Je vous demande pardon ?

— Kelly. Il a disparu il y a presque un an.

— Disparu ?

— Ouais, il est parti, et c'est tout. Sans dire un mot. Il n'a même pas attendu de prendre sa paie. »

Elle l'interrogea en formulant sa question avec lenteur.

« Vous souvenez-vous exactement quand c'était ?

— Ah ça oui. C'était le matin de cet incendie. Le grand incendie. Vous savez, celui où les Winthrop sont morts. »

Elle se sentit parcourue d'un frisson.

« Je vois. Et avez-vous la moindre idée de l'endroit où se trouve ce M. Kelly ?

— Ah non. Comme je vous ai dit, il a disparu. »

*

Cette île reculée, à l'extrême pointe de l'Amérique du Sud, avait retenti toute la matinée du fracas déchirant des jets en approche. A présent c'était l'heure de la réunion, et la vingtaine de participants avait pris place dans une construction bâtie tout récemment, pour une démolition prévue juste après la fin de cette réunion. L'orateur s'avança devant l'assistance.

« Bienvenue. Je suis heureux de voir ici de nombreux visages familiers, ainsi que quelques nouveaux amis. Avant d'entamer notre ordre du jour, je sais que certains d'entre vous sont préoccupés par un problème qui est apparu. Il y a parmi nous un traître qui menace de nous dénoncer. Nous ne savons pas encore de qui il s'agit. Mais je vous assure que nous allons bientôt le démasquer, et qu'il connaîtra le destin de tous les traîtres. Rien ni personne ne peut se dresser sur notre route. »

Il y eut dans la salle des murmures d'étonnement.

« Bien. Entamons notre enchère muette. Nous avons aujourd'hui seize colis. Fixons la mise à prix à deux milliards. Ai-je une première enchère ? Oui. Deux milliards de dollars. Qui m'en offre trois ? »

TREIZE

Ce soir-là, lorsque Dana regagna sa chambre, elle s'immobilisa, soudain en alerte. Tout semblait identique, et pourtant... elle avait le sentiment que quelque chose avait changé. Avait-on déplacé ses affaires ? *C'est mon heure Chicken Little*, remarqua-t-elle non sans ironie. Elle décrocha le téléphone et appela chez elle.

Ce fut Mme Daley qui répondit.

« Domicile de Mlle Evans. »

Dieu merci, elle est encore là.

« Madame Daley ?

— Mademoiselle Evans !

— Bonsoir. Comment va Kemal ?

— Eh bien, il est parfois un peu diable, mais moi je sais le tenir. Mes garçons étaient à peu près comme lui.

— Alors tout se passe... comme il faut ?

— Oh, oui. » Le soupir de Dana traduisait l'expression du plus pur soulagement. « Pourrais-je lui parler ?

— Certainement. » Dana l'entendit appeler. « Kemal, c'est ta mère. »

Un instant plus tard, Kemal était au téléphone.

« Salut, Dana.

— Salut, Kemal. Comment ça va, mon pote ?

— Super.

— L'école, comment c'était ?

— C'était cool.

— Et tu t'entends bien avec Mme Daley.

— Oui, elle est d'enfer. » *Elle est plus que d'enfer*, se dit Dana. *Elle est miraculeuse.* « Quand est-ce que tu rentres, Dana ?

— Je serai à la maison demain. Tu as dîné ?

— Oui. C'était pas trop mauvais, d'ailleurs. »

Elle fut presque tentée d'ajouter : *C'est bien toi, Kemal ?* Elle était ravie de constater ce changement chez lui.

« Très bien, mon chou. Je te vois demain. Bonne nuit.

— Bonne nuit, Dana. »

Alors qu'elle se préparait à se mettre au lit, son téléphone portable sonna. Elle prit la ligne.

« Allô.

— Dana ? »

Elle se sentit transportée de joie.

« Jeff ! Oh, Jeff ! »

Elle bénit le jour où elle avait acheté un portable avec abonnement international.

« Il fallait que je t'appelle pour te confier que tu me manques et que c'est épouvantable.

— Toi aussi, tu me manques. Tu es en Floride ?

— Oui.

— Comment ça se passe là-bas ?

— Pas bien. » Elle perçut l'hésitation dans sa voix. « En fait, assez mal. Ils ont prévu de faire subir à Rachel une mastectomie, demain.

— Oh, non !

— Elle ne supporte pas ça trop bien.

— Je suis tellement triste pour elle.

— Je sais. C'est un sale coup. Chérie, je suis trop impatient de te retrouver. Est-ce que je t'ai jamais avoué que j'étais fou de toi ?

— Moi aussi je suis folle de toi, mon amour.

— Est-ce que tu as besoin de quelque chose, Dana ? » *Oui, de toi.* « Non.

— Comment va Kemal ?

— Il s'en sort drôlement bien. J'ai une nouvelle employée avec laquelle il s'entend.

— Ça, c'est une bonne nouvelle. Je n'en peux plus de devoir attendre qu'on se retrouve, tous les trois.

— Et moi non plus.

— Fais attention à toi.

— Mais oui. Et tu ne peux pas savoir comme ça me fait de la peine, pour Rachel.

— Je lui en ferai part. Bonne nuit, chérie.

— Bonne nuit. »

Dana ouvrit sa valise et sortit une chemise de Jeff qu'elle avait emportée avec elle. Elle la glissa sous sa chemise de nuit et la serra contre elle. *Bonne nuit, mon amour.*

Tôt le lendemain matin, elle prit un vol pour Washington. Avant de se rendre au bureau, elle prit le temps d'un détour par son appartement, où elle fut accueillie par une Mme Daley joviale.

« C'est splendide de vous voir de retour, mademoiselle Evans. Votre garçon, il m'épuise. »

Mais c'était dit avec un clin d'œil.

« J'espère qu'il ne vous crée pas trop d'embêtements.

— D'embêtements. Mais pas du tout. Je suis ravie de le voir se débrouiller si bien avec son nouveau bras. »

Dana la regarda, surprise.

« Il le porte ?

— Bien sûr. Il le porte à l'école.

— C'est formidable. J'en suis très heureuse. » Elle consulta sa montre. « Il faut que j'aille au studio. Je rentre dans l'après-midi pour voir Kemal.

— Il va être content de vous retrouver. Vous lui manquez, vous savez. Allez, allez-y, filez. Je vais vous défaire vos bagages.

— Merci, madame Daley. »

*

Dana était dans le bureau de Matt, en train de lui exposer ce qu'elle avait appris à Aspen.

Il l'observait avec incrédulité.

« Nom de Dieu, le lendemain de l'incendie, l'électricien a tout bonnement disparu ?

— Sans venir récupérer sa paie.

— Et il s'est rendu à la maison des Winthrop la veille du sinistre.

— Oui. »

Matt secoua la tête.

« C'est comme dans *Alice au Pays des Merveilles*. C'est curieux, de plus en plus curieux.

— Matt, Paul Winthrop a été le membre suivant de la famille à trouver la mort. Il a été tué en France, peu de temps après l'incendie. J'aimerais me rendre là-bas. Je veux voir s'il existe des témoins de son accident de voiture.

— D'accord. » Puis Matt ajouta. « Elliot Cromwell a demandé de vos nouvelles. Il veut que vous preniez soin de vous.

— Avec moi, ça fait deux », répliqua-t-elle.

Quand Kemal rentra de l'école, Dana l'attendait. Il portait son nouveau bras, et elle eut le sentiment qu'il était bien plus calme.

« Tu es rentrée. »

Il lui donna un baiser.

« Salut, mon chou. Tu m'as manqué. Comment ça s'est déroulé, à l'école ?

— Pas mal. Comment s'est passé ton voyage ?

— C'était bien. Je t'ai rapporté quelque chose. »

Elle tendit à Kemal un cartable tissé à la main par un artisan indien et une paire de mocassins en cuir qu'elle avait trouvés à Aspen. Ensuite, ce fut la partie la plus difficile.

« Malheureusement, Kemal, il va falloir que je reparte encore quelques jours. »

Elle se prépara à la réaction de Kemal, mais il se contenta de lui répondre :

« D'accord. »

Pas le moindre signe de crise.

« Je te rapporterai un beau cadeau.

— Un pour chaque journée où tu seras partie ? »

Elle eut un sourire. « Tu es censé être en cinquième, pas en fac de droit. »

Il était confortablement installé dans un fauteuil à accoudoirs, la télévision allumée, un scotch à la main. Sur l'écran, Dana et Kemal étaient assis à la table du dîner et Mme Daley leur servait ce qui avait l'air d'un ragoût de mouton à l'irlandaise.

« C'est délicieux, la félicita Dana.

— Merci. Je suis contente que ça vous plaise.

— Je t'ai prévenu, elle cuisine super bien », insista Kemal.

C'était comme être dans la pièce avec eux, observa-t-il, et pas du tout comme s'il les surveillait depuis l'appartement voisin.

« Raconte-moi l'école, fit Dana.

— J'aime bien mes nouveaux profs. Avec mon prof de maths, on est amis...

— C'est génial...

— Dans cette école, les garçons sont bien plus gentils. Ils trouvent que mon nouveau bras, c'est d'enfer.

— J'espère bien.

— L'une des filles de ma classe est carrément jolie. Je crois qu'elle m'aime bien. Elle s'appelle Lizzy.

— Et toi, mon chou, tu l'aimes bien ?

— Ouais. Elle est casatt. »

Il grandit, remarqua Dana avec un serrement de cœur inattendu. Lorsque ce fut l'heure, Kemal alla se coucher et Dana retrouva Mme Daley dans la cuisine.

« Kemal a l'air si... si paisible. Je ne sais comment vous exprimer ma gratitude, la remercia-t-elle.

— C'est vous qui me rendez service, rectifia Mme Daley en souriant. C'est comme si j'avais un de mes enfants de nouveau avec moi. Ils sont tous grands, maintenant, vous savez. Kemal et moi, nous passons de merveilleux moments.

— J'en suis ravie. »

Dana resta debout jusqu'à minuit, et comme Jeff n'avait toujours pas appelé, elle se coucha. Elle resta là, allongée, à se demander ce que fabriquait Jeff, s'il faisait l'amour avec Rachel, et elle avait honte de nourrir de pareilles pensées.

L'homme dans l'appartement voisin rendit compte. « Calme plat. »

Son téléphone portable sonna.

« Jeff, mon chéri. Où es-tu ?

— Je suis au Doctors Hospital, en Floride. La mastectomie est terminée. L'oncologue est encore en train de procéder à des examens.

— Oh, Jeff ! J'espère que ça ne s'est pas étendu.

— Je l'espère, moi aussi. Rachel souhaite que je prolonge ici de quelques jours. Je voulais te demander si...

— Bien sûr. Il faut que tu restes.

— Ça ne durera qu'un petit moment. Je vais appeler Matt pour le prévenir. Quelque chose de sensationnel, là-haut ? »

L'espace d'un instant, Dana fut tentée de parler à Jeff d'Aspen et des progrès de son enquête. *Il a déjà l'esprit assez occupé comme ça.*

« Non, fit-elle. Rien de neuf.

— Embrasse Kemal de ma part. Le reste, c'est pour toi. »

*

Jeff reposa le combiné. Une infirmière s'approcha de lui.

« Monsieur Connors ? Le docteur Young souhaiterait vous voir.

— L'opération s'est bien déroulée, annonça le docteur Young à Jeff, mais elle aura besoin de beaucoup de soutien affectif. Elle va se sentir moins femme. A son réveil, elle va paniquer. Il faudra l'aider à comprendre qu'avoir peur est on ne peut plus normal.

— Je vois, fit Jeff.

— Et sa peur, sa dépression vont reprendre de plus belle quand elle va commencer sa radiothérapie pour tenter d'enrayer la propagation du cancer. Cela peut être très traumatisant. »

Jeff resta assis là, à songer à ce qui l'attendait.

« A-t-elle quelqu'un pour s'occuper d'elle ?

— Moi. » Et en répondant cela, Jeff se rendit compte que Rachel n'avait en effet personne d'autre que lui.

Le vol Air France à destination de Nice se déroula sans histoires. Dana alluma son ordinateur portable pour repasser en revue les informations qu'elles avait réunies jusqu'à présent. De quoi donner à réfléchir, mais rien de concluant. *Une preuve*, se répétait Dana. *Il n'y a pas d'affaire sans preuve. Si je pouvais...*

« Sympa, ce vol, non ? »

Dana se tourna vers l'homme assis à côté d'elle. Il était grand, séduisant, avec un accent français.

« Oui, très.

— Vous êtes déjà allée en France ?

— Non, précisa-t-elle. C'est la première fois. »

Il lui sourit.

« Ah, alors vous allez vous régaler. C'est un pays magique. » Il eut un sourire un rien nostalgique et se pencha pour se rapprocher d'elle. « Vous avez des amis pour vous balader ?

— Je retrouve mon mari et trois enfants, mentit-elle.

— Dommage. » Il ponctua d'un hochement de tête et se replongea dans son exemplaire de *France-Soir*.

Dana retourna à son ordinateur. Un article retint son attention. Paul Winthrop, qui s'était tué dans un accident de voiture, avait un hobby.

Les voitures de sport.

Après l'atterrissage du vol Air France à l'aéroport de Nice, elle traversa l'aérogare très animée et se rendit au bureau de location de véhicules.

« Je m'appelle Dana Evans. J'ai un... »

L'employé leva les yeux vers elle.

« Ah ! mademoiselle Evans. Votre voiture est prête. » Il lui tendit un formulaire. « Signez simplement ceci. »

Ah, ça c'est du service, s'extasia-t-elle.

« Il va me falloir une carte du sud de la France. Par hasard auriez-vous...

— Bien sûr, mademoiselle. » Il tendit la main derrière le comptoir et choisit une carte. « Voilà. » Il resta debout et suivit du regard Dana qui s'éloignait.

Dans la tour directoriale de WTN, Elliot Cromwell posa une question :

« Alors, Matt, où se trouve Dana, maintenant ?

— Elle est en France.

— Progresse-t-elle ?

— Il est trop tôt.

— Je m'inquiète à son sujet. Je me dis qu'elle voyage peut-être trop. De nos jours, voyager peut être dangereux. » Il hésita. « Très dangereux. »

A Nice, l'air était froid et vif, et Dana se demanda si le temps était le même le jour où Paul Winthrop s'était tué. Elle monta dans la Citroën qui l'attendait et entama la montée de la Grande Corniche, en traversant de pittoresques petits villages.

L'accident s'était produit juste au nord de Beausoleil, sur la nationale, à Roquebrune-Cap Martin, une station balnéaire qui dominait la Méditerranée.

En approchant du village, elle ralentit, prenant le temps d'étudier les virages serrés, à pic, en se demandant lequel Paul Winthrop avait manqué. Qu'est-ce que Paul Winthrop faisait par ici ? Retrouvait-il quelqu'un ? Participait-il à une course ? Était-il en vacances ? Était-il là pour affaires ?

Roquebrune-Cap Martin est un village médiéval avec un château très ancien, une église, des caves historiques et de luxueuses villas qui parsèment le paysage. Dana accéda au centre en voiture, se gara, et se mit en quête du commissariat de police. Elle arrêta un homme qui sortait d'une boutique.

« Excusez-moi, pouvez-vous me renseigner, je cherche le commissariat.

— Je ne parle pas anglais, j'ai peur de ne pouvoir vous aider mais...

— Police, police.

— Ah, oui. » Il pointa du doigt. « La deuxième rue à gauche.

— Merci.

— De rien. »

Le commissariat était logé dans un vieil immeuble miteux aux murs blancs. A l'intérieur, un policier en tenue, d'âge mûr, était assis derrière un bureau. Lorsqu'elle entra, il leva les yeux sur elle.

« Bonjour, madame.

— Bonjour.

— En quoi puis-je vous aider ?

— Parlez-vous anglais ? »

Il prit le temps d'y réfléchir.

« Oui, reconnut-il sans enthousiasme.

— J'aimerais m'entretenir avec le responsable. »

Il la dévisagea un moment, avec une expression qui trahissait sa perplexité. Puis soudain il sourit.

« Ah, le commissaire Frasier. Oui. Un moment. » Il décrocha un téléphone et prononça quelques mots. Il hocha la tête et revint à Dana. Il lui désigna le bout du couloir. « La première porte.

— Je vous remercie. »

Elle emprunta le couloir jusqu'à une première porte. Le bureau du commissaire Frasier était petit et bien rangé. C'était un homme soigné, avec une moustache et des yeux marron inquisiteurs. A l'entrée de Dana, il se leva.

« Bonjour, commissaire.

— Bonjour, mademoiselle. En quoi puis-je vous être utile ?

— Je suis Dana Evans. Je prépare un reportage pour la chaîne WTN, à Washington, au sujet de la famille Winthrop. J'ai su que Paul Winthrop avait été tué dans un accident par ici.

— Oui. Terrible ! Terrible. Sur la Grande Corniche, il faut rouler très prudemment. Cela peut être extrêmement dangereux.

— J'ai entendu dire que Paul Winthrop s'était tué pendant une course et...

— Non. Il n'y avait pas de course ce jour-là.

— Ah non ?

— Non, mademoiselle. J'étais personnellement de service quand l'accident s'est produit.

— Je vois. M. Winthrop était seul dans sa voiture.

— Oui.

— Commissaire, a-t-on pratiqué une autopsie ?

— Oui. Bien sûr.

— A-t-on trouvé des traces d'alcool dans le sang de Paul Winthrop ? »

Le commissaire Frasier secoua la tête.

« Non.

— Des traces de drogue ?

— Non.

— Vous souvenez-vous du temps qu'il faisait ce jour-là ?

— Oui. Il pleuvait. »

Elle avait une dernière question, mais elle la posa sans guère d'espoir.

« J'imagine qu'il n'y a pas eu de témoins ?

— Mais si, il y en avait. »

Elle le dévisagea, son pouls s'accéléra. « Il y a eu des témoins ?

— Un témoin. Il roulait derrière la voiture de Winthrop et il a assisté à l'accident. »

Aussitôt, elle s'anima.

« Je vous serais très reconnaissante de bien vouloir me communiquer le nom de ce témoin, lui fit-elle. Je souhaiterais lui parler. »

Il approuva de la tête.

« A mes yeux, cela ne présente aucun inconvénient. » Il appela. « Alexandre ! » Un instant plus tard, son second arriva en hâte.

« Oui, commissaire ?

— Apportez-moi le dossier de l'accident Winthrop.

— Tout de suite. » L'homme ressortit de la pièce en vitesse.

Le commissaire Frasier se tourna vers elle.

« Quelle famille malchanceuse. La vie est une chose très fragile. » Il la considéra avec un sourire. « Un homme doit savoir saisir le plaisir quand il est là. » Il ajouta finement : « Ou une femme, d'ailleurs. Êtes-vous seule ici, mademoiselle ?

— Non, mon mari et mes enfants m'attendent.

— Dommage. »

Le second de Frasier fut de retour avec une liasse de documents. Le commissaire les passa en revue, puis il hocha la tête et leva les yeux sur Dana.

« Le témoin de l'accident était un touriste américain, Ralph Benjamin. D'après sa déposition, il roulait derrière Paul Winthrop quand il a vu un chien traverser devant les roues de la voiture de Winthrop. Celui-ci a donné un coup de volant pour ne pas le heurter, il est parti en violent dérapage, et il a plongé du haut de la falaise pour aller s'écraser dans la mer. Selon le rapport du médecin légiste, Winthrop est mort sur le coup.

— Avez-vous l'adresse de M. Benjamin ? demanda-t-elle, pleine d'espoir.

— Oui. » Il jeta de nouveau un coup d'œil à son papier. « Il habite en Amérique. Richfield, dans l'Utah. Quatre-vingt, Turk Street. » Le commissaire Frasier nota l'adresse et la tendit à Dana.

Elle déploya de gros efforts pour contenir son excitation.

« Merci beaucoup.

— Je vous en prie. » Il posa le regard sur l'annulaire de Dana, à l'alliance absente. « Et, madame ?

— Oui ?

— Saluez donc de ma part votre mari et vos trois enfants. »

Ce fut à Matt qu'elle téléphona.

« Matt, fit-elle, au comble de l'excitation. J'ai trouvé un témoin de l'accident de Paul Winthrop. Je vais aller l'interviewer.

— Excellent. Où se trouve-t-il ?

— Dans l'Utah, à Richfield. Je devrais être de retour à Washington juste après.

— Très bien. Au fait, Jeff vous a appelée.

— Oui ?

— Vous savez qu'il est en Floride auprès de son ex-femme. » C'était dit d'un ton désapprobateur.

« Je sais. Elle est très malade.

— Si Jeff reste là-bas davantage, je vais devoir lui demander de prendre un congé en bonne et due forme.

— Je suis certaine qu'il sera de retour très bientôt. » Elle avait envie d'y croire.

« Très bien. Bonne chance avec ce témoin.

— Merci, Matt. »

*

Son appel suivant, Dana le réserva à Kemal. Ce fut Mme Daley qui répondit.

« Domicile de Mlle Evans.

— Bonsoir, madame Daley. Est-ce que tout va bien ? » Elle retint son souffle.

« Eh bien, votre fils a presque mis le feu à la cuisine en m'aidant à préparer le dîner hier soir. » Elle éclata de rire. « Mais à part ça, il va bien. »

Dana prononça une prière en silence.

« C'est formidable. » *Cette femme est vraiment une faiseuse de miracles*, songea-t-elle.

« Est-ce que vous rentrez bientôt ? Je peux préparer le dîner et...

— Je dois faire encore une étape, l'interrompit Dana. Je serai de retour dans deux jours. Puis-je parler à Kemal ?

— Il dort. Dois-je le réveiller ?

— Non, non. » Elle consulta sa montre. A Washington, il n'était que quatre heures de l'après-midi. « Il fait une sieste ? »

Elle entendit Mme Daley éclater d'un rire bon enfant.

« Oui. Le petit gars a eu une longue journée. Il travaille dur, et il joue dur.

— Vous lui transmettrez mes baisers. Je le retrouve bientôt. »

Je dois faire encore une étape. Je rentre dans deux jours. Puis-je parler à Kemal ?

Il dort. Dois-je le réveiller ?

Non, non. Il fait une sieste ?

Oui. Notre petit gars a eu une longue journée. Il travaille dur, et il joue dur.

Vous lui transmettrez mes baisers. Je le retrouve bientôt.

Fin de la bande.

*

Richfield, dans l'Utah, est une ville résidentielle agréable, située dans une cuvette au milieu de la chaîne des monts Monroe. Dana s'arrêta à une station d'essence et se fit indiquer l'adresse que le commissaire Frasier lui avait transmise.

Le domicile de Ralph Benjamin était une maison de plain-pied, marquée par la patine et l'usure, qui se dressait au milieu d'une rangée de maisons identiques.

Elle gara son véhicule de location, s'approcha de la porte

d'entrée et sonna. La porte s'ouvrit et elle eut en face d'elle une femme entre deux âges aux cheveux blancs, en tablier.

« Que puis-je pour vous ?

— Je voudrais voir Ralph Benjamin », indiqua Dana.

La femme l'étudia, l'air intrigué.

« Il vous attend ?

— Non. Je... il se trouve que je passais par ici, et j'ai pensé faire un saut en vitesse. Il est là ?

— Oui. Entrez.

— Je vous remercie. »

Dana entra et suivit la femme dans le salon.

« Ralph, tu as une visiteuse. »

Ralph Benjamin quitta son rocking-chair et s'avança vers la visiteuse en question.

« Bonjour. Je vous connais ? »

Dana demeura figée. Ralph Benjamin était aveugle.

QUATORZE

Dana et Matt Baker se trouvaient dans la salle de conférence de WTN.

« Ralph Benjamin était en France pour rendre visite à son fils, expliqua Dana. Un jour, sa serviette a disparu de sa chambre d'hôtel. Elle est réapparue le lendemain, mais il manquait son passeport. Matt, l'homme qui l'a volé et qui a emprunté l'identité de Benjamin est aussi l'homme qui s'est fait passer pour témoin de l'accident, et qui a assassiné Paul Winthrop. »

Matt Baker garda le silence un long moment. Quand il prit la parole, ce fut pour trancher :

« Il est temps de réclamer l'intervention de la police, Dana. Si vous avez raison, nous sommes à la recherche d'un individu qui a assassiné de sang-froid six personnes. Je ne veux pas que vous soyez le numéro sept. Elliot s'inquiète pour vous, lui aussi. Il estime que vous vous aventurez trop en profondeur.

— Nous ne pouvons pas faire intervenir la police pour le moment, protesta-t-elle. Il ne s'agit là que d'un faisceau de présomptions indirectes. Aucune preuve indubitable. Nous n'avons pas la moindre idée de l'identité du tueur, et nous n'avons aucun mobile.

— J'ai un mauvais pressentiment. Ça devient trop dangereux. Je ne veux pas qu'il vous arrive quelque chose.

— Moi non plus, avoua sincèrement Dana.

— Quelle est votre prochaine étape ?
— Découvrir ce qui s'est réellement passé avec Julie Winthrop. »

*

« L'opération a réussi. »
Rachel ouvrit lentement les yeux. Elle était allongée dans un lit d'hôpital blanc, en chambre stérile. Ses yeux bouffis se concentrèrent sur Jeff.
« Ça y est ? Il n'est plus là ?
— Rachel...
— J'ai peur de mettre la main. » Elle refoulait ses larmes. « Je ne suis plus une femme. Aucun homme ne voudra plus m'aimer. »
Il prit sa main tremblante dans la sienne.
« Tu te trompes. Je ne t'ai jamais aimée à cause de tes seins, Rachel. J'ai aimé celle que tu es, un être humain chaleureux, merveilleux. »
Rachel parvint à ébaucher un timide sourire.
« Nous nous sommes vraiment aimés, n'est-ce pas, Jeff ?
— Oui.
— Je voudrais... » Elle baissa les yeux sur sa poitrine, et son visage se crispa.
« Nous en parlerons plus tard. »
Elle lui serra la main plus fort.
« Je ne veux pas rester seule, Jeff. Pas tant que ce n'est pas fini. Je t'en prie, ne me laisse pas.
— Rachel, il faut que je...
— Pas encore. Je ne sais pas ce que je vais devenir si tu t'en vas. »
Une infirmière entra dans la chambre.
« Voulez-vous m'excuser, monsieur Connors. »
Rachel refusait de lâcher la main de Jeff.
« Ne pars pas.
— Je reviendrai. »

Tard ce soir-là, le téléphone portable de Dana sonna. Elle se précipita à travers la pièce pour prendre la ligne.

« Dana. » C'était Jeff.

Au son de sa voix, elle ressentit un petit frisson.

« Hello. Comment vas-tu, mon chéri ?

— Ça va.

— Et Rachel ?

— L'opération s'est bien passée, mais elle se sent d'humeur suicidaire.

— Jeff... une femme ne peut pas se réduire à ses seins ou...

— Je sais, mais Rachel n'est pas une femme comme les autres. Depuis l'âge de quinze ans, on la juge sur son allure. Elle est l'un des quinze mannequins les mieux payés au monde. Maintenant elle croit que tout ça, pour elle, c'est fini. Elle se sent comme un monstre. Elle estime n'avoir plus aucune raison de vivre.

— Que vas-tu faire ?

— Je vais rester avec elle quelques jours de plus et l'aider à se réinstaller chez elle. J'ai parlé au médecin. Il attend toujours le résultat des examens pour vérifier qu'ils ont bien retiré la totalité de la tumeur. Ils estiment qu'elle va devoir compléter l'opération par une chimiothérapie. »

Dana ne trouva rien à ajouter.

« Tu me manques, lui avoua Jeff.

— Toi aussi, tu me manques, mon chéri adoré. J'ai quelques cadeaux de Noël pour toi.

— Tu me les mets de côté.

— Oui.

— Tu n'es pas épuisée de tous tes voyages ?

— Pas encore.

— Surtout laisse ton portable allumé, insista Jeff. J'ai l'intention de te passer quelques coups de fil d'obscénités. »

Elle sourit.

« Promis ?

— Promis. Prends soin de toi, ma chérie.

— Et toi de toi. »

La conversation était terminée. Elle raccrocha et resta assise là un long moment, à songer à Jeff et Rachel. Elle se leva et se rendit dans la cuisine.

Mme Daley proposait à Kemal :

« Encore des crêpes, mon chéri ?

— Oui, merci. »

Dana s'arrêta là, sur le seuil, à les observer tous deux. Depuis le peu de temps que Mme Daley était arrivée, Kemal avait tellement changé. Il était calme, détendu, heureux. Dana en ressentit une pointe aiguë de jalousie. *Peut-être ne suis-je pas la personne qu'il lui faut.* Pleine de culpabilité, elle se souvint de ses longues journées et de ses longues nuits passées au studio de télévision. *Peut-être une personne comme Mme Daley devrait-elle l'adopter.* Elle se secoua pour chasser cette idée. *Qu'est-ce qui me prend ? Kemal m'aime.*

Elle s'assit à table.

« Ta nouvelle école te plaît toujours ?

— C'est super. »

Dana lui prit la main.

« Kemal, je vais malheureusement devoir repartir. »

Il lui répondit avec indifférence.

« C'est d'accord. »

La pointe de jalousie se réveilla.

« Où partez-vous, cette fois, mademoiselle Evans, lui demanda Mme Daley.

— En Alaska. »

Mme Daley demeura songeuse un instant. « Faites attention aux grizzlis », la prévint-elle.

Le vol de Washington à Juneau, en Alaska, durait neuf heures, avec une escale à Seattle. Dans l'aéroport de Juneau, Dana se rendit au comptoir des locations de voitures.

« Je m'appelle Dana Evans... Je...

— Oui, mademoiselle Evans. Nous avons une belle Land Rover réservée pour vous. Box n°10. Signez ici, simplement. »

L'employé lui tendit les clefs, et elle contourna le bâtiment pour gagner le parking situé sur l'arrière. Il y avait là une dizaine de voitures dans des boxes numérotés. Un homme était agenouillé derrière une Land Rover blanche, affairé sur le pot d'échappement. Il leva les yeux lorsque Dana s'approcha.

« J'étais juste en train de resserrer l'attache du pot, mademoiselle. Voilà, c'est prêt. » Il se leva.

« Merci », fit-elle.

Il la regarda s'éloigner.

Dans le sous-sol d'un immeuble gouvernemental, un homme observait une carte numérisée sur un ordinateur. Il suivit la Land Rover qui effectuait un virage à droite.

« Le sujet se dirige vers Starr Hill. »

Juneau surprit Dana. A première vue, on eût dit une grande ville, mais les rues étroites et sinueuses conféraient à la capitale de l'Alaska l'atmosphère de bourgade d'un village niché au beau milieu d'une étendue sauvage de l'ère glaciaire.

Elle descendit dans l'auberge très courue du Waterfront, un ancien bordel situé dans le centre.

« Vous arrivez pile pour vous offrir du beau ski, lui assura le réceptionniste. Côté enneigement, nous profitons d'une très belle saison. Vous avez apporté vos skis ?

— Non, je...

— Eh bien, vous trouverez un magasin de skis juste à côté de l'hôtel. Je suis sûr qu'il seront en mesure de vous procurer tout ce que vous désirerez.

— Merci », fit Dana. *Ce n'est pas un mauvais point de départ.* Elle défit ses bagages et se rendit chez le loueur de skis.

Le vendeur était un bavard impénitent. A partir du moment où elle entra dans la boutique, il se lança :

« Salut, je suis Chad Donohoe. Bien, une chose est sûre, vous vous adressez à la bonne maison. » Il désigna une forêt de skis. « Nous venons de recevoir ces Freeriders. Ces petits chéris-là, c'est super pour encaisser toutes les bosses et tous les sauts. » Il désigna un autre rayon. « Ou alors... voilà les Salomon X-Scream 9s. Grosse demande sur ceux-là. L'année dernière, on s'est trouvés en rupture de stock et pas moyen d'en ravoir. » Il décela l'expression d'impatience de Dana et se pressa de passer au râtelier suivant. « Si vous préférez, nous avons le Vocal Vertigo G30 ou l'Atomic 10.20. » Il observa Dana, l'air d'attendre une réponse. « Lequel voulez-vous... ?

— Je suis venue m'informer. »

La déception se peignit sur son visage. « Vous informer ?

— Oui. Julie Winthrop se fournissait-elle chez vous ? »

Il l'étudia de près.

« Oui. D'ailleurs, elle utilisait le haut de gamme de Volant Ti, des skis surpuissants. Elle les adorait. Terrible ce qui lui est arrivé là-haut, à Eaglecrest.

— Mlle Winthrop était bonne skieuse ?

— Bonne skieuse ? C'était la meilleure des meilleures. Elle avait une vitrine pleine de trophées.

— Savez-vous si elle était venue seule, ici ?

— Autant que je sache, oui. » Il secoua la tête. « Le plus surprenant, c'est qu'elle connaissait Eaglecrest comme le dos de sa main. Elle venait skier ici tous les ans. Jamais on n'aurait pu s'imaginer qu'un accident pareil aurait pu lui arriver, vous voyez ? »

Dana répondit avec lenteur.

« Oui, je vois. »

Le commissariat de police de Juneau était à deux pâtés de maisons de l'auberge du Waterfront.

Dana entra dans le petit bureau d'accueil qui arborait le drapeau de l'État d'Alaska, celui de la ville de Juneau et la bannière étoilée. Par terre, le sol était tendu de moquette bleue, assortie d'un canapé bleu et d'un fauteuil bleu.

Un policier en tenue lui demanda :

« Que puis-je pour vous ?

— J'aimerais recueillir quelques informations sur la mort de Julie Winthrop. »

Il se renfrogna.

« Pour cela, il faut que vous voyiez Bruce Bowler. C'est le chef de l'équipe de secours des Sea Dog Rescue. Il a ses bureaux au premier, mais pour l'instant il n'est pas là.

— Savez-vous où je peux le trouver ? »

Le fonctionnaire consulta sa montre.

« A l'heure qu'il est, vous devriez pouvoir l'attraper au Hanger on the Wharf. C'est à deux rues d'ici, sur Marine Way.

— Merci beaucoup. »

Le Hanger on the Wharf était un vaste restaurant bondé de gens venus là pour le déjeuner.

La patronne accueillit Dana.

« Je suis désolée, nous n'avons pas une table pour le moment. Il y aura une vingtaine de minutes d'attente si...

— Je cherche M. Bruce Bowler. Est-ce que vous... ? »

La patronne hocha la tête.

« Bruce ? Il est là-bas, à cette table. »

Elle suivit la direction qu'indiquait son regard. Il y avait là un homme au visage agréable, l'air bourru, le début de la quarantaine, assis seul.

« Merci. » Dana se fraya un chemin jusqu'à cette table. « Monsieur Bowler ? »

Il leva les yeux.

« Oui.

— Je m'appelle Dana Evans. J'ai besoin de votre aide. »

Il sourit.

« Vous avez de la veine. Nous avons une chambre disponible. Je vais appeler Judy. »

Dana le regarda, déconcerté.

« Je vous demande pardon ?

— Votre question ne concerne pas le Cozy Log, notre pension ?

— Non. Je souhaitais vous parler de Julie Winthrop.

— Ah. » Il a eu l'air confus. « Désolé. Asseyez-vous, je vous en prie. Judy et moi nous possédons une petite auberge en dehors de la ville. Je croyais que vous cherchiez une chambre. Vous avez déjeuné ?

— Non, je...

— Joignez-vous à moi. » Il eut un sourire engageant.

« Merci », fit Dana.

Une fois qu'elle eut commandé, Bruce Bowler l'interrogea :

« Qu'avez-vous envie de savoir à propos de Julie Winthrop ?

— C'est au sujet de sa mort. Est-il possible qu'il ne se soit pas agi d'un accident ? »

Bruce Bowler fronça les sourcils.

« Vous êtes en train de me demander si elle n'aurait pas pu se suicider ?

— Non. Je vous demande si... si quelqu'un aurait pu l'assassiner. »

Il cligna des yeux.

« Assassiner Julie ? Certainement pas. C'était un accident.

— Pouvez-vous m'expliquer ce qui s'est passé ?

— Bien sûr. » Bruce Bowler resta songeur un moment, ne sachant trop par où commencer. « Nous avons trois domaines skiables ici. Les pistes pour débutants, le Muskeg, la Dolly Varden, et Sourdough... Ensuite il y en a de plus difficiles, Sluice Box, Mother Lode, et Sundance... Il y a les pistes vraiment dures, Insane, Spruce Chute, Hang Ten... Et puis il y a Steep Chutes. C'est la plus costaud.

— Et Julie Winthrop descendait... ?

— Steep Chutes.

— Donc c'était une skieuse de première catégorie ?

— Absolument, affirma Bruce Bowler. Il hésita. C'est ça qui est bizarre.

— Quoi donc ?

— Eh bien, nous skions en nocturne tous les jeudis de seize à vingt et une heures. Beaucoup de skieurs étaient de sortie ce soir-là. A neuf heures, ils étaient tous de retour, sauf Julie. Nous sommes partis à sa recherche. Nous avons découvert son corps au pied de Steep Chutes. Elle avait percuté un arbre. Elle a dû être tuée sur le coup. »

Dana ferma les yeux un instant, ressentant toute l'horreur et la douleur de la scène.

« Alors... alors elle était seule lorsque l'accident s'est produit ?

— Ouais. En général les skieurs descendent en groupe, mais parfois les meilleurs aiment bien enfiler une piste seuls. Elles sont toutes balisées, et toute personne qui se lance hors piste le fait à ses risques et périls. Julie Winthrop skiait hors piste, sur une piste fermée. Ça nous a pris un bon moment avant de retrouver son corps.

— Monsieur Bowler, quelle procédure appliquez-vous quand un skieur est porté disparu ?

— Dès que quelqu'un est porté disparu, nous procédons à une recherche bâtarde.

— Une recherche bâtarde ?

— Nous téléphonons aux amis du skieur pour vérifier qu'il ne se trouve pas avec eux. Nous appelons quelques bars. C'est une recherche vite fait-mal fait. Le but est d'éviter à nos équipes de s'embêter à lancer une recherche en règle pour je ne sais quel ivrogne qui est en train de se soûler dans un café.

— Et si quelqu'un a réellement disparu ?

— Nous obtenons une description physique du skieur manquant, de son niveau, et du dernier endroit où on l'a vu. Nous demandons toujours s'il a emporté un appareil photo avec lui.

— Pourquoi ?

— Si oui, cela nous oriente vers les sites les plus spectaculaires, ceux où il a pu avoir envie d'aller. Nous étudions les remontées mécaniques ou les autres moyens de dépose par lesquels le skieur a pu prévoir de regagner la station. Si notre ratissage ne donne aucun résultat, alors nous partons de la supposition que le skieur manquant se situe en dehors des pistes balisées. Nous transmettons à la police de l'État d'Alaska afin qu'elle déclenche une opération de sauvetage par hélico. Chaque groupe de recherche compte quatre personnes, et la patrouille aérienne de la sécurité civile se joint à eux.

— Cela fait une sacrée mobilisation humaine.

— Sûr. Mais souvenez-vous, nous avons ici trois cent vingt hectares de domaine skiable, et nous menons une moyenne de quarante recherches par an. La plupart ont un résultat positif. » Bruce Bowler regarda par la fenêtre le ciel froid couleur d'ardoise. « J'aurais franchement préféré que celle-ci fasse partie du lot. » Il se retourna vers Dana. « Enfin, la patrouille à ski effectue un passage quotidien après la fermeture des remontées mécaniques.

— On m'a indiqué que Julie Winthrop avait l'habitude de skier au sommet de l'Eaglecrest. »

Il hocha la tête.

« C'est exact. Mais cela ne constitue quand même pas une garantie. Le temps peut se couvrir, on peut perdre le sens de l'orientation, ou carrément manquer de chance, tout simplement. La pauvre Mlle Winthrop n'a pas eu de chance.

— Comment avez-vous retrouvé son corps ?

— C'est Mayday qui l'a trouvée.

— Mayday ?

— C'est notre meilleur chien. La patrouille à ski travaille avec des labradors noirs et des bergers. Ces chiens sont assez incroyables. Ils travaillent sous le vent, captent les odeurs humaines, se postent au bord de la zone d'odorat, et ils la quadrillent en une série d'allers et retours. Nous envoyons un bombardier sur les lieux de l'accident, et quand...

— Un bombardier ?

— Notre canon à neige. Nous avons descendu le corps de Julie Winthrop sur un brancard Stokes. Les trois hommes de l'équipe d'ambulanciers ont pratiqué un électrocardiogramme, ils ont pris des photos et ils ont appelé les pompes funèbres. Ils ont emmené son corps à l'hôpital régional de Bartlett.

— Et personne ne sait comment s'est produit l'accident ? »

Il haussa les épaules.

« Tout ce que nous savons, c'est qu'elle a heurté un épicéa géant assez peu amical. J'ai vu. C'était pas joli joli. »

Dana scruta Bruce Bowler un moment.

« Me serait-il possible de jeter un coup d'œil au sommet de l'Eaglecrest ?

— Pourquoi pas ? Finissons de déjeuner, et je vous y emmène moi-même. »

Ils se rendirent en jeep à l'abri situé au pied de la montagne.

Bruce Bowler éclaira Dana.

« C'est ici que nous nous réunissons pour élaborer nos plans de recherches. Nous conservons sur place du matériel de ski en location et nous avons des moniteurs disponibles pour ceux qui le désirent. Nous allons prendre ce télésiège jusqu'au sommet de la montagne. »

Ils empruntèrent le télésiège de Ptarmigan, en direction du sommet de l'Eaglecrest. Dana frissonnait.

« J'aurais dû vous prévenir. Par ce genre de temps, il vous faut des vêtements en propylène, des sous-vêtements longs, et s'habiller en plusieurs couches. »

Dana frissonna de plus belle.

« Je... je m'en souv... souviendrai.

— C'est le télésiège qu'a emprunté Julie Winthrop. Elle avait son sac à dos.

— Son sac à dos ?

— Oui. Ils contiennent une pelle à avalanche, une balise qui transmet jusqu'à cinquante mètres et un piquet de sondage. » Il soupira. « Évidemment, quand vous percutez un arbre, ça ne vous sert pas à grand-chose. »

Ils approchaient du sommet. Lorsqu'ils atteignirent la plate-forme, ils descendirent du siège avec précaution, et un homme les salua.

« Qu'est-ce qui t'amène ici, Bruce ? Quelqu'un s'est perdu ?

— Non. Je montre juste la vue à une amie. Voici mademoiselle Evans. »

Ils échangèrent des saluts. Dana contempla la scène autour d'elle. Il y avait une cabane, pour se réchauffer, presque perdue dans les épais nuages. Julie Winthrop est-elle entrée là-dedans avant d'aller skier ? Et quelqu'un l'a-t-il suivie ? Quelqu'un qui projetait de la tuer ?

Bruce Bowler se tourna vers elle.

« Ptarmigan, c'est le sommet de la montagne. A partir d'ici, ce n'est que de la descente. »

Elle se retourna et observa la pente en aval, peu clémente, et elle frissonna encore.

« Vous avez l'air frigorifié, mademoiselle Evans. Je ferais mieux de vous ramener.

— Merci. »

Dana venait à peine de rentrer à l'auberge du Waterfront quand on frappa à sa porte. Elle ouvrit. Un homme de haute taille, le visage pâle, se tenait devant elle.

« Mademoiselle Evans ?

— Oui.

— Salut. Je m'appelle Nicholas Verdun. Je suis du *Juneau Empire*, le journal local.

— Oui ?

— J'ai entendu dire que vous enquêtiez sur la mort de Julie Winthrop ? Nous aimerions assez avoir un article sur le sujet. »

Elle fut aussitôt sur ses gardes.

« J'ai bien peur que vous ne fassiez erreur. Je ne mène aucune enquête. »

L'homme l'observa d'un air sceptique.

« J'ai entendu...

— Nous préparons une émission sur le ski dans le monde. Juneau, c'est juste une étape. »

Il demeura là un instant.

« Je vois. Désolé de vous avoir dérangée. »

Elle le regarda s'éloigner. Comment saurait-il ce que je fais ici ? Elle téléphona au *Juneau Empire*.

« Bonjour. Je voulais parler à l'un de vos journalistes. Nicholas Verdun... » Elle écouta la réponse. « Vous n'avez personne de ce nom-là chez vous ? Je vois. Merci. »

Il fallut à Dana dix minutes pour boucler sa valise. Il faut que je m'en aille d'ici et que je me trouve un autre endroit. Subitement, elle se souvint. *Votre question ne concerne pas le Cozy Log, notre pension ? Vous avez de la veine. Nous avons une chambre disponible.* Elle descendit à la réception déposer ses clefs et payer. L'employé lui indiqua comment se rendre à la pension et lui dessina un petit plan.

Dans le sous-sol d'un bâtiment gouvernemental, l'homme qui suivait la carte numérisée sur son écran d'ordinateur avertit : « Le sujet quitte le centre, en direction de l'ouest. »

*

La pension Cozy Log était une maison proprette en rondins d'Alaska, à une demi-heure du centre de Juneau. Parfait. Dana sonna à la porte, qui lui fut ouverte par une séduisante jeune femme très gaie, la trentaine.

« Bonjour. En quoi puis-je vous être utile ?

— J'ai rencontré votre mari, et il m'a indiqué que vous aviez une chambre disponible.

— En effet. Je suis Judy Bowler.

— Dana Evans.

— Entrez. »

Dana pénétra dans la maison et jeta un œil autour d'elle. L'auberge consistait en un vaste salon avec une cheminée en pierre, une salle à manger où déjeunaient les pensionnaires, et deux chambres avec salle de bains.

« Ici, c'est moi qui fais la cuisine, lui annonça Judy Bowler. Et c'est plutôt bon. »

Dana lui sourit avec chaleur.

« Je n'attends que ça. »

Judy Bowler lui montra sa chambre. Elle était propre, accueillante, sans prétention. Dana défit ses bagages.

Il y avait un autre couple de pensionnaires, et on parla de tout et de rien. Ni l'un ni l'autre ne la reconnurent.

Après le déjeuner, elle retourna dans le centre en voiture.

Elle entra dans le bar de la Cliff House et commanda une boisson. Tous les employés avaient l'air sain et bronzé. *Évidemment.*

« Le temps est magnifique, lança-t-elle au barman jeune et blond.

— Ouais. Un temps génial pour skier.

— Vous skiez beaucoup ? »

Il sourit. « Chaque fois que je peux voler un peu de temps.

— Trop dangereux pour moi, soupira-t-elle. Une de mes amies s'est tuée ici il y a quelques mois. »

Il reposa le verre qu'il était en train d'essuyer.

« Tuée ?

— Oui. Julie Winthrop. »

Son visage s'assombrit.

« Elle venait souvent ici. Une dame sympathique. »

Dana se pencha en avant.

« J'ai entendu dire que ce n'était pas un accident. »

Il écarquilla les yeux.

« Qu'entendez-vous par là ?

— J'ai entendu dire qu'elle avait été assassinée.

— Assassinée ? répéta-t-il, incrédule. Pas de raison. C'était un accident. »

Vingt minutes plus tard, Dana dialoguait avec le barman du Prospector Hotel.

« Magnifique, ce temps.

— Bon pour le ski, ça », approuva le barman.

Elle secoua la tête.

« Trop dangereux pour moi. Une de mes amies s'est tuée ici à ski. Vous l'avez peut-être croisée. Julie Winthrop.

— Oh, bien sûr. Je l'aimais beaucoup. Je veux dire, elle ne prenait pas de grands airs, comme certains. Elle était vraiment très simple. »

Dana se pencha en avant.

« J'ai entendu dire que ce n'était pas un accident. »

L'expression du barman changea du tout au tout. Il baissa la voix.

« Je le sais foutrement que c'était pas un accident. »

Le cœur de Dana battit plus vite.

« Ah oui ?

— Vous parlez. » Il se pencha en avant avec un air de conspirateur. « Ces foutus Martiens... »

Elle était au sommet du mont Ptarmigan, à skis, et elle sentait le vent froid lui mordre le visage. Elle regarda en bas dans la vallée, hésitante, prête à rebrousser chemin, quand soudain elle sentit qu'on la poussait par-derrière, et elle dévalait la pente, de plus en plus vite, en direction d'un arbre énorme. Juste avant de le percuter, elle se réveilla en hurlant.

Elle se redressa dans son lit, toute tremblante. *C'est ça qui est arrivé à Julie Winthrop ? Mais qui donc l'a poussée vers la mort ?*

Elliot Cromwell manifestait son impatience.

« Matt, quand Jeff Connors sera-t-il de retour, bon sang ? Nous avons besoin de lui.

— Bientôt. Il nous tient au courant.

— Et qu'en est-il de Dana ?

— Elle se trouve en Alaska, Elliot. Pourquoi ?

— J'aimerais bien la voir rentrer. Nos taux d'audience pour les journaux du soir ont baissé. »

Et Matt Baker l'observa en se demandant si c'était là le véritable sujet de préoccupation d'Elliot Cromwell.

Dans la matinée, Dana s'habilla et prit le volant pour regagner le centre-ville.

A l'aéroport, en attendant d'être appelée à l'embarquement, elle remarqua un homme dans un coin qui l'observait de temps à autre. Il lui parut étrangement familier. Il était vêtu d'un costume gris foncé, et lui rappelait quelqu'un. Et elle se rappela qui. Un autre homme, à l'aéroport d'Aspen. Qui portait aussi un costume gris foncé. Mais ce n'était pas la tenue qui avait déclenché ce souvenir. C'était un aspect de leur comportement. L'un et l'autre dégageaient une impression d'arrogance. Il la surveillait avec un air qui confinait presque au mépris. Elle fut parcourue d'un frisson.

Après que Dana eut embarqué, il échangea quelques mots dans un téléphone portable et quitta l'aéroport.

QUINZE

À son arrivée à la maison, Dana découvrit un magnifique arbre de Noël que Mme Daley avait acheté et décoré.

« Regardez cette décoration, s'exclama Mme Daley non sans fierté. C'est Kemal qui s'en est occupé. »

Le locataire de l'appartement voisin suivait la scène sur son téléviseur.

Dana embrassa cette femme, son aînée, sur la joue.

« Je vous adore, madame Daley. »

Mme Daley devint pivoine.

« Oh, que d'histoires pour pas grand-chose.

— Où est Kemal ?

— Il est dans sa chambre. Il y a deux messages pour vous, mademoiselle Evans. Il faut rappeler Mme Hudson. J'ai mis son numéro sur votre commode. Et votre mère a appelé.

— Je vous remercie. »

Quand elle entra dans la chambre-bureau, Kemal était à son ordinateur. Il leva le nez.

« Hé, t'es rentrée.

— Je suis rentrée, confirma-t-elle.

— C'est super. J'espérais que tu serais là pour Noël. »

Dana l'embrassa.

« Tu parles. Je n'aurais loupé ça pour rien au monde. Comment ça va par ici ?

— D'enfer. »

Bon. « Tu aimes bien Mme Daley ? »

Il hocha la tête.

« Elle est cool. »

Dana sourit.

« Je sais. J'ai deux coups de fil à passer. Je reviens. »

D'abord le fléau, décida-t-elle. Elle composa le numéro de sa mère. Elle ne lui avait plus adressé la parole depuis l'incident de Westport. *Comment a-t-elle pu épouser un type pareil ?* Dana écouta la ligne sonner plusieurs fois, puis la voix du répondeur de sa mère se fit entendre.

« Nous ne sommes pas là, mais si vous nous laissez un message, nous vous rappellerons. Attendez la tonalité. »

Elle attendit.

« Joyeux Noël, maman. » Elle raccrocha.

L'appel suivant fut pour Pamela.

« Dana, je suis si contente de vous entendre ! s'exclama Pamela Hudson. Nous avons appris par le journal télévisé que Jeff était absent, mais Roger et moi nous recevons quelques personnes pour un dîner de Noël avant l'heure, demain soir, et nous voudrions vous avoir, Kemal et vous. Je vous en prie, ne me dites pas que vous avez d'autres projets.

— Non, avoua Dana. En fait, aucun projet. Et nous viendrons volontiers. Merci, Pamela.

— Merveilleux. Nous vous attendons à cinq heures. Tenue décontractée. » Elle marqua un temps. « Comment vont les choses ?

— Je ne sais pas, répondit-elle avec franchise. Et d'ailleurs je ne sais pas si tout ça mène quelque part.

— Bon, pour l'instant vous allez oublier cette histoire. Vous accorder un peu de repos. Nous vous voyons tous les deux demain soir. »

Lorsque Dana et Kemal arrivèrent chez les Hudson le jour de ce dîner de Noël, ils furent accueillis à la porte par Cesar. A la vue de Dana, son visage s'illumina.

« Mademoiselle Evans ! Je suis tellement ravi de vous voir. » Il sourit à Kemal. « Et maître Kemal.

— Salut, Cesar », répondit ce dernier.

Dana tendit à Cesar un paquet enveloppé d'un papier de couleurs vives.

« Joyeux Noël, Cesar.

— Je ne sais que... » Il bredouillait. « Je ne... vous êtes trop gentille, mademoiselle Evans ! »

Le gentil géant, ainsi qu'elle l'appelait, se mit à rougir. Elle lui tendit deux autres paquets.

« Ceux-ci sont pour M. et Mme Hudson.

— Oui, mademoiselle Evans. Je vais les déposer sous l'arbre. M. et Mme Hudson sont au salon. »

Cesar les précéda. Pamela s'écria :

« Vous voilà ! Nous sommes tellement enchantés que vous ayez pu venir.

— Et nous donc », lui assura Dana.

Pamela avisa le bras de Kemal.

« Dana, Kemal a un... c'est magnifique ! »

Dana eut un grand sourire.

« N'est-ce pas ? Grâce à mon patron. C'est un sacré bonhomme. Je considère qu'il a transformé toute la vie de Kemal.

— Je ne peux pas vous exprimer à quel point j'en suis heureuse. »

Roger approuva de la tête. « Félicitations, Kemal.

— Merci, Monsieur Hudson. »

Roger Hudson ajouta à l'intention de Dana.

« Avant l'arrivée de nos autres invités, je dois vous faire part de quelque chose. Vous vous souvenez, je vous avais indiqué que Taylor Winthrop avait confié à des proches qu'il s'était retiré de la vie publique pour ensuite accepter ce poste d'ambassadeur en Russie ?

— Oui, j'imagine que le président a insisté auprès de lui pour...

— C'est ce que je croyais. Mais il semble que ce soit Winthrop qui ait insisté auprès du président pour qu'il le nomme ambassadeur. La question est : pourquoi ? »

*

Les autres convives commençaient d'arriver. Il n'y avait que douze autres personnes à table, et la soirée fut chaleureuse et joyeuse.

Après le dessert, tout le monde passa au salon. Devant le feu de cheminée trônait un imposant arbre de Noël. Il y avait des cadeaux pour tout le monde, mais Kemal se tailla la part du lion : des jeux vidéo, un roller, un pull, des gants, des cassettes vidéo.

Le temps passa vite. La joie d'être en si amicale compagnie, après le stress des derniers jours, était immense. *J'aimerais seulement que Jeff soit là.*

Dana Evans était assise à son pupitre de présentatrice, attendant le début du journal de 23 heures. Elle avait Richard Melton, son coprésentateur, à côté d'elle. Maury Falstein occupait le fauteuil d'ordinaire réservé à Jeff. Dana s'efforça de ne pas y penser.

Richard Melton lui confia :

« Quand tu n'es pas là, tu me manques. »

Elle lui sourit.

« Merci, Richard. Moi, c'est pareil.

— Tu as été pas mal absente. Tout va bien ?

— Tout va parfaitement.

— On sort manger un morceau, après.

— Il faut d'abord que je m'assure que Kemal va bien.

— On peut se retrouver quelque part. »

Il faut que nous nous rencontrions ailleurs. Je... je pense qu'on me surveille. La volière du zoo.

Melton poursuivit.

« On raconte que tu te renseignes sur une grosse affaire. Tu veux qu'on en parle ?

— Il n'y a rien à en dire pour l'instant, Richard.

— J'ai appris par le téléphone arabe que Cromwell n'était pas trop ravi que tu sois tout le temps partie. J'espère que tu n'auras pas d'ennuis avec lui. »

Laissez-moi vous donner un conseil. N'allez pas au-devant des ennuis ou vous allez les trouver. Je vous le promets.

Dana avait du mal à se concentrer sur les propos de Richard Melton.

« Ça ne lui déplaît pas de virer les gens », ajouta ce dernier.

Bill Kelly a disparu le lendemain de l'incendie. Il n'a pas pris son chèque, il est parti, c'est tout.

Richard Melton ne s'arrêtait plus de parler.

« Dieu sait si je n'ai aucune envie de travailler avec une nouvelle présentatrice. »

Le témoin de l'accident était un touriste américain, Ralph Benjamin. Un aveugle.

« Cinq... quatre... trois... deux... » Anastasia Mann pointa le doigt sur Dana. Le témoin rouge de la caméra s'alluma.

La voix de l'annonceur résonna : « Voici le journal de 23 heures sur WTN, avec Dana Evans et Richard Melton. »

Dana sourit à la caméra.

« Bonsoir. Je suis Dana Evans.

— Et je suis Richard Melton. »

Ils étaient de retour à l'antenne.

« Aujourd'hui, à Arlington, trois élèves de la Wilson High School ont été arrêtés après que la police eut fouillé leurs casiers et découvert deux cents grammes de marijuana et plusieurs armes, y compris une arme de poing volée. Holly Rapp nous en dit davantage sur cette affaire. »

Retour au reportage enregistré.

Nous ne connaissons pas beaucoup de voleurs d'œuvres d'art, et le modus operandi est toujours le même. Là, c'est différent.

Le journal était terminé. Richard Melton se tourna vers Dana.

« On se retrouve tout à l'heure ?

— Pas ce soir, Richard. J'ai quelque chose à faire. »

Il se leva.

« D'accord. » Elle eut l'impression qu'il avait envie de la questionner à propos de Jeff. Au lieu de quoi, il ajouta : « On se voit demain. »

Elle se leva.

« Bonne nuit, tout le monde. »

Dana sortit du studio et se rendit à son bureau. Elle s'assit, alluma son ordinateur, se connecta sur Internet, et se remit à rechercher dans les myriades d'articles sur Taylor Winthrop. Sur l'un des sites du Web, elle dénicha un sujet sur Marcel Falcon, un haut fonctionnaire du gouvernement français qui avait été ambassadeur à l'OTAN. L'article évoquait les négociations de Marcel Falcon avec Taylor Winthrop sur un accord commercial. Au beau milieu de ces pourparlers, Falcon avait renoncé à son poste et pris sa retraite. *En pleines négociations à échelon gouvernemental ? Qu'a-t-il pu se passer ?*

Elle essaya d'autres sites, mais sans recueillir davantage d'informations sur Marcel Falcon. *Très étrange. Il faut que je creuse ça*, décida-t-elle.

Le temps qu'elle ait terminé, il était deux heures du matin. Trop tôt pour téléphoner en Europe. Elle retourna à son appartement. Mme Daley était debout, qui l'attendait.

« Je suis désolée d'être si en retard, s'excusa Dana. Je...

— Pas de problème. J'ai suivi votre journal de ce soir. Je vous ai trouvée formidable, comme toujours, mademoiselle Evans.

— Merci. »

Mme Daley lâcha un soupir.

« J'aimerais simplement que les nouvelles ne soient pas aussi épouvantables. Dans quel genre de monde vivons-nous ?

— C'est une bonne question. Comment va Kemal ?

— Le petit diable va très bien. Je le laisse me battre au gin-rummy. »

Dana sourit.

« Bon. Merci, madame Daley. Si vous préférez arriver un peu plus tard demain...

— Non, non. Je serai ici de bonne heure pour vous expédier tous les deux à l'école et au travail. »

Elle regarda Mme Daley partir. *Un bijou*, songea-t-elle avec gratitude. Son téléphone portable sonna. Elle courut prendre la communication.

« Jeff ?

— Joyeux Noël, ma chérie. » Sa voix lui électrisa tout le corps. « J'appelle trop tard ?

— Jamais trop tard. Parle-moi de Rachel.

— Elle rentre à la maison. »

Jeff veut dire qu'elle rentre chez elle.

« Il y a une infirmière, ici, mais Rachel ne la garde que jusqu'à demain. »

Dana regrettait d'avoir à le questionner.

« Et après ?

— Les résultats des examens montrent que le cancer s'est propagé. Rachel ne veut pas que je parte pour l'instant.

— Je vois. Je ne veux pas paraître égoïste, mais n'a-t-elle pas quelqu'un d'autre qui... ?

— Elle n'a personne, mon cœur. Elle est seule et elle panique. Elle refuse d'avoir qui que ce soit d'autre avec elle ici. Honnêtement, j'ignore ce que Rachel ferait si je m'en allais. »

Et je ne sais pas ce que je vais faire si tu restes.

« Ils veulent entamer la chimiothérapie immédiatement.

— Combien de temps cela va-t-il prendre ?

— Elle aura besoin d'une séance toutes les trois semaines pendant quatre mois. »

Quatre mois.

« Matt m'a demandé de prendre un congé. Je suis vraiment désolé de tout cela, mon chou. »

Comment l'entend-il ? Désolé pour son métier ? Désolé pour Rachel ? Ou désolé que nos vies soient mises en pièces ? Comment puis-je me montrer si égoïste ? s'étonna-t-elle. *Cette femme est peut-être mourante.*

« Je suis désolée, moi aussi, admit finalement Dana. J'espère que tout va rentrer dans l'ordre. » *Rentrer dans l'ordre pour qui ? Pour Rachel et Jeff ? Pour Jeff et moi ?*

Quand Jeff reposa le téléphone, il leva les yeux et vit Rachel, là, debout. Elle portait une chemise de nuit et un peignoir. Elle était ravissante, baignant presque dans un halo de lumière translucide.

« C'était Dana ?

— Oui », fit Jeff.

Rachel s'approcha de lui.

« Pauvre chéri. Je sais à quel point cela peut vous faire du mal à tous les deux. Je... je n'aurais tout simplement pas pu traverser tout ça sans toi. J'ai besoin de toi, Jeff. J'ai besoin de toi, maintenant. »

Dana arriva à son bureau tôt dans la matinée et se connecta de nouveau sur Internet. Deux entrées attirèrent son attention. Prises séparément, elles étaient anodines, mais mises bout à bout, elles suggéraient un mystère.

La première entrée était rédigée comme suit : « Contre toute attente, Vincent Mancino, le ministre italien du Commerce, a démissionné durant des pourparlers commerciaux avec Taylor Winthrop, le représentant des Etats-Unis. Le vice-ministre, Ivo Vale, a pris sa suite. »

La seconde entrée indiquait : « Taylor Winthrop, conseiller spécial de l'OTAN à Bruxelles, a demandé à être remplacé pour regagner son domicile de Washington. »

Marcel Falcon avait démissionné. Vincent Mancino avait démissionné. Taylor Winthrop avait quitté son poste à l'improviste. Y avait-il un lien ? Coïncidence ?

Intéressant.

*

Le premier appel de Dana fut pour Dominick Romano, qui travaillait pour la chaîne Italia 1, à Rome.

« Dana ! C'est sympa de t'entendre. Quoi de neuf ?

— Je viens à Rome, et j'aimerais te parler.

— *Bene !* A propos de ? »

Elle hésita.

« Je préférerais aborder ça une fois sur place.

— Quand arrives-tu ?
— Je serai là samedi.
— Je sors les pâtes qui font grossir. »

Son coup de fil suivant fut pour Jean Somville, qui travaillait à Bruxelles, au centre de presse de l'OTAN, rue des Chapeliers.

« Jean ? Dana Evans.

— Dana ! Je ne t'ai plus revue depuis Sarajevo. De sacrés moments. Tu ne retournes plus là-bas ? »

Elle grimaça.

« Pas si ça dépend de moi.

— Que puis-je pour toi, chérie ?

— Je viens à Bruxelles d'ici quelques jours. Tu seras là ?

— Pour toi ? Certainement. Il se passe quelque chose de particulier ?

— Non, glissa Dana rapidement.

— D'accord. Tu viens juste en touriste, hein ? »

Sa voix trahissait un certain scepticisme.

« Quelque chose dans ce goût-là », hasarda-t-elle.

Jean éclata de rire.

« J'attends de voir ça. Au revoir.

— Au revoir. »

« Matt Baker souhaiterait vous voir.

— Dites-lui que j'arrive tout de suite, Olivia. »

Encore deux coups de téléphone et Dana était en route pour le bureau de Matt.

Il ne s'encombra pas de préambules.

« Coup de veine, il se pourrait que nous ayons déniché quelque chose. Hier soir, j'ai entendu une histoire qui pourrait constituer un indice de ce que nous cherchons. »

Elle sentit les battements de son cœur s'accélérer.

« Oui ?

— Il y a un homme qui s'appelle... (il consulta un bout de papier sur son bureau)... Dieter Zander, à Düsseldorf. Il a été en affaires avec Taylor Winthrop. »

Dana écoutait attentivement.

« Je ne détiens pas toute l'histoire, mais apparemment il s'est passé quelque chose de très méchant entre eux deux. Ils ont eu une violente dispute, et Zander a juré de tuer Winthrop. Il semblerait que cela vaille la peine d'être vérifié.

— Absolument. Je vais vérifier ça tout de suite, Matt. »

Ils bavardèrent encore quelques minutes, puis elle s'en alla.

Je me demande comment je vais me débrouiller pour en savoir davantage là-dessus. Subitement, elle songea à Jack Stone et à la FRA. *Il se pourrait qu'il sache quelque chose.* Elle retrouva le numéro personnel qu'il lui avait confié et appela.

Sa voix se fit entendre sur la ligne.

« Jack Stone.

— C'est Dana Evans.

— Bonjour, mademoiselle Evans. Que puis-je pour vous ?

— J'essaie de trouver quelque chose à propos d'un homme du nom de Zander, à Düsseldorf.

— Dieter Zander ?

— Oui. Vous le connaissez ?

— Nous savons qui il est. »

Dana enregistra le « nous ».

« Pouvez-vous me communiquer des informations sur son compte ?

— Est-ce en rapport avec Taylor Winthrop ?

— Oui.

— Taylor Winthrop et Dieter Zander étaient associés dans une affaire. Zander a été envoyé en prison pour des manipulations boursières, et pendant qu'il était sous les verrous, sa maison a brûlé de fond en comble. Sa femme et ses trois enfants sont morts dans l'incendie. Il tenait Taylor Winthrop pour responsable. »

Et Taylor Winthrop et sa femme sont morts dans un incendie. Dana écouta, sous le choc.

« Zander est encore en prison ?

— Non. Je crois qu'il est sorti l'an dernier. Rien d'autre ?

— Non. Je vous remercie infiniment, infiniment.

— Cela reste entre nous.

— Je comprends. »

La communication s'interrompit.

Maintenant il y a trois hypothèses, en déduisit-elle.

Dieter Zander est à Düsseldorf.

Vincent Mancino à Rome.

Marcel Falcon à Bruxelles.

Je vais d'abord à Düsseldorf.

Olivia lui annonça :

« Mme Hudson sur la trois.

— Merci. » Elle décrocha. « Pamela ?

— Bonjour, Dana. Je sais que c'est un peu soudain, mais un de nos bons amis vient d'arriver en ville et Roger et moi nous donnons une petite soirée mercredi prochain. Je sais que Jeff n'est pas encore rentré, mais nous aimerions beaucoup que vous soyez des nôtres. Êtes-vous libre ?

— Malheureusement non. Je pars pour Düsseldorf ce soir.

— Oh. Je suis navrée.

— Et, Pamela...

— Oui ?

— Il se pourrait que Jeff soit encore absent un bon moment. »

Il y eut un silence. « J'espère que tout va bien.

— Oui. Je suis certaine que oui. » *Il le faut.*

SEIZE

Ce soir-là, à l'aéroport Dulles, Dana embarqua à bord d'un vol Lufthansa pour Düsseldorf. Elle avait téléphoné à Steffan Mueller, qui travaillait pour Kabel Network, pour lui annoncer son arrivée. Elle avait la tête remplie de ce que Matt Baker lui avait appris. Si Dieter Zander jugeait Taylor Winthrop responsable de...

« *Guten Abend. Ich heisse Hermann Friedrich. Ist es das ersten mal das sie Deutschland besuchen ?* Bonsoir. Je m'appelle Hermann Friedrich. C'est votre premier voyage en Allemagne ? »

Dana se tourna vers son voisin de siège. Il avait la cinquantaine, soigné, un bandeau sur l'œil et une moustache fournie.

« Bonsoir, lui répondit-elle.

— Ah, vous êtes américaine ?

— Oui.

— Beaucoup d'Américains se rendent à Düsseldorf. C'est une très belle ville.

— En effet, à ce qu'on m'a dit. » *Et sa famille a péri dans un incendie.*

« C'est votre première visite ?

— Oui. » *Cela aurait-il pu être une coïncidence ?*

« C'est beau, très beau. Düsseldorf est séparée par le Rhin, vous savez, en deux parties. La vieille ville se trouve sur la rive droite... »

Steffan Mueller pourra m'en dire davantage sur Dieter Zander.

« ... et la partie moderne sur la rive gauche. Cinq ponts relient les deux moitiés. » Hermann Friedrich se rapprocha un peu de Dana. « Vous rendez visite à des amis, peut-être, à Düsseldorf ? »

Ça commence à prendre forme.

Friedrich se pencha encore un peu plus près.

« Si vous êtes seule, je connais un...

— Comment ? Oh, non. Je retrouve mon mari là-bas. »

Le sourire d'Hermann Friedrich s'effaça.

« *Gut. Er ist ein glücklicher Mann.* Bien. C'est un homme qui a de la chance. »

Il y avait une file de taxis en attente devant l'aéroport international de Düsseldorf. Dana en prit un en direction du Breidenbacher Hof, dans le centre de la ville. C'était un vieil hôtel élégant avec un salon richement orné.

Le réceptionniste lui annonça :

« Nous vous attendions, mademoiselle Evans. Bienvenue à Düsseldorf.

— Je vous remercie. » Elle signa le registre.

Le réceptionniste attrapa le téléphone et prononça quelques mots.

« *Der Raum sollte betriebsbereit sein. Hast.* La chambre devait être prête. Dépêchons. » Il reposa le combiné et se tourna vers Dana. « Je suis tout à fait désolé, *Fräulein*, votre chambre n'est pas tout à fait terminée. Je vous en prie, prenez le temps de vous restaurer. Vous êtes notre invitée. Je vous appelle dès que la femme de chambre a terminé le ménage. »

Elle hocha la tête.

« Très bien.

— Laissez-moi vous conduire à la salle à manger. »

A l'étage, dans la chambre de Dana, deux experts en électronique plaçaient une caméra dans une pendule murale.

Une demi-heure plus tard, elle était dans sa chambre, défaisait ses bagages. Son premier coup de téléphone fut pour Kabel Network.

« Steffan, je suis arrivée, fit-elle.

— Dana ! Je n'arrivais pas à croire que tu venais pour de bon. Qu'as-tu de prévu pour le dîner ?

— J'espère bien être avec toi.

— Eh bien oui. Nous allons chez Im Schiffchen. A huit heures ?

— Parfait. »

Dana était habillée et franchissait la porte de sa chambre quand son téléphone portable sonna. Elle l'extirpa précipitamment de son sac à main.

« Allô ?

— Allô, mon cœur. Comment vas-tu ?

— Je vais bien, Jeff.

— Et où es-tu ?

— Je suis à Düsseldorf, en Allemagne. Je crois avoir enfin dégotté quelque chose.

— Dana, fais attention. Dieu, que j'aimerais être avec toi. »

Et moi aussi, songea-t-elle. « Comment va Rachel ?

— Les séances de chimiothérapie la minent. C'est assez dur.

— Est-ce qu'elle va... » Elle ne put achever sa phrase.

« Il est trop tôt pour le dire. Si la chimiothérapie est efficace, elle a une bonne chance de rémission.

— Jeff, s'il te plaît, dis-lui combien je suis désolée.

— Je le lui transmettrai. Y a-t-il quoi que ce soit que je puisse faire pour toi ?

— Merci, je me débrouille.

— Je t'appelle demain. Je voulais seulement te dire que je t'aime, mon cœur chéri.

— Je t'aime, Jeff. A plus tard.

— A plus tard. »

*

Rachel sortit de sa chambre. Elle était en peignoir et en chaussons, une serviette éponge nouée autour de la tête.

« Comment va Dana ?

— Elle va bien, Rachel. Elle m'a demandé de te dire à quel point elle est désolée pour toi.

— Elle est très amoureuse de toi.

— Je suis très amoureux d'elle. »

Rachel s'approcha de lui.

« Toi et moi, nous étions amoureux l'un de l'autre, n'est-ce pas, Jeff ? Que s'est-il passé ? »

Il haussa les épaules.

« La vie. Ou "nos vies", devrais-je dire. Nous menions des vies séparées.

— J'étais trop occupée par ma carrière de mannequin. » Elle tâchait de refouler ses larmes. « Enfin oui, mais voilà, tout ça, c'est fini, hein ? »

Il la prit par les épaules.

« Rachel, tu vas t'en sortir. La chimiothérapie va faire effet. »

— Je sais. Mon chou, merci d'être présent ici à mes côtés. Je n'aurais pu affronter cela toute seule. Je ne sais pas ce que j'aurais fait sans toi. »

Jeff n'avait pas de réponse à cela.

Im Schiffchen était un restaurant élégant dans un quartier chic de Düsseldorf. Steffan Mueller entra et arbora un grand sourire dès qu'il vit Dana.

« Dana ! *Mein Gott*, je ne t'ai plus revue depuis Sarajevo.

— Ça semble une éternité, n'est-ce pas ?

— Que fabriques-tu ici ? Tu es venue pour le festival ?

— Non, Steffan. Quelqu'un m'a demandé de m'informer sur un de ses amis. » Un serveur vint à leur table et ils commandèrent les boissons.

« Qui est cet ami ?

— Il s'appelle Dieter Zander. Tu as entendu parler de lui ? »

Steffan Mueller hocha la tête affirmativement.

« Tout le monde a entendu parler de lui. C'est un sacré personnage. Il a été impliqué dans un grand scandale. C'est un milliardaire, mais il a été assez bête pour escroquer des actionnaires et se faire prendre. Il aurait dû écoper de vingt ans de prison, à ceci près qu'il a actionné certaines ficelles et il s'en est tiré avec trois. Il se prétend innocent. »

Dana étudia son interlocuteur.

« Et il l'est ?

— Qui sait ? Lors du procès, il a soutenu que Taylor Winthrop avait échafaudé un coup monté contre lui et lui avait dérobé des millions de dollars. Le procès était très intéressant. Selon Dieter Zander, Taylor Winthrop lui avait proposé une association dans une mine de zinc, censée valoir des milliards. Winthrop s'est servi de Zander comme prête-nom, et Zander a vendu des millions de dollars de titres. Mais la mine s'est révélée salée.

— Salée ?

— Il n'y avait pas de zinc. Winthrop a gardé l'argent et Zander a essuyé les pertes.

— Le jury n'a pas ajouté foi à l'histoire de Zander ?

— S'il avait accusé n'importe qui d'autre que Taylor Winthrop, le jury aurait pu le croire. Mais Winthrop est une sorte de demi-dieu. » Steffan observa Dana, intrigué. « Quel est ton intérêt dans tout ceci ? »

Elle répondit d'un ton évasif.

« Comme je te l'ai dit, un ami m'a demandé de m'informer sur Zander. »

L'heure était venue de commander.

Le repas fut délicieux. A la fin du dîner, elle plaisanta :

« Demain matin, je vais me détester. Mais ça en valait la peine, jusqu'à la dernière bouchée. »

Quand Steffan déposa Dana à l'hôtel, il lui demanda :

« Savais-tu que le nounours a été inventé ici par une femme qui s'appelait Margarete Steiff ? L'adorable petit animal est devenu célèbre dans le monde entier. »

Elle l'écoutait, en se demandant où il voulait en venir.

« En Allemagne, nous avons de vrais ours, Dana, et ils sont dangereux. Quand tu rencontreras Dieter Zander, fais attention. Il a l'air d'un nounours, mais c'est une fausse impression. C'est un ours, un vrai. »

Zander Electronics International occupait un énorme bâtiment dans la périphérie industrielle de Düsseldorf. Dana s'approcha d'une des trois réceptionnistes dans le hall d'entrée très animé.

« Je souhaiterais rencontrer M. Zander.

— Vous avez un rendez-vous ?

— Oui. Je suis mademoiselle Evans.

— *Gerade ein Moment, bitte*. Juste un instant, je vous prie. » La réceptionniste prononça quelques mots dans son téléphone, puis elle leva les yeux sur Dana. « *Fräulein*, quand avez-vous pris ce rendez-vous ?

— Cela fait plusieurs jours, mentit-elle.

— *Es tut mir leid*. Je suis navrée. Sa secrétaire n'en a aucune trace. » Elle parla de nouveau au téléphone, puis elle reposa le combiné. « Il n'est pas possible de rencontrer M. Zander sans rendez-vous. »

La réceptionniste se tourna vers un huissier à l'accueil. Un groupe d'employées franchissait la porte. Dana s'écarta de la réception et se fondit dans le groupe, bien au milieu. Ils entrèrent dans l'ascenseur.

Lorsqu'il s'éleva, elle s'écria.

« Oh, zut. J'ai oublié à quel étage se trouve M. Zander. »

L'une des femmes le lui indiqua :

« *Vier*.

— *Danke* », la remercia-t-elle. Elle sortit au quatrième étage et se présenta à un bureau, derrière lequel une jeune femme était assise.

« Je suis venue voir Dieter Zander. Je m'appelle Dana Evans. »

La femme haussa le sourcil.

« Mais vous n'avez pas rendez-vous, *Fräulein*. »

Dana se pencha en avant et ajouta tranquillement :

« Dites à M. Zander que je prépare pour une chaîne nationale américaine une émission sur lui et sa famille, à moins qu'il n'accepte de me parler, et il serait dans son intérêt qu'il me parle tout de suite. »

La secrétaire l'étudia du regard, visiblement troublée.

« Juste un instant. *Bitte.* » Dana la regarda se lever, ouvrit une porte marquée PRIVAT, et entrer.

Elle observa autour d'elle, ce bureau d'accueil. Il y avait là des photos encadrées des usines Zander Electronics un peu partout dans le monde. Le groupe avait des filiales en Amérique, en France, en Italie... *Les pays où les meurtres Winthrop ont eu lieu.*

La secrétaire ressortit une minute plus tard.

« M. Zander va vous recevoir, annonça-t-elle d'un ton désapprobateur. Mais il ne dispose que de quelques minutes. C'est tout à fait... tout à fait exceptionnel.

— Merci », fit Dana.

Elle fut introduite dans un grand bureau lambrissé.

« Voici *Fräulein* Evans. »

Dieter Zander était assis derrière un bureau énorme. Il avait la soixantaine, un homme de grande taille, un visage plein de franchise et des yeux doux et bruns. Dana se remémora la parabole de Steffan sur le nounours.

Il la dévisagea et remarqua :

« Je vous reconnais. Vous étiez correspondante à Sarajevo.

— Oui.

— Je ne comprends pas ce que vous me voulez. Vous avez mentionné ma famille à ma secrétaire.

— Puis-je m'asseoir ?

— *Bitte.*

— Je voulais vous parler de Taylor Winthrop. »

Le visage de Zander se ferma. « A quel sujet ?

— Je mène une enquête, monsieur Zander. Je crois que Taylor Winthrop et sa famille ont été assassinés. »

Les yeux de Dieter Zander se glacèrent.

« Je crois que vous feriez mieux de sortir d'ici immédiatement, *Fräulein.*

— Vous étiez en affaire avec lui, insista Dana. Et...

— Sortez !

— Monsieur Zander, j'estime que discuter de tout ceci en privé vaudrait mieux pour vous, plutôt que vos amis et vous-même suiviez mon enquête à la télévision. Je veux être équitable. Je souhaite entendre votre version de l'histoire. »

Dieter Zander garda le silence un long instant. Quand il reprit la parole, sa voix trahissait une profonde amertume.

« Taylor Winthrop était une *scheisse*. Une merde. Oh, il était malin, très malin. Il m'a filouté. Et pendant que j'étais en prison, *Fräulein*, ma femme et mes enfants sont morts. Si j'avais été à la maison... J'aurais pu les sauver. » Sa voix s'emplit de douleur. « Il est vrai que j'ai haï cet homme. Mais assassiner Taylor Winthrop ? Non. » Il sourit, de son sourire d'ourson. « *Auf wiedersehen*, mademoiselle Evans. »

Dana téléphona à Matt Baker :

« Matt, je suis à Düsseldorf. Vous aviez raison. Je suis peut-être tombée sur le bon filon. Dieter Zander a été impliqué dans un marché financier avec Taylor Winthrop. Il prétend que Winthrop lui a fait porter le chapeau et l'a fait expédier en prison. L'épouse et les enfants de Zander sont morts dans un incendie pendant qu'il était derrière les barreaux. »

Il y eut un silence de stupéfaction.

« Ils sont morts dans un incendie ?

— C'est exact, insista-t-elle.

— La même mort que Taylor et Madeline.

— Oui. Vous auriez dû voir l'expression dans les yeux de Zander quand il a évoqué ce meurtre.

— Tout cela coïncide, non ? Zander avait un motif pour anéantir la famille Winthrop tout entière. A propos de ces meurtres, vous aviez raison sur toute la ligne. Je... j'arrive à peine à y croire.

— Cela semble cadrer, Matt, mais il n'y a toujours aucune

preuve. Il me reste encore deux étapes. Je pars pour Rome dans la matinée, lui annonça Dana. Je serai de retour dans un jour ou deux.

— Faites bien attention à vous.

— D'accord. »

Au quartier général de la FRA, trois hommes observaient Dana sur un grand écran de télévision mural. Elle parlait au téléphone dans sa chambre d'hôtel.

« Il me reste encore deux étapes, disait-elle. Je pars pour Rome dans la matinée. Je serai de retour dans quelques jours... »

Les hommes regardèrent Dana reposer le combiné, se lever et entrer dans la salle de bains. La scène sur l'écran bascula sur une caméra cachée dans une armoire à pharmacie. Elle commença de se déshabiller. Elle fit glisser son chemisier et son soutien-gorge.

« Bon sang, regardez un peu ces seins !

— Spectaculaire.

— Attendez. Elle retire sa jupe et sa culotte.

— Les gars, regardez-moi ce cul ! J'y mettrais bien la main. »

Ils suivirent Dana qui entrait dans la cabine de douche et referma la cloison transparente qui se mit à s'embuer.

L'un des hommes lâcha un soupir.

« C'est tout pour le moment. Prochaine séance à vingt-trois heures. »

Le traitement chimiothérapique était pour Rachel un enfer. On lui administrait de l'Adriamycine et du Taxotere par perfusion en intraveineuse, et le processus durait quatre heures.

Le docteur Young confia à Jeff :

« C'est pour elle une période très difficile. Elle va se sentir nauséeuse, épuisée, et elle va souffrir de perdre ses cheveux. Pour une femme, cela peut constituer l'effet secondaire le plus dévastateur de tous.

— Compris. »

L'après-midi suivante, Jeff lança à Rachel :

« Habille-toi. On va faire un tour.

— Jeff, je ne me sens vraiment pas de...

— Pas de discussion. »

Et une demi-heure plus tard, ils étaient dans une boutique de perruques et Rachel essayait divers modèles, avec le sourire, en confessant à Jeff :

« Elles sont magnifiques. Tu préfères celle aux cheveux longs ou aux cheveux courts ?

— J'aime les deux, lui répondit Jeff. Et si tu te lasses de ces modèles-ci, nous reviendrons et tu te changeras en brune ou en rousse. » Sa voix s'adoucit. « Personnellement, je t'aime telle que tu es. »

Les yeux de Rachel s'emplirent de larmes.

« Moi aussi, je t'aime tel que tu es. »

DIX-SEPT

Chaque ville possède son propre rythme, et sur ce plan Rome ne ressemble à aucune autre ville au monde. C'est une métropole moderne douillettement logée au cœur de siècles d'histoire glorieuse. La cité évolue à son pas mesuré, car elle n'a aucune raison de se presser. Demain arrivera bien assez tôt.

Dana n'était pas revenue à Rome depuis l'âge de douze ans, quand sa mère et son père l'y avaient emmenée. Atterrir à l'aéroport Leonardo da Vinci réveilla en elle une foule de souvenirs. Elle se souvenait de sa première journée romaine, quand elle avait exploré le Colisée, où les premiers chrétiens avaient été jetés aux lions. Après cela, elle n'avait pas dormi pendant une semaine.

Ses parents et elle avaient visité le Vatican et la piazza di Spagna, et elle avait jeté des lires dans la fontaine de Trevi, en formulant le souhait que ses parents cessent de se quereller. Quand son père avait disparu, Dana s'était sentie trahie par la fontaine.

Elle avait vu une représentation d'*Otello* de Verdi aux Thermes de Caracalla, les bains romains, et ce fut une soirée qu'elle ne devait jamais oublier.

Elle avait mangé une glace chez le fameux Doney, via Veneto, et elle était partie à la découverte des rues surpeuplées du Trastevere. Dana adorait Rome et les Romains. *Qui aurait pu imaginer que je reviendrais ici après toutes ces années, à la recherche d'un tueur en série ?*

Elle descendit à l'hôtel Ciceroni, près de la piazza Navona.

« *Buon giorno.* » Elle fut accueillie par le directeur de l'établissement. « Nous sommes enchantés de vous recevoir chez nous, mademoiselle Evans. J'ai cru comprendre que vous resteriez deux jours ? »

Elle hésita.

« Je n'en suis pas tout à fait certaine. »

Il sourit.

« Ce n'est pas un problème. Nous avons une très belle suite pour vous. S'il y a quoi que ce soit que nous puissions faire pour vous, n'hésitez pas à nous le dire. »

L'Italie est un pays tellement accueillant. Et elle songea à ses anciens voisins, Dorothy et Howard Wharton. *J'ignore comment ils ont entendu parler de moi, mais ils ont envoyé un responsable depuis l'Europe rien que pour conclure ce contrat avec moi.*

Suivant son impulsion, Dana décida d'appeler les Wharton. Elle demanda à l'opérateur de la mettre en relation avec Italiano Ripristino Corporation.

« J'aimerais parler à Howard Wharton, s'il vous plaît.

— Voudriez-vous me l'épeler ? »

Elle s'exécuta.

« Merci. Un instant. »

Cet instant se prolongea cinq minutes. La femme revint en ligne.

« Je suis désolée. Nous n'avons pas d'Howard Wharton ici. »

Le seul inconvénient, c'est qu'il nous faut être à Rome d'ici demain.

*

Dana appela Dominick Romano, le présentateur d'Italia 1.

« C'est Dana. Je suis là, Dominick.

— Dana ! Je suis ravi. Quand pouvons-nous nous retrouver ?

— Dis-moi.

— Où résides-tu ?

— A l'hôtel Ciceroni.

— Prends un taxi et dis au chauffeur de t'emmener chez Toula. J'y serai dans une demi-heure. »

*

Toula, via della Lupa, était l'un des restaurants de Rome les plus fameux. A son arrivée, Dana était attendue par Romano.

« *Buon giorno*. C'est bien de te revoir sans les bombes.

— Toi aussi, Dominick.

— Quelle guerre futile. » Il secoua la tête. « Peut-être encore davantage que les autres. *Bene !* Qu'est-ce qui t'amène à Rome ?

— Je suis venue voir un homme.

— Et le nom de l'heureux élu ?

— Vincent Mancino. » L'expression de Dominick Romano changea du tout au tout. « Pourquoi veux-tu le voir ?

— Ce n'est probablement rien, mais je mène une enquête. Parle-moi de Mancino. »

Dominick Romano pesa mûrement ses propos avant de répondre.

« Mancino a été ministre du Commerce. Derrière lui, il y a la Mafia. C'est vraiment un très gros poisson. Quoi qu'il en soit, il a subitement démissionné d'un poste très important et personne ne sait pourquoi. » Romano posa sur elle un regard intrigué. « Qu'est-ce qui t'intéresse chez le personnage ? »

Dana préféra éluder la question.

« Je me suis laissé dire que Mancino était en pleines négociations d'un accord commercial à échelon gouvernemental avec Taylor Winthrop, quand il a démissionné.

— Oui. Winthrop a achevé ces négociations avec un autre interlocuteur.

— Combien de temps Taylor Winthrop est-il demeuré à Rome ? »

Romano réfléchit un moment.

« A peu près deux mois. Mancino et Winthrop sont devenus compagnons de beuverie. » Là-dessus, il ajouta : « Quelque chose a mal tourné.

— Quoi ?

— Qui sait ? Il circule toutes sortes d'histoires. Mancino n'avait qu'un enfant, une fille, Pia, et elle a disparu. L'épouse de Mancino a fait une dépression nerveuse.

— Qu'est-ce que tu veux dire par "disparu" ? Elle a été kidnappée ?

— Non. Elle a tout simplement, disons... (il s'efforça de choisir le mot exact, mais en vain...) disparu. Personne ne sait ce qu'elle est devenue. » Il soupira. « Je peux te dire que Pia était une beauté.

— Où est la femme de Mancino ?

— Le bruit court qu'elle serait dans une espèce de sanatorium.

— Sais-tu où ?

— Non. Et je n'y tiens pas, d'ailleurs. » Le serveur vint à leur table. « Je connais bien ce restaurant, lui assura Dominick Romano. Tu veux que je choisisse pour toi ?

— Volontiers.

— *Bene.* » Il se tourna vers le serveur. « *Di primo, pasta fagioli. Dopo, arrosto di abbacchio con polenta.* En entrée, pasta fagioli. Ensuite, agneau de lait rôti avec de la polenta.

— *Grazie.* »

La nourriture était superbe et la conversation se fit légère et détendue. Mais quand ils se levèrent pour s'en aller, Romano lui conseilla :

« Dana, reste à distance de Mancino. Ce n'est pas le genre de type à qui tu peux poser des questions.

— Mais s'il...

— Oublie-le. En un mot comme en cent : *omertà*. La loi du silence.

— Je te remercie, Dominick. J'apprécie ton conseil à sa juste valeur. »

Les bureaux de Vincent Mancino étaient situés dans un immeuble moderne qu'il possédait via Sardegna. Un garde catégorie poids lourd était assis au bureau de la réception dans le hall de marbre.

Lorsque Dana entra dans les lieux, il leva les yeux.

« *Buon giorno. Posso aiutarla, signorina?* Puis-je vous renseigner, mademoiselle ?

— Je m'appelle Dana Evans. J'aimerais voir Vincent Mancino.

— Vous avez un rendez-vous ?

— Non.

— Alors je suis désolé.

— Dites-lui qu'il s'agit de Taylor Winthrop. »

Le garde l'étudia un moment, puis il tendit la main vers un téléphone dans lequel il prononça quelques mots. Il reposa le combiné. Elle patienta.

Bon sang, qu'est-ce que je vais découvrir ?

Le téléphone sonna, le garde décrocha et écouta un instant. Il se tourna vers Dana.

« Deuxième étage. Quelqu'un vous attendra là-haut.

— Merci.

— *Prego*. Je vous en prie. »

La pièce de travail de Vincent Mancino était petite, quelconque, pas du tout ce à quoi Dana s'était attendue. Mancino était assis derrière un vieux bureau cabossé. La soixantaine, de taille moyenne, c'était un homme de large carrure, aux lèvres minces, aux cheveux blancs, et au nez en bec d'aigle. Il possédait les yeux les plus froids qu'elle ait jamais vus. Sur le bureau était disposée la photographie d'une magnifique adolescente.

A l'entrée de Dana dans la pièce, Mancino lui lança :

« Vous êtes venue au sujet de Taylor Winthrop. » Il avait une voix rauque et profonde.

« Oui. Je voulais vous parler de...

— Il n'y a rien en dire, *signorina*. Il est mort dans un

incendie. Il brûle en enfer, et sa femme et ses enfants brûlent aussi en enfer.

— Puis-je m'asseoir, monsieur Mancino ? »

Il allait répondre :

« Non. » Au lieu de quoi, il fit : « *Scusi*. Mille excuses. Parfois, quand je suis bouleversé, j'en oublie les bonnes manières. *Prego, si accommodi*. Je vous en prie, prenez place. »

Dana s'assit sur la chaise située en face de lui.

« Taylor Winthrop et vous étiez engagés dans des pourparlers commerciaux entre vos deux gouvernements.

— Oui.

— Et vous êtes devenus amis ?

— Pendant une courte période, *forse*. Peut-être, oui. »

Elle jeta un œil à la photographie sur le bureau.

« Est-ce votre fille ? »

Il ne répondit pas.

« Elle est belle.

— Oui, elle était très belle. »

Elle l'observa, déconcertée.

« Elle n'est plus en vie ? »

Elle le regarda, il l'étudiait, tâchant de trancher s'il devait ou non lui répondre.

Quand il reprit enfin la parole, il murmura :

« En vie ? C'est à vous de me le dire. » Sa voix s'emplit de passion. « J'ai introduit Taylor Winthrop, votre ami américain, dans mon foyer. Il a rompu le pain avec nous. Je l'ai présenté à mes amis. Savez-vous comment il m'a payé en retour ? Il a engrossé ma fille, ma fille superbe, qui était vierge. Elle avait seize ans ! Elle avait peur de me le confier car elle savait que j'allais le tuer, alors elle... elle s'est fait... avorter. » Il cracha ce dernier mot comme un anathème. « Winthrop redoutait la publicité, alors il n'a pas envoyé Pia consulter un médecin. Non. Il... il l'a envoyée chez un boucher. » Ses yeux se remplirent de larmes. « Un boucher qui lui a déchiqueté le ventre. Ma fille de seize ans, *signorina*... » Sa voix s'étouffa. « Par cet acte, Taylor Winthrop ne s'est pas contenté de détruire ma fille, il a assassiné mes petits-enfants, ainsi que tous leurs enfants et tous leurs petits-enfants. Il a anéanti l'avenir de la famille Mancino. » Il prit une profonde inspiration pour parvenir à retrouver son calme. « A présent, sa famille et lui, ils ont payé pour ce terrible péché. »

Dana resta silencieuse, sans voix.

« Ma fille est dans un couvent, *signorina.* Je ne la reverrai jamais. Oui, j'ai conclu un pacte avec Taylor Winthrop. » Il perça Dana de ses yeux froids, gris acier. « Mais c'était un pacte avec le diable. »

Donc ils sont déjà deux, songea Dana. *Et il me reste à rencontrer Marcel Falcon.*

A bord du vol KLM à destination de la Belgique, Dana se rendit compte que quelqu'un s'installait dans le siège à côté du sien. Elle leva les yeux. C'était un homme séduisant, au visage agréable, et à l'évidence il avait prié l'hôtesse de bien vouloir lui échanger sa place.

Il la regarda avec un sourire :

« Bonjour. Permettez-moi de me présenter. Je m'appelle David Haynes. » Il avait un accent anglais.

« Dana Evans. »

Il ne fit pas mine de la reconnaître.

« Belle journée pour prendre l'avion, non ?

— Magnifique », acquiesça Dana.

Il posait sur elle un œil admiratif.

« Vous vous rendez à Bruxelles pour affaires ?

— Pour affaires et par plaisir.

— Vous avez des amis là-bas ?

— Quelques-uns.

— Je connais très bien Bruxelles. »

Attends un peu que je raconte ça à Jeff, se dit-elle. Et là-dessus cela lui revint à l'esprit. *Il est avec Rachel.*

Il étudia son visage.

« Vous me rappelez quelqu'un. »

Elle lui sourit : « J'ai un visage qui fait cet effet. »

Après que l'appareil eut atterri à l'aéroport de Bruxelles et que Dana eut débarqué, un homme posté à l'intérieur de l'aérogare sortit son téléphone portable et effectua son rapport.

David Haynes lui demanda :

« Avez-vous un moyen de transport ?

— Non, mais je peux...

— Je vous en prie, permettez-moi. » Il la conduisit en direction d'une limousine à carrosserie allongée avec chauffeur. « Je vais vous déposer à votre hôtel », proposa-t-il. Il donna un ordre au chauffeur et la limousine s'engagea dans la circulation. « C'est votre première visite à Bruxelles ?

— Oui. »

Ils étaient arrêtés en face d'une grande galerie marchande, sous des arcades éclairées par une lumière zénithale. Haynes déclara : « Si vous prévoyez de faire du shopping, je vous suggère de vous rendre là... dans la Galerie Saint-Hubert.

— Ça m'a l'air charmant. »

Haynes s'adressa au chauffeur :

« Charles, arrêtez-vous un instant. » Il se tourna vers Dana. « Voici la fameuse fontaine du Manneken Pis. » C'était une statue en bronze d'un petit garçon en train d'uriner, placée en hauteur dans une niche en forme de coquille Saint-Jacques. « L'une des statues les plus célèbres du monde. »

Pendant que j'étais en prison, ma femme et mes enfants sont morts. Si j'avais été libre, j'aurais pu les sauver.

David Haynes ajouta :

« Si vous êtes libre ce soir, j'aimerais...

— Je suis désolée, répliqua-t-elle. Malheureusement, je ne le suis pas. »

Matt avait été convoqué dans le bureau d'Elliot Cromwell.

« Nos deux vedettes nous font défaut, Matt. Quand Jeff rentre-t-il ?

— Je ne le sais pas au juste, Elliot. Comme vous ne

l'ignorez pas, il traverse des difficultés personnelles avec sa première femme, et je lui ai suggéré de prendre un congé.

— Je vois. Et quand Dana rentre-t-elle de Bruxelles ? »

Matt observa Elliot Cromwell et songea : *Je ne lui ai jamais précisé que Dana était à Bruxelles.*

DIX-HUIT

Le quartier général de l'OTAN, l'Organisation du Traité de l'Atlantique Nord, se trouvait dans l'immeuble Léopold III, et sur le toit flottait le drapeau belge, trois bandes verticales noir, jaune et rouge.

Dana était certaine qu'il serait facile de recueillir l'information concernant le retrait précipité de Taylor Winthrop de son poste au sein de l'OTAN, et après quoi elle rentrerait aux États-Unis. Mais l'OTAN se révéla un cauchemar, un vrai potage aux vermicelles en forme de petites lettres. Aux seize États membres s'ajoutaient les bureaux de la NAC, de l'EAPC, de la NACC, de l'ESDI, du CJTF, de la CSCE, et au moins une dizaine d'autres acronymes.

Elle se rendit au centre de presse de l'OTAN, rue des Chapeliers, où elle retrouva Jean Somville en salle de presse.

Il se leva pour venir la saluer.

« Dana !

— Salut, Jean.

— Qu'est-ce qui t'amène à Bruxelles ?

— Je travaille sur un sujet, lui expliqua-t-elle. J'ai besoin de quelques informations.

— Ah. Encore un sujet sur l'OTAN.

— En un sens, admit-elle prudemment. Taylor Winthrop a été le conseiller des États-Unis auprès de l'OTAN, à une certaine période.

— Oui. Il a accompli du beau travail. C'était un grand homme. C'est une telle tragédie, l'histoire de sa famille. » Il considéra Dana, l'air étonné. « Qu'est-ce que tu veux savoir ? »

Elle choisit soigneusement les mots qu'elle prononça.

« Il a quitté son poste à Bruxelles plus tôt que prévu. Je me suis demandé quelle en était la raison. »

Jean Somville eut un haussement d'épaules.

« C'est très simple. Il avait achevé ce pour quoi il était venu. »

Elle en éprouva une vive déception.

« Tant que Winthrop était en poste ici, s'est-il produit quoi que ce soit... d'inattendu ? Y a-t-il eu un quelconque scandale ? »

Jean Somville la regarda avec surprise.

« Certainement pas ! Quelqu'un a-t-il fait allusion à un scandale où Taylor Winthrop aurait été impliqué dans le cadre de l'OTAN ?

— Non, concéda-t-elle promptement. Ce que j'ai entendu évoquer, c'est une... une querelle, une sorte de désaccord entre Winthrop et quelqu'un d'ici. »

Somville haussa le sourcil.

« Tu entends par là, une querelle d'ordre privé ?

— Oui. »

Il plissa les lèvres, fit la moue. « Je ne sais pas. Je pourrais peut-être le savoir.

— Je t'en serais extrêmement reconnaissante. »

Le lendemain, Dana téléphona à Jean Somville.

« As-tu été en mesure de découvrir quelque chose au sujet de Taylor Winthrop ?

— Je suis désolé, Dana. J'ai essayé. Je crains malheureusement qu'il n'y ait rien à découvrir. »

Elle s'attendait plus ou moins à cette réponse de la part de Jean Somville.

« Merci, en tout cas. »

Elle sentait bien qu'on la laissait tomber.

« Aucun problème. Je suis désolé que tu aies fait le voyage pour rien.

— Jean, j'ai lu que l'ambassadeur français à l'OTAN, Marcel Falcon, avait démissionné à l'improviste avant de retourner en France. N'est-ce pas inhabituel ?

— Oui, en plein cours d'une affectation, oui. J'imagine, en effet.

— Pourquoi a-t-il démissionné ?

— Il n'y a pas grand mystère là-dedans. C'est à cause d'un malheureux accident. Son fils a été tué par un chauffard qui a pris la fuite.

— Un chauffard qui a pris la fuite ? Est-ce qu'on l'a arrêté ?

— Oh, oui. Peu de temps après l'accident, il s'est présenté aux services de police. »

Encore une impasse.

« Je vois.

— L'homme en question était un chauffeur, du nom d'Antonio Persico. C'était le chauffeur de Taylor Winthrop. »

Dana se sentit parcourue d'un frisson.

« Ah ? Où est-il, ce Persico, maintenant ?

— Ici, à Bruxelles, à la prison Saint-Gilles. » Somville ajouta en guise d'excuse : « Je suis confus de ne pouvoir t'aider davantage. »

Dana reçut un résumé de l'affaire, par télécopie depuis Washington. *Antonio Persico, chauffeur de l'ambassadeur Taylor Winthrop, a été condamné aujourd'hui à une peine d'emprisonnement à perpétuité par un tribunal belge, après avoir plaidé coupable lors du procès sur la mort de Gabriel Falcon, le fils de l'ambassadeur de France auprès des Nations Unies, qu'il avait renversé au volant de son véhicule avant de prendre la fuite.*

La prison Saint-Gilles était située à proximité du centre de Bruxelles, dans un vieux bâtiment blanc à tourelles qui lui donnait l'allure d'un château. Au préalable, Dana avait téléphoné et obtenu la permission de s'entretenir avec Antonio Persico. Elle pénétra dans la cour de la prison et fut escortée jusqu'au bureau des gardiens.

« Vous êtes ici pour voir Persico.

— Oui.

— Fort bien. »

Après une fouille menée tambour battant, elle fut conduite par un gardien au parloir, où Antonio Persico l'attendait. C'était un homme petit, pâle, aux grands yeux verts, au visage constamment agité de tics.

Dès l'entrée de Dana, Persico s'écria :

« Dieu merci, quelqu'un se présente enfin ! Maintenant vous allez me sortir d'ici. »

Elle le dévisagea, déconcertée.

« Je... je suis désolée. Je crains fort de ne pas pouvoir intervenir en ce sens. »

Persico plissa les yeux.

« Alors pourquoi êtes-vous là ? On m'avait promis que quelqu'un allait me sortir d'ici.

— Je suis venue vous parler de la mort de Gabriel Falcon. »

Persico éleva la voix. « Je n'ai rien eu à voir avec ça. Je suis innocent.

— Mais vous avez avoué.

— J'ai menti. »

Dana s'étonna :

« Pourquoi auriez-vous... ? »

Antonio Persico la regarda droit dans les yeux et ajouta d'un ton amer :

« J'ai été payé. C'est Taylor Winthrop qui l'a tué. » Suivit un long silence.

« Racontez-moi. »

Le tic nerveux s'aggrava.

« C'est arrivé un vendredi soir. Ce week-end-là, l'épouse de M. Winthrop se trouvait à Londres. » Il avait la voix tendue. « M. Winthrop était seul. Il s'est rendu à l'Ancienne Belgique, une boîte de nuit. Je lui ai proposé de l'y conduire, mais il m'a dit qu'il prendrait le volant lui-même. »

Persico s'interrompit, tâchant de se remémorer la scène.

« Et ensuite, qu'est-il arrivé ? fit-elle, pressante.

— M. Winthrop est rentré à son domicile très tard, très ivre. Il m'a dit qu'un jeune homme s'était jeté sous ses roues. Il... il l'avait renversé. M. Winthrop ne voulait pas de scandale, donc il ne s'était pas arrêté. Ensuite il a eu peur que quelqu'un ait pu être témoin de l'accident et livre son numéro d'immatriculation à la police, qui serait alors venue l'arrêter. Il bénéficiait de l'immunité diplomatique, mais il m'a indiqué que si la nouvelle se divulguait, cela ferait capoter le plan russe. »

Dana haussa les sourcils.

« Le plan russe ?

— Oui. C'étaient ses mots.

— Qu'est-ce que le plan russe ? »

Il haussa les épaules.

« Je n'en sais rien. Je l'ai entendu dire ça au téléphone. Il était comme fou. » Persico secoua la tête. « Il n'arrêtait pas de répéter au téléphone : "Le plan russe doit se poursuivre. Nous sommes allés trop loin maintenant pour interrompre quoi que ce soit."

— Et vous avez une idée de ce à quoi il faisait allusion ?

— Non.

— Pourriez-vous vous souvenir d'autres propos qu'il aurait tenus ? »

Persico réfléchit un instant.

« Il a dit quelque chose comme "Toutes les pièces du puzzle sont en place". » Persico la dévisagea. « Quoi qu'il en soit, cela paraissait extrêmement important. »

Dana buvait la moindre de ses paroles.

« Monsieur Persico, pourquoi auriez-vous endossé la responsabilité de cet accident ? »

Persico crispa la mâchoire.

« Je vous l'ai dit. J'ai été payé. Taylor Winthrop m'a certifié que si j'avouais avoir été au volant, il me verserait un million de dollars et prendrait soin de ma famille tout le temps que je resterais en prison. Il s'est vanté de pouvoir m'obtenir une peine courte. » Il grinça des dents. « Comme un imbécile, j'ai accepté. » Il se mordit la lèvre. « Et voilà, maintenant il est mort, et je vais passer le restant de mes jours dans cet endroit. » Ses yeux s'emplirent de désespoir.

Elle demeura là, choquée par ce qu'elle venait d'entendre. Enfin, elle posa sa question :

« Avez-vous fait part de tout cela à quiconque ? »

Persico répliqua, amer :

« Évidemment. Dès que j'ai appris le décès de Taylor Winthrop, j'ai révélé notre marché à la police.

— Et ?

— Ils m'ont ri au nez.

— Monsieur Persico, je vais vous poser une question extrêmement importante. Réfléchissez bien avant de me répondre. Avez-vous jamais révélé à Marcel Falcon que c'était Taylor Winthrop qui avait tué son fils ?

— Certainement. J'ai cru que cela m'aiderait.

— Quand vous le lui avez dit, que vous a répondu Marcel Falcon ?

— Très exactement, voici quels ont été ses mots : "Puisse le reste de sa famille le rejoindre en enfer." »

Dana songea : *Mon Dieu. Maintenant ils sont trois.*

Il faut que je parle à Marcel Falcon, à Paris.

Il était impossible de ne pas succomber à la magie de Paris, déjà rien qu'en survolant la ville, lors de l'approche avant l'atterrissage. C'était la ville lumière, la ville des amants. Ce n'était certes pas un endroit où se rendre seule. La ville réveilla en elle le manque douloureux de Jeff.

Elle se trouvait au Relais, à l'hôtel Plaza-Athénée, où elle s'entretenait avec Jean-Paul Hubert, de la chaîne de télévision Métro 6.

« Marcel Falcon ? Naturellement. Tout le monde sait qui il est.

— Que pouvez-vous m'apprendre à son sujet ?

— C'est une forte personnalité. C'est ce que vous autres Américains appelez "big time", la grosse réussite.

— Qu'est-ce qu'il fait ?

— Falcon possède un énorme laboratoire pharmaceutique.

Voici quelques années, il a été accusé d'avoir forcé plusieurs petits laboratoires à cesser leurs activités, mais il dispose d'appuis politiques, et ça n'a pas été plus loin. Le président l'a même nommé ambassadeur à l'OTAN sur proposition du Premier ministre.

— Mais il a démissionné, observa-t-elle. Pourquoi ?

— C'est une triste histoire. Son fils a été tué à Bruxelles par un chauffeur ivre, et Falcon n'a pu le supporter. Il a quitté l'OTAN et il est rentré à Paris. Son épouse a souffert de dépression nerveuse. Elle est dans une maison de repos, à Cannes. » Jean-Paul la scruta du regard et ajouta avec sincérité : « Dana, si tu envisages d'écrire un article sur Falcon, fais très attention à ce que tu vas publier. Il a la réputation d'être un homme très vindicatif. »

*

Il fallut à Dana une journée pour obtenir un rendez-vous avec Marcel Falcon.

Quand enfin elle fut introduite dans son bureau, il la prévint :

« J'ai accepté de vous recevoir parce que je suis un admirateur de votre travail, mademoiselle. Vos reportages sur la zone des combats étaient très courageux.

— Je vous remercie. »

Marcel Falcon était un homme d'allure imposante, de forte stature, aux traits marqués, avec des yeux d'un bleu perçant.

« Je vous en prie, asseyez-vous. Qu'attendez-vous de moi ?

— Je souhaitais vous interroger à propos de votre fils.

— Ah, oui. » Son regard trahit sa désolation. « Gabriel était un garçon formidable. »

Elle reprit :

« L'homme qui l'a renversé...

— Le chauffeur. »

Elle le considéra avec stupeur.

Réfléchissez bien avant de me répondre. Avez-vous jamais

révélé à Marcel Falcon que c'était Taylor Winthrop qui avait tué son fils ?

Certainement. J'ai cru que ça m'aiderait.

Que vous a répondu Marcel Falcon ?

Très exactement, voici quels ont été ses mots : « Puisse le reste de sa famille le rejoindre en enfer. »

Et voilà que maintenant Marcel Falcon se comportait comme s'il n'avait pas connaissance de la vérité.

« Monsieur Falcon, quand vous étiez en poste à l'OTAN, Taylor Winthrop s'y trouvait également. » Dana scruta le visage de Falcon, guettant le moindre changement d'expression. Il n'y en eut aucun.

« Oui. Nous nous sommes rencontrés. » Le ton de la voix restait détaché.

Et ça s'arrête là ? s'étonna Dana. *Oui. Nous nous sommes rencontrés. Que cache-t-il ?*

« Monsieur Falcon, j'aimerais parler avec votre épouse si...

— Malheureusement, elle est en vacances. »

Elle souffre de dépression nerveuse, et elle se trouve dans une maison de repos à Cannes.

Soit Marcel Falcon démentait en bloc, soit il feignait l'ignorance pour quelque motif plus sinistre.

Elle téléphona à Matt depuis sa chambre du Plaza-Athénée.

« Dana, quand rentrez-vous au bercail ?

— J'ai encore une dernière piste à remonter, Matt. Le chauffeur de Taylor Winthrop à Bruxelles m'a révélé que son patron parlait d'un plan secret russe qu'il ne voulait pas entraver. Il faut que je voie si je peux découvrir de quoi il parlait. Je souhaite m'entretenir avec certains de ses associés à Moscou.

— Très bien. Mais Cromwell veut que vous soyez de retour au studio dès que possible. Tim Drew est notre correspondant à Moscou. Je vais faire en sorte qu'il vous accueille. Cela peut servir.

— Merci. Je ne devrais pas rester en Russie plus d'un jour ou deux.

— Dana ?

— Oui ?

— Non, rien. A bientôt. »

Merci. Je ne devrais pas rester en Russie plus d'un jour ou deux.

Dana ?

Oui ?

Non, rien. A bientôt.

Fin de la bande.

Elle téléphona chez elle.

« Bonsoir, madame Daley... ou plutôt, bonjour. C'est l'après-midi, chez vous.

— Mademoiselle Evans ! C'est magnifique de vous entendre.

— Comment ça se passe, de votre côté ?

— A merveille.

— Comment va Kemal ? Y a-t-il eu des problèmes ?

— Absolument aucun. Vous lui manquez, c'est certain.

— Il me manque aussi. Vous allez me le passer ?

— Il fait une sieste. Voulez-vous que je le réveille ? »

Dana s'écria, surprise :

« Une sieste ? Quand j'ai appelé l'autre jour, il faisait déjà la sieste.

— Oui. Notre jeune monsieur est rentré de l'école, et il se sentait fatigué, et donc j'ai estimé qu'une sieste ne lui ferait pas de mal.

— Je vois... Bon, dites-lui simplement que je l'aime. Je rappellerai demain. Et que je vais lui rapporter un ours de Russie.

— Un ours ? Ça alors ! Il va être d'un excité. »

Elle appela Roger Hudson.

« Roger, je suis confuse de vous imposer cela, mais j'ai besoin que vous me rendiez un service.

— Si c'est dans mes cordes...

— Je pars pour Moscou, et je souhaite m'entretenir avec Edward Hardy, l'ambassadeur des Etats-Unis en poste là-bas. J'espérais que vous le connaîtriez.

— Il se trouve que oui.

— Je suis à Paris. Si vous pouviez lui télécopier une lettre d'introduction, je vous en serais réellement très reconnaissante.

— Je puis faire mieux que cela. Je vais l'appeler et lui demander de vous recevoir.

— Merci, Roger. Avec toute ma gratitude. »

C'était le réveillon de Nouvel An. C'est avec émotion qu'elle se souvint que ç'aurait dû être le jour de son mariage. *Bientôt*, se rassura-t-elle. *Bientôt*. Elle enfila son manteau et sortit.

Le portier s'enquit.

« Un taxi, mademoiselle Evans ?

— Non, merci. »

Elle n'avait nulle part où aller. Jean-Paul Hubert s'était absenté pour aller rendre visite à sa famille. *Ce n'est pas une ville où se retrouver seule*, jugea-t-elle.

Elle commença de marcher, en tâchant de ne pas penser à Jeff et Rachel. En tâchant de ne pas penser tout court. Elle passa devant une petite église qui était ouverte, et, sur une impulsion, elle entra. A l'intérieur, sous cette voûte fraîche et tranquille, elle eut une impression d'espace. Elle s'assit sur un banc et dit une prière.

A minuit, alors que Dana se promenait dans les rues, Paris explosa dans une cacophonie de bruits et de confettis. Elle se demanda ce que Jeff pouvait faire. *Rachel et lui sont-ils en train de faire l'amour ? Il n'a pas appelé. Comment aurait-il pu oublier que cette nuit était si particulière ?*

Dans sa chambre, à l'hôtel, par terre près de la commode, son téléphone portable qui était tombé de son sac à main, se mit à sonner.

A son retour au Plaza-Athénée, il était trois heures du matin. Elle entra dans sa chambre, se dévêtit, et se faufila dans son lit. D'abord son père, et maintenant Jeff. L'abandon traversait sa vie comme le fil noir d'une tapisserie. *Je ne vais pas me plaindre*, se jura-t-elle. *Cette nuit aurait dû être ma nuit de noces, et après ? Oh, Jeff, pourquoi ne m'appelles-tu pas ?*

Elle pleura jusqu'à plonger dans le sommeil.

DIX-NEUF

Le vol de la Sabena devait rallier Moscou en trois heures trente. Dana remarqua que presque tous les passagers étaient habillés de vêtements chauds, et que les compartiments à bagages étaient bourrés de manteaux de fourrure, de chapeaux et d'écharpes.

J'aurais dû m'habiller plus chaudement, regretta-t-elle. *Enfin, je ne vais séjourner à Moscou qu'un jour ou deux.*

Elle ne parvenait pas à s'extraire les mots d'Antonio Persico de la tête. *Winthrop était comme fou. Il n'arrêtait pas de répéter au téléphone : « Le plan russe doit se poursuivre. Nous sommes allés trop loin maintenant pour interrompre quoi que ce soit. »*

A quel plan important Winthrop travaillait-il ? Quelles pièces se mettaient-elles en place ? Et peu après, le président l'avait nommé ambassadeur à Moscou.

Plus j'obtiens d'informations, moins cela a de sens, trancha-t-elle.

Elle eut la surprise de découvrir Cheremetievo II, l'aéroport international de Moscou, regorgeant de touristes. *Qu'est-ce qui pourrait amener un individu sain d'esprit à visiter la Russie en hiver ?* s'étonna-t-elle.

Quand elle atteignit le carrousel des bagages, un homme posté à proximité l'observait à la dérobée. Le cœur de Dana fit un bond. *Ils savaient que je venais ici,* comprit-elle. *Comment cela se peut-il ?*

L'homme s'approcha d'elle.

« Dana Evans ? »

Il avait un accent slovaque très marqué.

« Oui... »

L'homme afficha un grand sourire et s'exclama, en proie à la plus grande excitation.

« Vous être mon plus grand admirateur ! Vous me regarde tout le temps à la télévision. »

Elle se sentit envahie d'une bouffée de soulagement.

« Euh, ah, oui. Merci.

— Je me demande si vous voudrez être tellement aimable pour me donner votre autographe ?

— Bien sûr. » Il fourra un bout de papier sous le nez de Dana. « Je n'ai pas stylo.

— Moi si. »

Dana sortit son stylo plume tout neuf et lui signa un autographe.

« *Spasiba ! Spasiba !* »

Lorsqu'elle voulut le ranger dans son sac, quelqu'un la bouscula et le stylo tomba sur le sol de béton. Elle se baissa et le ramassa. Le corps s'était fendillé.

J'espère que je vais pouvoir le faire réparer, s'inquiéta-t-elle. Et puis elle y regarda de plus près. La fêlure laissait entrevoir un minuscule filament. Perplexe, elle tira dessus doucement. Il y avait un micro-émetteur fixé à l'extrémité. Elle considéra l'objet avec incrédulité. *C'est grâce à ça qu'ils repèrent où je suis ! Mais qui l'a placé là et pourquoi ?* Elle se remémora le texte de la carte qui avait accompagné ce cadeau.

Chère Dana, nous te souhaitons un voyage sans histoires. La Bande.

Furieuse, elle arracha le filament, le jeta par terre, et le piétina sous son talon.

Dans un laboratoire isolé, le signal sur la carte disparut subitement.

« Oh, merde ! »

« Dana ? »

Elle se retourna. Le correspondant de WTN se tenait devant elle.

« Je suis Tim Drew. Désolé, je suis en retard. La circulation, par ici, c'est un vrai cauchemar. »

Tim Drew avait la quarantaine, c'était un homme de haute taille, roux, avec un sourire chaleureux.

« J'ai une voiture qui nous attend dehors. Matt m'a signalé que vous n'étiez ici que pour deux ou trois jours.

— C'est exact. »

Ils récupérèrent le bagage de Dana sur le tapis et se dirigèrent vers la sortie.

Le Moscou qu'ils traversèrent semblait tout droit sorti d'une scène de *Docteur Jivago*. Dana avait l'impression que la ville tout entière était enveloppée dans un manteau de neige d'un blanc immaculé.

« C'est tellement splendide ! s'exclama-t-elle. Depuis combien de temps êtes-vous en poste ici ?

— Deux ans.

— Cela vous plaît ?

— C'est un peu effrayant. Eltsine est toujours à la limite du coma éthylique, et personne ne sait à quoi s'attendre avec Vladimir Poutine. Les malades ont pris la tête de l'asile. » Il pila à un stop pour laisser passer des piétons qui traversaient en dehors des clous. « Vous avez une réservation à l'hôtel Sevastopol.

— Oui. Comment est-ce ?

— C'est l'un de ces hôtels typiques de l'organisation Intourist. Vous pouvez être certaine que vous aurez quelqu'un à votre étage chargé d'ouvrir l'œil sur vous. »

Les rues étaient bondées de gens emmitouflés dans des fourrures, de gros pulls et des pardessus. Tim Drew jeta un œil à la tenue de Dana.

« Vous feriez mieux de vous procurer des vêtements plus chauds, sans quoi vous allez geler.

— Ça ira très bien. Je devrais être rentrée chez moi demain ou après-demain au plus tard. »

Devant eux, c'était la place Rouge et le Kremlin. Le Kremlin qui se dressait en hauteur sur une éminence dominant la rive gauche de la Moskova.

« Mon Dieu, c'est impressionnant, s'écria-t-elle.

— Ouais. Si ces murs pouvaient parler, vous entendriez quantité de hurlements. » Tim Drew poursuivit : « C'est l'un des édifices les plus célèbres du monde. Il est situé sur un terrain qui recouvre la colline du Petit Borovitsky, sur la rive nord et... »

Dana avait cessé de l'écouter. Elle réfléchissait. *Et si Antonio Persico avait menti ? Et s'il avait inventé cette histoire sur Taylor Winthrop responsable de la mort de ce garçon ? Et s'il avait menti à propos de ce plan russe.*

« C'est la place Rouge, là, devant le mur d'enceinte côté est. La tour Kutafia là-bas, c'est l'entrée des visiteurs, du côté de la muraille ouest. »

Mais alors pourquoi Taylor Winthrop avait-il une telle envie, un tel besoin de se rendre en Russie ? Une simple nomination au poste d'ambassadeur, pour lui, n'aurait pas signifié grand-chose.

Tim Drew poursuivait :

« C'est le foyer de toute la puissance, de tous les pouvoirs russes depuis des siècles. Ivan le Terrible et Staline ont eu leur quartier général ici, et Lénine, et Khrouchtchev. »

Toutes les pièces du puzzle se mettaient en place. Il faut que je découvre ce qu'il entendait par là.

Ils s'étaient arrêtés devant un hôtel immense.

« Nous y voici, annonça Tim Drew.

— Merci, Tim. » Dana descendit de voiture et fut cueillie par une nappe dense d'air glacial.

« Allez donc vous abriter à l'intérieur, lui lança Tim. Je vous apporte vos bagages. Au fait, si demain soir vous êtes libre, j'aimerais vous emmener dîner.

— Je vous remercie beaucoup.

— C'est un club privé qui sert de la bonne nourriture. Je pense que vous aimerez.

— Parfait. »

Le hall de l'hôtel Sevastopol était vaste, richement décoré, et rempli de monde. Il y avait là plusieurs employés derrière le comptoir de la réception. Dana s'approcha de l'un d'eux.

Il leva les yeux sur elle.

« *Da ?*

— Je suis Dana Evans. J'ai une réservation. »

L'homme la dévisagea un instant et répondit, non sans nervosité.

« Ah oui, mademoiselle Evans. » Il lui tendit une carte d'enregistrement. « Voudriez-vous remplir ceci, je vous prie ? Et je vais avoir besoin de votre passeport. »

Alors qu'elle commençait de remplir la fiche, l'employé jeta un coup d'œil de l'autre côté du hall, vers un homme debout dans un coin, et il hocha la tête. Dana lui tendit la fiche d'enregistrement.

« Je vais prier quelqu'un de vous conduire à votre chambre.

— Merci. »

La chambre avait un vague air de distinction d'autrefois, et le mobilier paraissait usé, branlant, et sentait le moisi.

Une femme plutôt forte vêtue d'une livrée informe déposa les bagages de Dana dans la pièce. Elle lui remit un pourboire, et la femme sortit avec un grognement. Dana décrocha le téléphone et composa le 252-2451.

« Ambassade des États-Unis.

— Le bureau de l'ambassadeur Hardy, s'il vous plaît.

— Un moment.

— Le bureau de l'ambassadeur Hardy.

— Bonjour. Je suis Dana Evans. Puis-je parler à l'ambassadeur ?

— Pourriez-vous m'indiquer à quel sujet ?

— C'est... c'est personnel.

— Juste un instant, je vous prie. »

Trente secondes plus tard, l'ambassadeur Hardy était en ligne.

« Mademoiselle Evans ?

— Oui.

— Bienvenue à Moscou.

— Merci.

— Roger Hudson m'a appelé pour m'avertir de votre arrivée. En quoi puis-je vous être utile ?

— Je me demandais si je pouvais venir vous voir ?

— Certainement. Je suis... ne quittez pas, un instant. » Il y eut un bref silence, et l'ambassadeur revint en ligne. « Que diriez-vous de demain matin ? Dix heures ?

— Ce sera parfait. Je vous remercie infiniment.

— Dans cette attente... »

Elle regarda par la fenêtre la foule qui se pressait dans ce froid mordant et songea : *Tim avait raison. J'aurais mieux fait de me procurer des vêtements plus chauds.*

Le Goum n'était pas très loin de l'hôtel de Dana. C'était un grand magasin immense, où étaient stockées des marchandises à bas prix qui allaient des vêtements au matériel informatique.

Elle se rendit au rayon femmes, où étaient disposés des portants entiers d'épais manteaux. Elle en choisit un en laine rouge, avec une écharpe assortie. Il s'écoula vingt minutes avant qu'elle ne puisse repérer une vendeuse et achever son achat.

A son retour dans sa chambre, son téléphone portable sonna. C'était Jeff.

« Bonjour, mon cœur. J'ai essayé de t'appeler le soir du réveillon de Nouvel An, mais ton portable ne répondait pas, et je ne savais pas où te joindre.

— Jeff, je suis confuse. » *Alors il n'avait pas oublié. Quel ange !*

« Où es-tu ?

— Je suis à Moscou.

— Est-ce que tout va bien, mon chou ?

— Parfaitement bien. Jeff, parle-moi de Rachel.

— C'est trop tôt pour dire quoi que ce soit. Ils vont

essayer un nouveau traitement à partir de demain. C'est encore très expérimental. Nous connaîtrons les résultats d'ici quelques jours.

— J'espère que ça marchera, fit Dana.

— Il fait froid là-bas ? »

Elle éclata de rire. « Tu n'y croirais pas. Je suis une stalactite humaine.

— J'aimerais être là pour te faire fondre. »

Ils se parlèrent encore cinq minutes, et elle put discerner la voix de Rachel qui appelait Jeff.

Jeff dit à Dana :

« Il faut que j'y aille, mon cœur. Rachel a besoin de moi. »

Moi aussi j'ai besoin de toi, songea-t-elle.

« Je t'aime.

— Je t'aime. »

L'ambassade américaine, au 19-23, Nivinsky Bul'var, était un immeuble ancien et décrépit, avec des gardes russes postés en sentinelle à l'extérieur. Une longue file de personnes attendait patiemment. Dana passa devant cette file et déclina son identité au garde. Il consulta un tableau de service et lui fit signe d'entrer.

Dans le hall, un marine américain était en faction dans une guérite en verre à l'épreuve des balles. Un autre garde américain en uniforme, une femme, vérifia le contenu de son sac à main.

« Okay.

— Merci. » Elle se présenta à la réception. « Dana Evans. » Un homme debout à côté du bureau lui répondit :

« L'ambassadeur vous attend, mademoiselle Evans. Suivez-moi, je vous prie. »

Elle le suivit dans un escalier de marbre, jusqu'à un bureau d'accueil au bout d'un long corridor. Lorsqu'elle entra, une femme séduisante, le début de la quarantaine, l'accueillit avec le sourire :

« Mademoiselle Evans, c'est un plaisir. Je suis Lee Hopkins, la secrétaire de l'ambassadeur. Vous pouvez entrer, il vous reçoit tout de suite. »

Dana pénétra dans la pièce. L'ambassadeur Edward Hardy se leva tandis qu'elle approchait de son bureau.

« Bonjour, mademoiselle Evans.

— Bonjour, fit-elle. Merci d'avoir bien voulu me recevoir. »

L'ambassadeur était un homme de haute taille, le visage rougeaud, l'abord jovial d'un politicien.

« Je suis enchanté de vous rencontrer. Puis-je vous proposer quelque chose ?

— Non merci.

— Je vous en prie, asseyez-vous. »

Dana prit un siège.

« Quand Roger Hudson m'a annoncé que je devais m'attendre à votre visite, j'ai été ravi. Vous êtes venue à un moment intéressant.

— Ah ?

— Je regrette d'avoir à m'exprimer ainsi, mais de vous à moi, je crains fort que ce pays ne soit en chute libre. » Il lâcha un soupir. « Pour être tout à fait franc, je n'ai aucune idée de ce qui va se passer ici dans les temps à venir, mademoiselle Evans. Ce pays compte huit cents ans d'histoire, et nous le regardons partir à vau-l'eau. Des criminels dirigent cette nation. »

Dana l'observa avec curiosité.

« Qu'entendez-vous par là ? »

L'ambassadeur se redressa dans son fauteuil.

« La loi, ici, stipule qu'aucun membre de la Douma... la chambre basse... ne peut être poursuivi pour crime. Le résultat, c'est que la Douma est remplie d'hommes qui sont recherchés pour toutes sortes de délits... des gangsters qui ont purgé des peines de prison, et des criminels qui sont en train de fomenter des mauvais coups. Ils sont tous intouchables.

— C'est incroyable, s'écria-t-elle.

— Oui. Le peuple russe est un peuple merveilleux, mais

son gouvernement... Enfin, que puis-je pour vous, mademoiselle Evans ?

— Je voulais vous entendre au sujet de Taylor Winthrop. Je prépare une enquête sur sa famille. »

L'ambassadeur Hardy secoua la tête, l'air chagriné.

« C'est comme une tragédie grecque, n'est-ce pas ?

— Oui. »

Encore cette phrase.

L'ambassadeur Hardy considéra Dana, quelque peu intrigué.

« Le monde a entendu répéter cette histoire encore et encore. Je n'aurais pas cru qu'il y ait encore grand-chose à ajouter. »

Elle objecta prudemment :

« J'ai l'intention de l'aborder sous un angle plus personnel. Je veux savoir à quoi ressemblait Taylor Winthrop en réalité, quel genre d'homme c'était, qui étaient ses amis ici, s'il avait des ennemis...

— Des ennemis ? » Il eut l'air surpris. « Non. Tout le monde aimait Taylor. Il a probablement été le meilleur ambassadeur qui ait jamais été en poste ici.

— Avez-vous travaillé avec lui ?

— Oui. J'ai été chef de mission diplomatique adjoint pendant un an.

— Monsieur Hardy, savez-vous si Taylor Winthrop travaillait sur un projet dans lequel... » Elle s'interrompit, ne sachant trop comment formuler la question. « ... tous les éléments du puzzle auraient dû se mettre en place ? »

L'ambassadeur Hardy fronça le sourcil.

« Qu'entendez-vous par là, une sorte d'accord commercial ou gouvernemental ?

— Je ne suis pas certaine de savoir ce que j'entends par là », reconnut-elle.

L'ambassadeur Hardy réfléchit un moment.

« Moi non plus. Non, je n'ai aucune idée de ce que cela pourrait être. »

Elle reprit :

« Certaines des personnes qui travaillent ici dans l'ambassade aujourd'hui... travaillaient-elles avec lui ?

— Oh, oui. D'ailleurs, ma secrétaire, Lee, était celle de Taylor.

— Cela vous ennuierait-il que je lui parle ?

— Pas du tout. En fait, je vais vous remettre une liste de certaines personnes de cette maison qui pourraient vous être utiles.

— Ce serait formidable. Je vous en remercie. »

Il se leva.

« Durant votre séjour ici, soyez prudente, mademoiselle Evans. Les rues sont infestées de criminels.

— C'est ce que j'ai entendu dire.

— Ne buvez pas l'eau du robinet. Même les Russes évitent de la boire. Oh, et quand vous sortez au restaurant, précisez toujours *chisti stol*... ce qui signifie une table nette... faute de quoi vous trouverez votre table encombrée de coûteux amuse-gueules dont vous n'avez aucune envie. Si vous sortez faire des courses, l'Arbat est encore le meilleur endroit. Là, les boutiques ont de tout. Et faites attention avec les taxis. Prenez les voitures les plus anciennes, les plus miteuses. En général, ce sont les artistes de l'escroquerie qui sont au volant des modèles les plus récents.

— Je vous remercie. » Dana eut un sourire. « Je m'en souviendrai. »

Cinq minutes plus tard, elle s'entretenait avec Lee Hopkins, la secrétaire de l'ambassadeur. Elles se trouvaient dans une petite pièce, en tête-à-tête, la porte fermée.

« Combien de temps avez-vous travaillé pour l'ambassadeur Winthrop ?

— Dix-huit mois. Que voulez-vous savoir ?

— L'ambassadeur Winthrop s'est-il fait des ennemis quand il était ici ? »

Lee Hopkins dévisagea Dana avec étonnement.

« Des ennemis ?

— Oui. Dans un métier comme celui-là, j'imagine qu'on doit parfois dire non à certaines personnes, qui pourraient en concevoir du ressentiment. Je suis certaine que l'ambassadeur Winthrop ne pouvait contenter tout le monde. »

Lee Hopkins secoua la tête.

« J'ignore ce que vous recherchez, mademoiselle Evans, mais si vous avez l'intention d'écrire des choses désagréables au sujet de Taylor Winthrop, vous vous adressez à la mauvaise personne. Il était l'homme le plus gentil, le plus attentionné que j'aie jamais connu. »

Et c'est reparti, s'agaça Dana.

Au cours des deux heures qui suivirent, elle s'entretint avec cinq autres collaborateurs de l'ambassade en poste à l'époque de Taylor Winthrop.

C'était un homme brillant...

Il aimait réellement les gens...

Il s'est démené pour nous aider...

Des ennemis ? Pas Taylor Winthrop...

Je perds mon temps, conclut Dana. Elle retourna voir l'ambassadeur Hardy.

« Avez-vous obtenu ce que vous souhaitiez ? » lui demanda-t-il. Il paraissait moins amical.

Elle hésita.

« Pas exactement », admit-elle en toute honnêteté.

Il se pencha en avant. « Et je ne pense pas que vous l'obtiendrez, mademoiselle Evans. Pas si vous recherchez des aspects négatifs chez Taylor Winthrop. Vous avez contrarié tout le monde ici. Ils aimaient cet homme. Et moi aussi. N'essayez pas de déterrer des squelettes qui n'existent pas. Si c'est là tout ce que vous êtes venue chercher ici, alors vous pouvez repartir.

— Je vous remercie, lui répliqua-t-elle. C'est ce que je vais faire. »

Dana n'avait aucune intention de s'en aller.

Le VIP National Club, juste en face du Kremlin et de la

place du Manège, était un restaurant privé et un casino. A son arrivée, Dana vit Tim Drew qui l'attendait.

« Bienvenue, fit-il. Je pense que le lieu va vous plaire. Cet endroit reçoit la crème des décideurs de la haute société moscovite. Si une bombe s'abattait sur ce restaurant, je pense que le gouvernement serait en faillite. »

Le dîner fut délicieux. Ils commencèrent par des blinis et du caviar et continuèrent avec un bortsch, de l'esturgeon de Géorgie avec une sauce aux noix, un bœuf strogonoff, du riz *s'loukom*, et des tartelettes au fromage *vatruchki* pour le dessert.

« C'est somptueux, s'exclama Dana. J'avais entendu dire que la cuisine russe était effrayante.

— Elle l'est, lui assura Tim Drew. Ici, ce n'est pas la Russie. C'est une petite oasis bien particulière.

— Comment est la vie, ici ? » s'enquit-elle.

Tim Drew resta songeur un instant.

« C'est comme vivre à proximité d'un volcan, en attendant l'éruption. On ne sait jamais pour quand ce sera. Les hommes au pouvoir volent des milliards au pays et les gens meurent de faim. C'est ce qui a déclenché leur dernière révolution en date. Dieu sait ce qui va se produire maintenant. Pour être équitable, ce n'est là qu'une facette de l'histoire. La culture, ici, est incroyable. Ils ont le théâtre du Bolchoï, le musée de l'Ermitage, le musée Pouchkine, les Ballets russes, le Cirque de Moscou... on pourrait prolonger la liste indéfiniment. La Russie produit davantage de livres que tout le reste du monde et le Russe moyen lit trois fois plus d'ouvrages que le citoyen américain moyen.

— Peut-être ne lisent-ils pas les bons, ironisa-t-elle sèchement.

— Peut-être. A l'heure qu'il est, les gens sont pris entre deux feux, entre le capitalisme et le communisme, et rien ne fonctionne. Les services sont mauvais, l'inflation galopante, et le crime est partout. » Il observa Dana. « J'espère que je ne vous déprime pas trop.

— Non. Dites-moi, Tim, connaissiez-vous Taylor Winthrop ?

— Je l'ai interviewé à quelques reprises.

— Avez-vous jamais eu vent d'un gros projet auquel il aurait pris part ?

— Il était partie prenante de quantité de projets. Après tout, c'était notre ambassadeur.

— Je ne parle pas de ça. J'évoque là quelque chose de différent. Quelque chose de très complexe... où toutes les pièces du puzzle devaient se mettre en place. »

Tim Drew réfléchit un petit moment.

« Cela ne m'évoque rien.

— Y a-t-il quelqu'un ici avec qui il aurait été en contact fréquent ?

— Certains de ses homologues russes, j'imagine. Vous pourriez les questionner.

— Exact, reprit-elle. C'est ce que je vais faire. »

Le serveur apporta l'addition. Tim Drew l'étudia et leva les yeux vers Dana.

« C'est typique. Il y a trois suppléments différents sur la note. Et ne prenez pas la peine de vous demander à quoi ils correspondent. » Il régla.

Quand ils furent dans la rue, Tim Drew la questionna :

« Avez-vous un pistolet ? »

Elle le regarda, stupéfaite.

« Bien sûr que non. Pourquoi ?

— Nous sommes à Moscou. On ne sait jamais. » Une idée lui vint. « Je vais vous dire. Nous allons effectuer un petit arrêt. »

Ils montèrent dans un taxi et Tim Drew donna une adresse au chauffeur. Cinq minutes plus tard, ils s'arrêtaient devant une armurerie et sortaient du taxi.

Elle jeta un œil vers l'intérieur de la boutique et s'écria :

« Je ne vais pas me promener avec un pistolet. »

Tim Drew la rassura :

« Je sais. Suivez-moi, c'est tout. »

Les présentoirs de la boutique étaient garnis de tous les types d'armes imaginables.

Dana regarda autour d'elle.

« N'importe qui peut entrer ici s'acheter une arme ?

— Tout ce qu'il faut, c'est avoir l'argent », précisa Tim Drew.

L'homme derrière le comptoir marmonna quelque chose en Russe à Tim. Tim lui expliqua ce qu'il voulait.

« *Da.* »

L'homme passa la main sous le comptoir et en ressortit un petit objet noir et cylindrique.

« Cela sert à quoi ? s'enquit-elle.

— C'est pour vous, une bombe de gaz lacrymogène. » Tim Drew prit l'objet. « Tout ce que vous avez à faire, c'est appuyer sur ce poussoir, là sur le dessus, et les mauvais garçons auront trop mal pour vous embêter. »

Dana protesta :

« Je ne pense pas...

— Fiez-vous à moi. Prenez-le. »

Il le lui tendit, paya l'homme et ils ressortirent.

« Cela vous plairait de voir une boîte moscovite ? lui demanda Tim Drew.

— Ça m'a l'air intéressant.

— Génial. Allons-y. »

Le Night Flight Club, rue Tverskaya, était somptueusement décoré et bondé de Russes bien habillés venus là dîner, boire et danser.

« Apparemment, ici, pas de problèmes économiques, commenta Dana.

— Non. Les mendiants, ils les refoulent dans la rue. »

A deux heures du matin, elle regagna son hôtel, épuisée. La journée avait été longue. Une femme était assise à une table dans le vestibule, tenant un registre des allées et venues des clients.

Une fois dans sa chambre, elle regarda par la fenêtre. Elle eut là une vue en forme de carte postale, de la neige tombant mollement au clair de lune.

Demain, songea Dana avec détermination, *je vais savoir pourquoi je suis venue ici.*

Le vacarme des réacteurs au passage du jet dégageait tant de puissance qu'on eût dit que l'appareil allait percuter le bâtiment. L'homme se leva promptement de son bureau, attrapa au vol une paire de jumelles, et se rendit à la fenêtre. La queue de l'avion qui s'éloignait perdait rapidement de l'altitude, il se préparait à atterrir sur le petit aéroport à huit cents mètres de là. En dehors des pistes, tout le reste de ce paysage austère était recouvert de neige à perte de vue. C'était l'hiver, en Sibérie.

« Donc, dit-il à son adjoint, les Chinois sont les premiers arrivés. » Son commentaire n'appelait pas de réponse. « Je me suis laissé dire que nous ne reverrons pas notre ami Ling Wong. Il est rentré de notre dernière réunion les mains vides, et son retour à la maison n'a pas été des plus heureux pour lui. Très triste. C'était un monsieur très convenable. »

A cet instant, un deuxième avion passa au-dessus d'eux dans un rugissement. Il ne reconnut pas le type. Après l'atterrissage de l'appareil, il essaya ses jumelles surpuissantes sur les hommes qui descendaient de la cabine sur le tarmac. Certains d'entre eux ne se donnaient aucunement la peine de dissimuler les pistolets-mitrailleurs qu'ils portaient sur eux.

« Les Palestiniens sont là. »

Un autre jet les survola en grondant. *Encore douze à venir*, calcula-t-il mentalement. *Lorsque nous entamerons les négociations demain, ce sera notre plus grosse enchère à ce jour. Rien ne doit échouer*.

Il se tourna vers son adjoint.

« Prenez note. »

NOTE CONFIDENTIELLE À TOUS LES PERSONNELS EN OPÉRATION : À DÉTRUIRE IMMÉDIATEMENT APRÈS LECTURE.

CONTINUEZ ÉTROITE SURVEILLANCE DU SUJET CIBLE. SIGNALEZ ACTIVITÉS ET RESTEZ EN ATTENTE POUR ÉLIMINATION POSSIBLE.

VINGT

A son réveil, Dana téléphona à Tim Drew.

« Avez-vous eu des nouvelles de l'ambassadeur Hardy ? s'enquit-il.

— Non. A mon avis, je l'ai froissé. Tim, j'ai besoin de vous parler.

— Très bien. Attrapez un taxi et retrouvez-moi au Boyrsky Club au quatorze de la rue Treatrilny Proyez.

— Où ça ? Je ne vais jamais...

— Le chauffeur connaîtra. Choisissez une voiture cabossée.

— Vu. »

Dana sortit de l'hôtel dans un vent hurlant et glacé. Elle était contente de porter son nouveau manteau en laine rouge. Une enseigne sur un immeuble de l'autre côté de la rue l'informa qu'il faisait 29 degrés au-dessous de zéro. *Mon Dieu*, se dit-elle. *En degrés Farenheit, ça fait dans les moins 75.*

Il y avait un taxi flambant neuf stationné devant l'hôtel. Dana recula et attendit qu'un autre passager monte dedans. La voiture suivante avait l'air vieille. Dana la prit. Le chauffeur la regarda d'un air interrogateur dans le rétroviseur.

Elle s'exprima avec soin :

« Je veux aller au un quatre... euh... Teat... » Elle hésita. »... rilny... » Elle reprit profondément son souffle. « ... Proyez... »

Le chauffeur l'interrompit avec impatience.

« Vous voulez aller au Boyrsky Club ?

— *Da.* »

Ils démarrèrent. Ils roulèrent dans des avenues embouteillées et dans des rues glacées où se pressaient des piétons à l'air morne. La ville semblait recouverte d'une patine terne et grise. *Et ce n'est pas seulement à cause du climat*, observa-t-elle.

Le Boyrsky Club se révéla un endroit moderne et confortable, avec des fauteuils et des canapés en cuir. Tim Drew était installé près d'une fenêtre, et il l'attendait.

« Je vois que vous avez trouvé sans difficulté. »

Dana prit un siège. « Le chauffeur parlait anglais.

— Vous avez eu de la chance. Certains d'entre eux ne parlent même pas le russe, ils viennent tellement de lointaines provinces. C'est sidérant que ce pays tourne encore. Il me fait l'effet d'un dinosaure à l'agonie. Connaissez-vous la taille de la Russie ?

— Pas exactement.

— Elle fait deux fois les Etats-Unis. Elle compte treize fuseaux horaires et partage ses frontières avec quatorze pays. Quatorze pays !

— C'est stupéfiant, admit-elle. Tim, je voudrais vous parler de certains Russes qui étaient en affaires avec Taylor Winthrop.

— Cela concerne donc à peu près tout le monde au sein du gouvernement russe. »

Elle insista.

« Je sais. Mais parmi ces Russes, il y en a bien quelques-uns dont il devait être plus proche. Le président...

— Peut-être quelqu'un d'un rang un rien inférieur, la coupa sèchement Tim Drew. De tous les gens avec qui il a traité, je dirais que le plus proche était sans doute Sacha Jdanov.

— Qui est Sacha Jdanov ?

— C'est le commissaire du Bureau pour le Développement Économique International. Je crois que Winthrop le fréquentait autant à titre personnel que professionnel. » Il la considéra plus attentivement. « Que cherchez-vous, Dana ?

— Je ne sais pas au juste », reconnut-elle en toute honnêteté. « Je ne sais pas. »

Le Bureau pour le Développement Économique International se trouvait dans un énorme bâtiment en brique rouge dans la rue Ozernaya, et il occupait un pâté de maisons entier. A l'intérieur de l'entrée principale, deux policiers russes en tenue étaient postés de part et d'autre de la porte, et un troisième garde en uniforme était assis derrière un bureau.

Dana se rendit à ce bureau. Le garde leva les yeux sur elle.

« *Dobry dyen*, fit Dana. Bonjour.

— *Zdrastvuytye. Ne...* »

Elle l'arrêta.

« Excusez-moi. Je suis venue voir le commissaire Jdanov. Je suis Dana Evans, du Washington Tribune Network. »

Le garde consulta une feuille posée devant lui et secoua la tête.

« Avez-vous un rendez-vous ?

— Non, mais...

— Alors il faudra que vous en preniez un. Vous êtes américaine ?

— Oui. »

Le garde fouilla son bureau à la recherche de formulaires et il en tendit un à Dana.

« Remplissez cela, s'il vous plaît.

— Très bien, acquiesça Dana. Serait-il possible de voir le commissaire cet après-midi ? »

Il cligna des yeux.

« *Ya ne ponimayou.* Je ne comprends pas. Vous autres Américains, vous êtes tout le temps pressés. Dans quel hôtel résidez-vous ?

— Le Sevastopol. J'ai simplement besoin de quelques min... »

Il rédigea une note. « Quelqu'un vous tiendra informé. *Dobry dyen.*

— Mais... » Elle vit l'expression de l'homme. « *Dobry dyen.* »

Dana resta tout l'après-midi dans sa chambre à atteindre un coup de fil. A six heures, elle téléphona à Tim Drew.

« Avez-vous réussi à voir Jdanov ? demanda-t-il.

— Non. Ils me rappelleront.

— Ce n'est pas demain la veille, Dana. Vous avez affaire à une bureaucratie d'une autre planète. »

Tôt le lendemain matin, Dana se rendit au Bureau pour le Développement Économique International. Le même garde était posté au même bureau.

« *Dobry dyen* », le salua-t-elle.

Il leva le nez sur elle, impassible.

« *Dobry dyen.*

— Le commissaire Jdanov a-t-il reçu mon message hier ?

— Votre nom ?

— Dana Evans.

— Vous avez laissé un message hier ?

— Oui, fit-elle d'une voix atone. A vous. »

Le garde hocha la tête.

« Alors il l'a reçu. Tous les messages sont réceptionnés.

— Puis-je parler à la secrétaire du commissaire Jdanov ?

— Avez-vous un rendez-vous ? »

Dana prit une profonde inspiration.

« Non. »

Le garde haussa les épaules.

« *Izvinitye, niet.* Désolé, non.

— Quand puis-je... ?

— Quelqu'un vous appellera. »

*

Sur le chemin du retour à son hôtel, Dana passa devant Detsky Mir, un grand magasin pour enfants, et elle entra jeter un œil. Il y avait un rayon consacré aux jeux. Dans un coin, il y avait un rayonnage de jeux vidéo. *Kemal va aimer un de ces jeux-là*, se dit-elle. Elle en acheta un et fut surprise de constater qu'il était vendu si cher. Elle se dirigea vers son hôtel pour y attendre un coup de téléphone. A six heures, elle perdit tout espoir. Elle était sur le point de descendre dîner quand le téléphone sonna. Elle se précipita vers l'appareil et décrocha.

« Dana ? » C'était Tim Drew.

« Oui, Tim.

— Alors, ça a marché ?

— Hélas, non.

— Bon, vous êtes à Moscou, il ne faut pas que vous loupiez ce qu'il y a de formidable par ici. Il y a une représentation de ballet ce soir. Ils donnent *Giselle*. Ça vous dit ?

— Ah oui, merci.

— Je passe vous prendre dans une heure. »

Le ballet se donnait dans le Palais des Congrès, une salle de six mille places à l'intérieur du Kremlin. La soirée fut magique. La musique était magnifique, la danse fantastique, et le premier acte fila à la vitesse d'une étoile.

Lorsque la salle se ralluma pour l'entracte, Tim se leva.

« Suivez-moi. Vite. »

Il y eut une cavalcade dans les escaliers.

« Que se passe-t-il ?

— Vous verrez bien. »

Lorsqu'ils arrivèrent au dernier étage, ils furent accueillis par le spectacle d'une dizaine de buffets chargés de bols de caviar et de bouteilles de vodka sur glace. Les premiers spectateurs arrivés là-haut se servaient déjà sans retenue.

Dana se tourna vers Tim.

« Côté mise en scène, ils s'y entendent vraiment. »

Tim lui rappela :

« C'est ainsi que vivent les classes dirigeantes. Souvenez-vous que trente pour cent des gens vivent au-dessous du seuil de pauvreté. »

Dana et Tim s'approchèrent des fenêtres, loin de la foule.

Les lumières se mirent à clignoter.

« C'est l'heure du deuxième acte. »

Le second acte fut enchanteur, mais des bribes de conversations ne cessaient de lui revenir en tête.

Taylor Winthrop était une scheisse. *Il était habile, très habile. Il m'a fait porter le chapeau...*

C'était un malheureux accident. Gabriel était un garçon merveilleux...

Taylor Winthrop a anéanti l'avenir de la famille Mancino...

A la fin du ballet, lorsqu'ils étaient dans la voiture, Tim Drew lui proposa :

« Que diriez-vous d'un dernier verre à mon appartement ? »

Dana se retourna vers lui. Il était séduisant, intelligent, et charmant. Mais il n'était pas Jeff. La réponse qui lui vint fut :

« Merci, Tim. Mais c'est non.

— Ah. » Sa déception était manifeste. « Demain, peut-être ?

— Je serais ravie, mais je dois être prête tôt demain matin. » *Et je suis follement amoureuse de quelqu'un d'autre.*

Tôt le lendemain matin, Dana se présentait de nouveau au Bureau pour le Développement Économique International. Le même garde était derrière le bureau.

« *Dobry dyen.*

— *Dobry dyen.*

— Je suis Dana Evans. Si je ne peux pas rencontrer le commissaire, puis-je voir son adjoint ?

— Avez-vous un rendez-vous ?

— Non. Je... » Il lui tendit un formulaire. « Vous voudrez bien remplir ceci... »

Quand Dana fut de retour dans sa chambre, son téléphone portable sonnait, et son cœur bondit dans sa poitrine.

« Dana...

— Jeff ! »

Ils avaient envie de se dire tant de choses. Mais Rachel se dressait entre eux comme une ombre fantomatique, et ils ne purent aborder ce qui leur occupait l'esprit : la maladie de Rachel. La conversation était sous surveillance.

L'appel du cabinet du commissaire Jdanov survint à l'improviste à huit heures le lendemain matin. Une voix à l'accent très prononcé s'enquit :

« Dana Evans ?

— Oui.

— Je suis Yerik Karbava, l'adjoint du commissaire Jdanov. Vous souhaitez rencontrer le commissaire ?

— Oui ! » Elle s'attendit presque à s'entendre demander : « Avez-vous un rendez-vous ? » Au lieu de quoi, son interlocuteur poursuivit :

« Soyez au Bureau pour le Développement Économique International dans exactement une heure.

— Parfait. Merci beau... »

La communication était déjà coupée.

*

Une heure plus tard, Dana pénétrait une nouvelle fois dans le hall de l'immense bâtiment en brique. Elle allait droit vers le même garde assis derrière son bureau.

Il leva le nez.

« *Dobry dyen ?* »

Elle se força à sourire.

« *Dobry dyen*. Je suis Dana Evans, et je suis ici pour rencontrer le commissaire Jdanov. »

Il haussa les épaules.

« Je suis désolé. Sans un rendez-vous... »

Elle contint sa colère.

« J'ai rendez-vous. »

Il la dévisagea, l'air sceptique.

« *Da ?* » Il attrapa un téléphone et prononça quelques

mots. Il se tourna vers Dana. « Troisième étage, lâcha-t-il à contrecœur. Quelqu'un va vous recevoir là-haut. »

Le bureau du commissaire Jdanov était à la fois immense et miteux, et donnait l'impression d'avoir été meublé dans les années vingt. Deux hommes étaient présents dans la pièce.

A l'entrée de Dana, ils se levèrent tous les deux. Le plus âgé se présenta :

« Je suis le commissaire Jdanov. »

Sacha Jdanov semblait avoir la cinquantaine. Il était petit et râblé, le cheveu gris et fin, le visage rond et pâle, et des yeux marron sans cesse en mouvement, qui lançaient des regards de tous côtés, comme à la recherche d'on ne sait quoi. Il avait un accent prononcé. Il portait un costume marron informe et des chaussures noires éraflées. Il désigna le second homme.

« Voici mon frère, Boris Jdanov. »

Boris Jdanov était souriant.

« Comment allez-vous, mademoiselle Evans ? »

Boris Jdanov avait une allure à l'opposé de celle de son frère. Il paraissait dix ans plus jeune. Il avait un nez aquilin et un menton décidé. Il était vêtu d'un costume Armani bleu clair, avec une cravate Hermès grise. Il s'exprimait quasiment sans accent.

Sacha Jdanov précisa fièrement :

« Boris nous rend visite d'Amérique. Il est attaché à l'ambassade de Russie dans votre capitale, Washington.

— J'ai admiré votre travail, mademoiselle Evans, commença Boris Jdanov.

— Merci.

— Qu'attendez-vous de moi ? lui demanda Sacha Jdanov. Rencontrez-vous une quelconque difficulté ?

— Non, pas du tout, le rassura Dana. Je voulais m'entretenir avec vous au sujet de Taylor Winthrop. »

Il la considéra, l'air perplexe.

« Que voulez-vous savoir sur Taylor Winthrop ?

— J'ai cru comprendre que vous aviez travaillé avec lui, et

que vous le fréquentiez également à titre personnel, à l'occasion. »

Sacha Jdanov répondit prudemment :

« Oui.

— Je voulais recueillir votre opinion sur le personnage.

— Qu'y a-t-il à dire ? J'estime qu'il a été un excellent ambassadeur pour votre pays.

— Je crois savoir qu'il était très apprécié ici et... »

Boris Jdanov intervint.

« Oh, oui. A Moscou, les ambassades donnent souvent des soirées, et Taylor Winthrop était toujours... »

Sacha Jdanov lança un regard noir à son frère.

« *Dovolno !* » Puis il se tourna vers Dana. « L'ambassadeur Winthrop se rendait parfois aux soirées des ambassades. Il appréciait les gens. Les gens l'appréciaient. »

Boris Jdanov reprit la parole.

« D'ailleurs, il me disait que s'il pouvait... »

Sacha Jdanov le coupa :

« *Molchat !* » Il se tourna. « Comme je vous l'ai dit, mademoiselle Evans, c'était un excellent ambassadeur. »

Elle étudia Boris Jdanov. A l'évidence, il était en train d'essayer de lui communiquer quelque chose. Elle se retourna vers le commissaire.

« L'ambassadeur Winthrop a-t-il jamais rencontré le moindre ennui quand il était ici ? »

Sacha Jdanov se renfrogna.

« Un ennui ? Non. » Il évitait son regard.

Il ment, comprit Dana. Elle insista.

« Commissaire, auriez-vous la moindre idée d'une raison qui aurait pu pousser quelqu'un à assassiner Taylor Winthrop et sa famille ? »

Sacha Jdanov écarquilla les yeux.

« Assassiner ? Les Winthrop ? *Niet. Niet.*

— Cela vous paraît absolument exclu ? »

Boris Jdanov :

« En fait... »

Sacha Jdanov le coupa net.

« Il n'y avait aucune raison. C'était un grand ambassadeur. » Il prit une cigarette dans son étui en argent, et Boris se précipita pour la lui allumer.

« Souhaitiez-vous savoir autre chose ? » s'enquit Sacha Jdanov.

Elle les observa tous deux. *Ils me cachent quelque chose,* se dit-elle, *mais quoi ? Toute cette histoire revient à se perdre dans un labyrinthe sans issue.*

« Non. » Elle lança un coup d'œil à Boris et ajouta lentement. « Si vous songez à quoi que ce soit, je serai à l'hôtel Sevastopol jusqu'à demain matin. »

Boris Jdanov lui demanda :

« Vous rentrez chez vous ?

— Oui. Mon avion part demain après-midi.

— Je... » Boris Jdanov allait ajouter un mot, il consulta son frère du regard, et se tut.

« Au revoir, fit Dana.

— *Proshchayte.*

— *Proshchayte.* »

Dès qu'elle fut de retour dans sa chambre, elle téléphona à Matt Baker.

« Il se passe quelque chose ici, Matt, mais je suis incapable de découvrir ce que c'est. J'ai le sentiment que je pourrais rester ici des mois sans obtenir aucune information utile. Je rentre demain. »

> *Il se passe quelque chose ici, Matt, mais je suis incapable de trouver ce que c'est. J'ai le sentiment que je pourrais rester ici des mois sans obtenir aucune information utile. Je rentre demain.*

Fin de la bande.

Ce soir-là, l'aéroport de Cheremetievo II était noir de monde. En attendant son vol, Dana eut cette même sensation inconfortable d'être surveillée. Elle scruta la foule, mais sans parvenir à repérer personne en particulier. *Ils sont là, quelque part.* Et rien que d'en prendre conscience, elle en frissonna.

VINGT ET UN

Mme Daley et Kemal attendaient de retrouver Dana à l'aéroport Dulles. Elle ne s'était pas rendu compte à quel point Kemal lui avait manqué. Elle referma les bras sur lui et le serra très fort.

Kemal fit :

« Salut, Dana. Je suis content que tu sois rentrée. Tu m'as rapporté un ours russe ?

— Ah oui, mais zut alors, figure-toi qu'il s'est échappé. »

Kemal eut un grand sourire.

« Tu vas rester à la maison, maintenant ? »

Elle le rassura avec chaleur :

« Tu parles, et comment. »

Mme Daley sourit :

« Voilà une bonne nouvelle, mademoiselle Evans. Nous sommes heureux que vous soyez de retour.

— Et moi donc », fit Dana.

Dans la voiture, en route pour l'appartement, elle demanda :

« Tu te plais, maintenant, avec ton nouveau bras, Kemal ? Tu t'y habitues ?

— C'est super.

— Je suis tellement contente. Comment ça marche à l'école ?

— C'est pas l'enfer.

— Plus de bagarres ?

— Non.

— C'est merveilleux, mon chou. »

Dana l'étudia un moment. Il semblait quelque peu différent, pour ainsi dire maté. En un sens, quelque chose était survenu qui l'avait transformé, mais sans trop savoir ce que c'était, elle lui trouva franchement l'air d'un enfant heureux.

A leur arrivée à l'appartement, elle prévint :

« Il faut que j'aille au studio, mais je reviens, et nous allons dîner ensemble. Nous irons au McDonald's. » *Là où nous allions tout le temps avec Jeff.*

Lorsqu'elle pénétra dans l'imposant immeuble de WTN, elle eut l'impression que son absence avait duré des siècles. Alors qu'elle se dirigeait vers le bureau de Matt, elle fut saluée par une demi-douzaine de collègues.

« Content de te revoir, Dana. Tu m'as manqué.

— Content que tu sois rentrée.

— Ah ça mais, regardez-moi qui est là. Tu as fait un bon voyage ?

— Formidable. Merci.

— Ici, sans toi, c'est pas pareil. » A son entrée dans le bureau de Matt, il lui lança :

« Vous avez perdu du poids. Vous avez une sale mine.

— Merci, Matt.

— Asseyez-vous. » Dana prit un siège. « Vous n'avez pas dormi ?

— Pas beaucoup.

— Au fait, depuis que vous êtes partie, nos taux d'audience ont baissé.

— J'en suis flattée.

— Eliott va être content que vous ayez renoncé à tout ça. Il s'inquiétait pour vous. »

Matt passa sous silence ses propres inquiétudes pour Dana.

Ils bavardèrent une demi-heure.

Quand elle retrouva son bureau, Olivia l'accueillit : « Bienvenue. Ça fait... » Le téléphone sonna. Elle décrocha.

« Bureau de Mlle Evans... Juste un instant, je vous prie. » Elle se tourna vers elle. « Pamela Hudson, ligne une.

— Je prends. » Dana passa dans son bureau et décrocha le combiné. « Pamela.

— Dana, vous êtes rentrée ! Nous étions si inquiets. La Russie n'est pas l'endroit le plus sûr qui soit, par les temps qui courent.

— Je sais. » Elle éclata de rire. « Un ami m'a acheté une bombe lacrymogène.

— Vous nous avez manqué. Roger et moi serions enchantés de vous avoir pour le thé cet après-midi. Êtes-vous libre ?

— Oui...

— A trois heures.

— Parfait. »

Le reste de la matinée fut occupé par la préparation des journaux de la soirée.

A trois heures, Cesar l'accueillait à la porte.

« Mademoiselle Evans ! » Un large sourire lui fendait le visage. « Je suis si ravi de vous revoir. Bienvenue à la maison.

— Merci, Cesar. Comment vous portez-vous ?

— Tout à fait bien, merci.

— Monsieur et Madame sont-ils... ?

— Oui. Ils vous attendent. Puis-je vous débarrasser de votre manteau ? »

Quand elle passa dans le salon, Roger et Pamela s'exclamèrent à l'unisson :

« Dana ! »

Pamela Hudson l'embrassa.

« L'enfant prodigue est de retour. »

Roger Hudson remarqua :

« Vous avez l'air fatigué.

— Apparemment, c'est l'opinion générale.

— Asseyez-vous, asseyez-vous », fit Roger.

Une bonne vint apporter un plateau avec le thé, des biscuits, des scones et des croissants. Pamela servit le thé.

Ils s'assirent, et Roger prit la parole :

« Alors, racontez-nous ce qui s'est passé.

— Ce qui se passe, j'en ai peur, c'est que je n'ai abouti nulle part. Je suis contrariée au possible. » Elle respira profondément. « J'ai rencontré un homme, un certain Dieter Zander. Il m'a dit avoir été abusé par Taylor Winthrop, qui lui a fait porter le chapeau dans une affaire et l'a fait envoyer en prison. Pendant qu'il était sous les verrous, sa famille a été anéantie dans un incendie. Il rend Winthrop responsable de leurs morts. »

Pamela fit observer :

« Donc, il avait un motif pour tuer toute la famille Winthrop.

— C'est exact. Mais ce n'est pas tout, poursuivit-elle. J'ai parlé avec un dénommé Marcel Falcon, en France. Son fils unique a été tué par un chauffard qui a pris la fuite. Le chauffeur de Taylor Winthrop a plaidé coupable, mais ce même chauffeur prétend à présent que Winthrop était au volant. »

Roger remarqua, pensif :

« Falcon était membre de la commission de l'OTAN à Bruxelles.

— Exact. Et le chauffeur lui a révélé que c'était Taylor Winthrop qui avait tué son fils.

— Voilà qui est intéressant.

— Très. Avez-vous jamais entendu parler de Vincent Mancino ? »

Roger Hudson réfléchit un instant.

« Non.

— Il est de la Mafia. Taylor Winthrop a fait un enfant à sa fille, l'a envoyée à un charlatan, et elle a subi un avortement bâclé. Cette fille est dans un couvent et la mère dans une maison de repos.

— Mon Dieu.

— Le fait est que tous trois avaient de fortes motivations pour une vengeance. » Elle soupira, gagnée par l'agacement. « Mais je ne peux rien prouver. »

Roger observa Dana, l'air songeur.

« Ainsi Taylor Winthrop était réellement coupable de ces forfaits monstrueux.

— Cela ne fait aucun doute, Roger. J'ai parlé à ces gens. Celui qui se trouve derrière ces meurtres les a orchestrés brillamment. Il n'existe pas un indice... pas un seul. Chacun de ces meurtres répond à un modus operandi différent, donc il n'en ressort aucun schéma, à première vue. Chaque détail a été soigneusement calculé. Rien n'a été laissé au hasard. Aucune de ces disparitions n'a eu de témoin. »

Pamela intervint, comme réfléchissant à haute voix :

« Je sais que ça peut paraître tiré par les cheveux, mais... est-il possible qu'ils soient tous impliqués dans la quête d'une vengeance ? »

Elle secoua la tête.

« Je ne crois pas qu'il y ait collusion. Les hommes avec lesquels je me suis entretenue sont très puissants. Je pense que chacun d'entre eux aurait eu envie d'accomplir sa vengeance seul. Seul l'un d'eux est coupable. »

Mais lequel ?

Subitement, Dana consulta sa montre.

« Veuillez me pardonner, je vous prie. J'ai promis d'emmener Kemal dîner au McDonald's, et si je me dépêche, je peux y arriver avant d'aller travailler.

— Bien sûr, ma chérie, fit Pamela. Nous comprenons tout à fait. Merci d'être passée. »

Dana se leva pour prendre congé.

« Et merci à vous deux de ce thé si agréable, et de votre soutien moral. »

En conduisant Kemal à l'école, ce lundi matin, Dana remarqua :

« Voilà un moment que je n'avais pas pu faire ça, mais maintenant me voici de retour.

— Je suis content. »

Kemal bâilla.

Elle se rendit compte qu'il avait bâillé depuis son réveil. Elle lui demanda :

« Tu as bien dormi cette nuit ?

— Ouais, je crois. »

Kemal bâilla de nouveau.

« Qu'est-ce que tu fais à l'école ? le questionna-t-elle.

— Tu veux dire à part l'histoire, qui est pénible, et l'anglais, qui est ennuyeux.

— Oui.

— Je joue au football.

— Tu n'en fais pas trop, non, Kemal ?

— Nan... »

Elle jeta un œil à la frêle silhouette assise à côté d'elle. Elle avait l'impression que Kemal s'était vidé de toute son énergie. Il était anormalement calme. Elle se demanda si elle ne devrait pas le faire examiner par un médecin. Peut-être pourrait-elle lui faire prendre des vitamines afin de lui redonner un peu d'énergie. Elle consulta sa montre. La conférence de rédaction pour le journal de ce soir débutait dans une demi-heure.

La matinée s'écoula rapidement, et c'était bon d'être de retour dans son monde. Quand elle regagna son bureau, elle trouva une enveloppe cachetée posée sur sa table de travail, avec son nom dessus. Elle l'ouvrit. La lettre était ainsi rédigée :

« Mademoiselle Evans. Je dispose de l'information que vous recherchez. Je vous ai réservé une chambre à l'hôtel Soyouz, à Moscou. Venez immédiatement. Ne tenez personne au courant. »

Ce n'était pas signé. Elle relut la lettre, incrédule. *J'ai l'information que vous recherchez.*

Naturellement, c'était un coup monté. Si quelqu'un en Russie détenait la réponse qu'elle cherchait, pourquoi cet inconnu ne la lui avait-il pas communiquée quand elle était sur place ? Elle repensa à l'entretien qu'elle avait eu avec le commissaire Sacha Jdanov et son frère Boris. Boris avait paru désireux de lui parler, et Sacha n'avait pas cessé de l'interrompre. Dana s'assit à son bureau, le temps de réfléchir. Comment ce mot était-il arrivé sur son bureau ? Était-elle surveillée ?

Je vais oublier ça, décida-t-elle. Elle fourra la lettre dans son sac à main. *Dès que je rentre à la maison, je la déchire.*

Dana passa la soirée avec Kemal. Elle avait cru qu'il serait captivé par le nouveau jeu informatique qu'elle lui avait acheté à Moscou, mais non, cela semblait le laisser indifférent. A neuf heures, ses yeux commencèrent de se fermer.

« J'ai sommeil, Dana. Je vais me coucher.

— Très bien, mon chou. » Elle le regarda passer dans le bureau et songea : *Il a tellement changé. On ne dirait plus le même petit garçon. Enfin, à partir de maintenant, nous allons être réunis. Si quelque chose le tracasse, je finirai par découvrir ce que c'est.* Il était temps de rejoindre le studio.

Dans l'appartement voisin, le locataire regardait son écran de télévision et enregistrait son rapport sur un magnétophone.

« Le sujet est parti pour le studio de télévision pour son journal du soir. Le garçon est allé se coucher. La bonne fait de la couture. »

« Nous sommes à l'antenne ! » Le témoin rouge de la caméra s'alluma.

La voix de l'annonceur retentit : « Bonsoir. Voici votre journal de 23 heures sur WTN, avec Dana Evans et Richard Melton. »

Dana sourit à la caméra.

« Bonsoir. Je suis Dana Evans. »

Assis à côté d'elle, Richard Melton fit :

« Et je suis Richard Melton. »

Elle prit la parole.

« Nous ouvrirons notre journal de ce soir sur une terrible tragédie en Malaisie... »

Ma place est ici, songeait-elle, *et pas à courir le monde à suivre des pistes qui n'aboutissent à rien.*

Le journal se déroula parfaitement. Quand Dana fut de retour chez elle, Kemal dormait. Après avoir dit bonsoir à Mme Daley, elle se mit au lit, mais sans parvenir à trouver le sommeil.

Je détiens l'information que vous recherchez. Je vous ai réservé une chambre à l'hôtel Soyouz. Venez immédiatement. Ne tenez personne au courant.

C'est un piège. Je serais sotte de retourner à Moscou, jugea-t-elle. *Mais si c'était réel ? Qui prendrait un risque pareil ? Et pourquoi ? La lettre ne pouvait émaner que de Boris Jdanov. Et s'il savait réellement quelque chose ?* Elle ne ferma pas l'œil de la nuit.

Dès son lever le lendemain matin, Dana téléphona à Roger Hudson et lui parla de ce mot.

« Mon Dieu. Je ne sais que dire. » Il parut s'animer. « Cela pourrait signifier que quelqu'un est prêt à révéler la vérité sur ce qui est arrivé aux Winthrop.

— Je sais.

— Dana, ce pourrait être dangereux. Je n'aime pas ça.

— Si je n'y vais pas, nous ne découvrirons jamais la vérité. »

Il hésita.

« J'imagine que vous avez raison.

— Je serai prudente, mais je dois y aller. »

Roger Hudson ajouta, à contrecœur :

« Très bien. Je veux que vous restiez en contact étroit avec nous.

— Je vous le promets, Roger. »

Dana se trouvait à l'agence de voyages Corniche, en train d'acheter un billet aller-retour pour Moscou. C'était un mardi. *J'espère ne pas être partie trop longtemps.* Elle laissa un message à Matt pour l'informer de ce qui se passait.

Quand elle rentra à son appartement, elle expliqua à Mme Daley :

« Malheureusement, je dois repartir. Cela ne durera que deux jours. Prenez bien soin de Kemal.

— Ne vous en faites pas, mademoiselle Evans. Tout va bien se passer. »

Le locataire de l'appartement voisin se détourna de l'écran de télévision et se dépêcha de composer un numéro de téléphone.

En embarquant à bord de l'appareil d'Aeroflot pour Moscou, Dana songea : *C'est du déjà vu. Peut-être suis-je en train de commettre une grosse erreur. Ce pourrait être un piège. Mais si la réponse est à Moscou, je la découvrirai.* Elle s'installa pour ce long vol.

Le lendemain matin, après l'atterrissage à l'aéroport de Cheremetievo qui lui paraissait désormais familier, Dana récupéra son sac et sortit dans une tempête de neige aveuglante. Une longue file de voyageurs attendait un taxi. Dana resta dans le vent froid, contente de s'être emmitouflée dans son manteau bien chaud. Trois quarts d'heure plus tard, quand ce fut enfin son tour, un homme solidement charpenté la poussa pour essayer de passer devant elle.

« *Niet!* s'écria Dana d'une voix ferme. C'est mon taxi. »

Elle monta. Le chauffeur lui demanda :

« *Da ?*

— Je veux aller à l'hôtel Soyouz. »

Il se retourna vers elle et lui demanda, dans un anglais hésitant :

« Vous êtes certaine de vouloir aller là-bas ? »

Voilà qui la laissa perplexe.

« Pourquoi ? Que voulez-vous dire ?

— Ce n'est pas un très joli hôtel. »

Dana se sentit parcourue d'un frisson d'inquiétude. *Si je suis sûre ? Trop tard pour reculer, à présent.* Il attendait sa réponse.

« Oui... Je... je suis sûre. »

Le chauffeur haussa les épaules, mit en prise, et démarra dans la circulation paralysée par la neige.

Elle se dit : *Et si je n'avais aucune réservation dans cet hôtel ? Et si tout cela n'était qu'une stupide plaisanterie ?*

L'hôtel Soyouz était situé dans un quartier ouvrier des faubourgs de Moscou, rue Levoberezhnaïa. C'était un vieux bâtiment guère engageant, et la peinture marron de la façade était tout écaillée.

« Vous voulez que j'attends ? » lui proposa le chauffeur.

Dana n'hésita qu'un bref instant.

« Non. »

Elle régla le chauffeur, sortit du taxi, et le vent glacé la poussa dans le petit vestibule miteux. Une femme âgée était assise derrière la réception, en train de lire un magazine. Elle leva le nez, surprise par l'arrivée de Dana qui s'approchait du comptoir.

« *Da ?*

— Je crois que j'ai une réservation. Dana Evans. »

Elle retint son souffle.

La femme hocha lentement la tête.

« Dana Evans, oui. » Elle tendit le bras derrière elle et sortit une clé d'un casier. « Quatre cent deux, quatrième étage. »

Elle la lui remit.

« Où est le registre ? »

La femme secoua la tête.

« Pas de registre. Vous payez tout de suite. Une journée. »

Dana se sentit de nouveau prise d'inquiétude. Un hôtel en Russie où les étrangers ne s'inscrivent sur aucun registre ? C'était tout à fait anormal.

La femme compléta :

« Cinq cents roubles.

— Il faut que je change de l'argent, expliqua-t-elle. Plus tard.

— Non. Tout de suite. J'accepte dollars.

— Très bien. »

Elle plongea la main dans son sac à main et en sortit une poignée de billets.

La femme hocha la tête, tendit la main, et en piocha une demi-douzaine dans la liasse.

A mon avis, avec ça, j'aurais pu acheter tout l'hôtel. Dana regarda autour d'elle.

« Où est l'ascenseur ?

— Pas d'ascenseur.

— Oh. »

Quant au chasseur, manifestement, il n'en était pas question. Dana ramassa son sac et entama la montée de l'escalier.

Sa chambre était encore pire que ce à quoi elle s'était attendue. Petite, miteuse, les rideaux déchirés, le lit défait. Comment Boris allait-il la contacter ? *Ce pourrait être un canular*, se dit-elle, *mais pourquoi se donner tant de mal ?*

Elle s'assit au bord du lit et regarda, par la fenêtre sale, la rue très animée en contrebas.

Je me suis conduite comme une imbécile, se dit-elle encore. *Je pourrais rester assise là des jours, et rien...*

Il y eut un coup léger frappé à la porte. Dana prit une profonde inspiration et se leva. Soit elle allait résoudre ce mystère tout de suite, soit elle allait découvrir qu'il n'y avait aucun mystère. Elle alla ouvrir la porte. Dans le couloir, il n'y avait personne. Une enveloppe était posée par terre. Elle la ramassa et rentra avec dans la chambre. Le bout de papier qu'elle contenait indiquait VDNKh 21 h. Elle fixa le papier des yeux, en s'efforçant de comprendre. Elle ouvrit sa valise et en sortit le guide qu'elle avait apporté avec elle. Voilà, VDNKh. Le texte indiquait : *URSS. Exposition sur les réussites économiques*, et donnait une adresse.

A vingt heures ce même soir, Dana héla un taxi.

« VDNKh. Le parc ? »

Elle n'était pas trop sûre de sa prononciation.

Le chauffeur se retourna pour la regarder.

« VDNKh ? Tout fermé.

— Ah.

— Vous allez quand même là-bas ?

— Oui. »

Le chauffeur haussa les épaules et le véhicule fit un bond en avant.

*

Le vaste parc se trouvait dans la partie nord-est de Moscou. D'après le guide, les somptueuses expositions qui s'y tenaient avaient été conçues comme autant de monuments à la gloire du régime soviétique, mais avec la chute de l'économie, les subventions s'étaient taries, et le parc s'était mué en un monument délabré, symbole du dogme soviétique. Les pavillons grandioses croulaient et le parc était désert.

Dana descendit du taxi et sortit une poignée d'argent américain.

« Est-ce que...

— *Da.* »

Il attrapa les billets et l'instant d'après il avait filé.

Elle regarda autour d'elle. Elle était seule dans le parc glacé balayé par le vent. Elle s'approcha d'un banc voisin, s'assit et attendit Boris. Elle se souvint d'avoir attendu Joan Sinisi dans un zoo. *Et si Boris... ?*

Une voix qui surgit derrière elle la fit sursauter.

« *Horoshiy vyecherniy.* »

Elle se retourna, et ses yeux s'agrandirent de surprise. Elle s'était attendue à voir arriver Boris Jdanov. Au lieu de quoi, c'est le commissaire Sacha Jdanov qu'elle avait devant les yeux.

« Commissaire ! Je ne m'attendais pas...

— Vous allez me suivre », fit-il sèchement. Sacha Jdanov commença de traverser le parc d'un pas rapide. Elle hésita un instant, puis elle se leva et se pressa à sa suite. Il entra dans un petit café d'aspect rustique, en bordure du parc, et prit un siège dans un box du fond. Il n'y avait qu'un autre couple dans le café. Elle se rendit droit jusqu'au box et s'assit.

Une serveuse malpropre avec un tablier sale s'approcha d'eux.

« Oui ?

— *Dva cofe, pozhaolsta*. Deux cafés, je vous prie », fit Jdanov. Il se tourna vers Dana. « Je n'étais pas certain que vous viendriez, mais vous êtes très tenace. Cela peut être parfois dangereux.

— Vous m'avez annoncé dans votre mot que vous étiez en mesure de m'apprendre ce que je souhaitais savoir.

— Oui. » Le café arriva. Il but une gorgée, et garda le silence un moment. « Vous voulez savoir si Taylor Winthrop et sa famille ont été assassinés. »

Les battements du cœur de Dana s'accélérèrent.

« Ont-ils été assassinés ?

— Oui. » C'était dit dans un chuchotement angoissant.

Elle se sentit soudain parcourue d'un frisson.

« Savez-vous qui les a tués ?

— Oui. »

Elle prit une profonde inspiration.

« Qui ? »

Il leva la main pour l'arrêter.

« Je vais vous le dire, mais d'abord vous devez faire quelque chose pour moi. »

Elle le regarda et demanda, sur ses gardes :

« Quoi ?

— Sortez-moi de Russie. Je ne suis plus en sécurité ici.

— Ne pouvez-vous pas simplement prendre un avion à l'aéroport ? D'après ce que je sais, les voyages à l'étranger ne sont plus interdits.

— Chère mademoiselle Evans, vous êtes naïve. Très naïve. C'est vrai, ce n'est plus comme aux temps du communisme, mais si je devais tenter ce que je vous suggérez, ils me tueraient bien avant que je n'arrive à l'aéroport. Les murs ont encore des yeux et des oreilles. Je suis en grand danger. J'ai besoin de votre aide. »

Il fallut un moment pour que ces mots produisent tout leur effet. Elle le regarda, en proie au désarroi.

« Je ne peux pas vous... je ne saurais par où commencer.

— Vous devez. Vous devez trouver un moyen. Ma vie est en danger. »

Elle demeura songeuse un instant.

« Je peux parler à l'ambassadeur des États-Unis et...

— Non ! » Sacha Jdanov s'était exclamé d'une voix perçante.

« Mais c'est le seul moyen...

— Votre ambassade est pleine d'oreilles de traîtres. Personne ne doit être au courant de tout cela, sauf vous et celui qui vous aidera. Votre ambassadeur ne peut rien pour moi. »

Elle se sentit soudain gagnée par l'abattement. Elle ne possédait aucun moyen de sortir clandestinement un commissaire de Russie. *Je ne serais même pas capable de sortir un chat en douce de ce pays.* Et elle eut une autre pensée. Tout cela était probablement une ruse. Sacha Jdanov ne disposait d'aucune information. Il se servait d'elle comme d'un moyen pour se rendre en Amérique. Elle s'était lancée dans ce voyage en vain.

Dana lui dit :

« Je crains malheureusement de ne pouvoir vous aider, commissaire Jdanov. »

Elle se leva, furieuse.

« Attendez ! Vous voulez une preuve ? Je vais vous fournir une preuve.

— Quel genre de preuve ? »

Il mit un long moment à répondre. Quand il s'exprima, ce fut d'une voix lente :

« Vous me contraignez à faire ce que je n'avais aucune intention de faire. » Il se leva. « Suivez-moi. »

Une demi-heure plus tard, ils montaient par l'entrée privée, sur l'arrière du bâtiment, en direction des bureaux de Sacha Jdanov au Bureau pour le Développement Économique International.

« Ce que je suis sur le point de vous révéler pourrait me valoir d'être exécuté », l'avertit Sacha Jdanov quand ils furent arrivés. « Mais je n'ai pas le choix. » Il ébaucha un geste d'impuissance. « Car si je reste ici, on me tuera. »

Dana regarda Jdanov s'approcher d'un grand coffre-fort

logé dans le mur. Il fit tourner les molettes pour composer la combinaison, ouvrit le coffre, et en sortit un épais volume. Il le posa sur le bureau. Sur la couverture de l'ouvrage étaient inscrits ces mots en lettres rouges : *Klassifitsirovanngy*.

« Ce sont des informations hautement confidentielles », expliqua le commissaire Jdanov à Dana. Il ouvrit le livre.

Dana observa de près, et Jdanov se mit à tourner les pages. Chacune contenait des photographies en couleurs de bombardiers, de fusées spatiales, de missiles antibalistiques, de missiles air-surface, d'armes automatiques, de chars et de sous-marins.

« Ça, c'est l'arsenal complet de la Russie. » Un arsenal qui paraissait immense et mortel.

« En ce moment, la Russie possède plus de mille missiles balistiques intercontinentaux, plus de deux mille têtes nucléaires, et soixante-dix bombardiers stratégiques. » Il désigna les différentes armes à mesure qu'il tournait les pages. « Voici le Awl... l'Acrid... l'Aphid... l'Anab... l'Archer... Notre arsenal nucléaire égale celui des États-Unis.

— C'est très, très impressionnant.

— Les militaires russes connaissent de graves problèmes, mademoiselle Evans. Nous sommes confrontés à une crise. Il n'y a plus d'argent pour payer les soldats, et le moral est très bas. Le présent offre peu d'espoir, et l'avenir semble pire encore, et du coup les militaires sont contraints de se tourner vers le passé. »

Dana l'interrompit :

« Je crains fort de ne pas comprendre comment ce...

— Quand la Russie était véritablement une superpuissance, nous construisions davantage d'armements que les États-Unis. Toutes ces armes sont désormais entreposées ici. Des dizaines de pays les convoitent. Elles valent des milliards. »

Elle fit observer avec patience :

« Commissaire, je comprends le problème, mais...

— Ce n'est pas ça, le problème. »

Elle le regarda, déconcertée.

« Non ? Alors quel est-il ? »

Jdanov choisit soigneusement ses mots.

« Avez-vous entendu parler de Krasnoïarsk-26 ? »

Elle secoua la tête.

« Non.

— Cela ne me surprend pas. Cela ne figure sur aucune carte, et les gens qui vivent là-bas n'existent pas. Pas officiellement.

— De quoi parlez-vous ?

— Vous verrez. Demain, je vous emmène là-bas. Vous allez me retrouver dans le même café, à midi. » Il posa la main sur le bras de Dana, en l'empoignant fermement. « Vous ne devez parler de ceci à personne. » Il lui faisait mal. « Comprenez-vous ?

— Oui.

— *Orobopeno*. Nous sommes d'accord. »

*

A midi, Dana arriva dans le petit café du parc VDNKh. Elle entra et s'assit dans le même box, où elle attendit. Une demi-heure plus tard, Jdanov ne s'était pas encore montré. *Que se passe-t-il à présent ?* se demanda-t-elle avec angoisse.

« *Dobry dyen.* » Sacha Jdanov se tenait là, devant le box. « Venez. Nous devons aller faire quelques courses.

— Des courses ? répéta-t-elle, incrédule.

— Venez ! »

Elle le suivit dans le parc.

« Des courses pour quoi ?

— Pour vous.

— Je n'ai pas besoin... »

Jdanov héla un taxi et ils roulèrent dans un silence tendu en direction d'une galerie marchande. Ils sortirent du taxi et Jdanov paya le chauffeur.

« Entrez là », lui dit Jdanov.

Ils s'engagèrent dans la galerie, et dépassèrent une dizaine de magasins. Lorsqu'ils furent arrivés à la hauteur d'une boutique où de la lingerie provocante et sexy était exposée en vitrine, Jdanov s'arrêta.

« Ici. »

Il conduisit Dana à l'intérieur. Elle regarda autour d'elle, tous ces vêtements scabreux.

« Que faisons-nous ici ?

— Vous allez changer de vêtements. »

Une vendeuse vint à leur rencontre, et il y eut un rapide échange en russe. La vendeuse hocha la tête et, quelques instants plus tard, réapparut avec une minijupe rose très sexy et un chemisier à rubans très décolleté.

Jdanov approuva d'un hochement de tête.

« *Da.* »

Il se tourna vers Dana. « Vous allez mettre ça. »

Elle eut un mouvement de recul.

« Non ! Je refuse de porter ça. Qu'est-ce que vous...

— Il le faut. » Sa voix était ferme.

« Pourquoi ?

— Vous verrez. »

Elle se dit : *Ce type est une espèce de maniaque sexuel. Bon sang, dans quoi me suis-je empêtrée ?*

Jdanov l'observait.

« Alors ? »

Elle prit une profonde inspiration.

« Très bien. » Elle passa dans une minuscule cabine d'essayage et enfila cette tenue. Lorsqu'elle ressortit, elle se regarda dans un miroir et en eut le souffle coupé. « J'ai l'air d'une pute.

— Pas encore, corrigea Jdanov. Nous allons vous procurer du maquillage.

— Commissaire...

— Venez. »

Les vêtements de Dana furent fourrés à la hâte dans un sac en papier. Elle enfila son manteau en laine, en tâchant de dissimuler son nouvel accoutrement du mieux que possible. Ils reprirent la galerie en sens inverse. Des passants la fixaient du regard, et des hommes lui adressaient des sourires entendus. Un ouvrier lui adressa un clin d'œil. Elle se sentit avilie.

« Ici ! »

Ils étaient devant un salon de beauté. Sacha Jdanov entra. Elle hésita, avant de le suivre. Il se rendit à la caisse.

« *Ano tyomnyj* », dit-il.

L'esthéticienne lui montra un bâton de rouge à lèvres rouge vif et un petit pot de fond de teint rouge.

« *Savirshehnstva*, fit Jdanov. Il se tourna vers Dana. Mettez ça. Chargez. »

Elle en avait assez.

« Non, merci. Je ne sais pas à quel genre de jeu vous jouez, commissaire, mais je ne vais pas en faire partie. J'ai eu... »

Ses yeux se plantèrent dans les siens.

« Je vous assure que ce n'est pas un jeu, mademoiselle Evans. Krasnoïarsk-26 est une ville interdite. Je suis l'un des rares à pouvoir y accéder. Ils autorisent un très, très petit nombre d'entre nous, les gens de l'extérieur, à y amener une prostituée pour la journée. C'est le seul moyen à notre disposition pour vous faire franchir les postes de garde. Ça, et une caisse d'excellente vodka en guise de paiement pour votre entrée. Cela vous intéresse ou non ? »

Une ville interdite ? Des gardes ? Jusqu'où va-t-on, avec tout ça ?

« Oui, lâcha-t-elle, bien à contrecœur. Ça m'intéresse. »

VINGT-DEUX

Un jet militaire attendait sur une aire privée de l'aéroport de Cheremetievo II. Dana fut surprise de voir qu'elle et Sacha Jdanov étaient les seuls passagers.

« Où allons-nous ? » demanda-t-elle.

Sacha Jdanov lui répondit avec un sourire dépourvu d'humour.

« En Sibérie. »

Sibérie. Elle se sentait l'estomac noué.

« Oh. »

Le vol prit quatre heures. Elle tâcha d'entretenir la conversation, espérant obtenir un aperçu de ce qui l'attendait, mais Jdanov restait assis dans son siège, silencieux, le visage morose.

Lorsque l'appareil atterrit sur un petit aéroport au milieu de nulle part, en tout cas aux yeux de Dana, une berline Lada 2110 les attendait sur le tarmac gelé. Elle contempla tout autour d'elle le paysage le plus désolé qu'elle ait jamais vu.

« Cet endroit où nous allons... c'est loin d'ici ? *Et vais-je en revenir ?*

— Ce n'est pas loin. Il faut faire très attention. »

Très attention à quoi ?

*

Ils effectuèrent un court trajet sur une route cahoteuse, jusqu'à un endroit qui ressemblait à une petite gare. Une demi-douzaine de gardes engoncés dans d'épais uniformes étaient postés sur la plate-forme.

Lorsque Dana et Jdanov s'approchèrent d'eux, les gardes reluquèrent sa tenue quasi symbolique. L'un d'eux la désigna du doigt, avec un petit sourire en coin.

« *Ti vezuchi !*

— *Kakaya krasivaya zenchina !* Quelle jolie nana ! »

Jdanov arbora un large sourire, marmonna quelque chose en russe et les gardes éclatèrent de rire.

Je n'ai pas envie de savoir, trancha-t-elle.

Jdanov embarqua à bord du train et elle le suivit, plus décontenancée que jamais. *Où un train pourrait-il mener au milieu de cette toundra sinistre et gelée ?* Il régnait une température glaciale.

Le moteur démarra, et quelques minutes plus tard le train pénétrait dans un tunnel brillamment éclairé, taillé dans le cœur de la montagne. Elle observa le défilement de la roche de part et d'autre, à quelques dizaines de centimètres de distance, et elle eut l'impression de vivre un rêve étrange et surréaliste.

Elle se tourna vers Jdanov :

« Voulez-vous me dire, je vous prie, où nous allons ? »

Le train s'arrêta dans un soubresaut.

« Nous sommes arrivés. »

Ils débarquèrent du train et se dirigèrent vers un édifice en ciment, à la forme curieuse, à une centaine de mètres de là. Devant cet édifice se dressaient deux clôtures rébarbatives en fil de fer barbelé, où patrouillaient des soldats fortement armés. Tandis que Dana et Sacha Jdanov approchaient des portes, les soldats saluèrent.

Jdanov chuchota :

« Mettez vos bras autour de moi, embrassez-moi, riez. »

Jeff ne voudra jamais y croire. Elle passa les bras autour de Jdanov, l'embrassa sur la joue et lâcha un rire forcé.

Les portes s'ouvrirent et tous deux les franchirent, bras

dessus bras dessous. Les soldats observèrent avec envie le commissaire Jdanov qui entrait avec sa jolie putain. Au grand étonnement de Dana, la structure dans laquelle ils pénétrèrent formait la partie supérieure d'un terminal d'ascenseur qui menait au sous-sol. Ils montèrent dans la cabine de l'ascenseur et la porte se referma en claquant.

Tandis qu'ils entamaient leur descente, elle le questionna :

« Où allons-nous ?

— Sous la montagne. » L'ascenseur prenait de la vitesse.

« A quelle profondeur ? » demanda-t-elle avec inquiétude.

Il lui répondit :

« A deux cents mètres. »

Elle le dévisagea avec incrédulité.

« Nous descendons à deux cents mètres sous une montagne. Pourquoi ? Qu'est-ce qu'il y a là-dessous ?

— Vous allez voir. »

Quelques minutes plus tard, l'ascenseur commença de ralentir. Enfin, il s'arrêta, et la porte s'ouvrit automatiquement.

Le commissaire Jdanov lui fit :

« Nous y sommes, mademoiselle Evans. »

Mais où sommes-nous ?

Ils sortirent de l'ascenseur et n'avaient pas parcouru plus de sept mètres lorsque Dana s'arrêta, sous le coup de la stupeur. Elle avait sous les yeux la rue d'une ville moderne, avec des boutiques, des restaurants et des théâtres. Des hommes et des femmes arpentaient les trottoirs, et elle se rendit subitement compte que personne ne portait de pardessus. Elle commençait à avoir chaud. Elle se tourna vers Jdanov.

« Nous sommes sous une montagne ?

— C'est exact.

— Mais... » Elle contempla de nouveau cette vision incroyable qui s'étalait devant elle. « Je ne comprends pas. Qu'est-ce que c'est que cet endroit ?

— Je vous l'ai dit. Krasnoïarsk-26.

— C'est une espèce d'abri antiatomique ?

— Bien au contraire », rectifia Jdanov, énigmatique.

Elle regarda de nouveau tous ces bâtiments modernes autour d'elle.

« Commissaire, quelle est la raison d'être de cet endroit ? »

Il la toisa d'un regard dur, longuement.

« Vous vous porteriez mieux si vous continuiez d'ignorer ce que je vais vous révéler. »

Elle se sentit de nouveau saisie par l'angoisse.

« Que savez-vous du plutonium ?

— Pas grand-chose.

— Le plutonium est le combustible des têtes nucléaires, l'ingrédient essentiel des armes atomiques. La seule et unique raison d'être de Krasnoïarsk-26, c'est la fabrication du plutonium. Cent mille scientifiques et techniciens vivent et travaillent ici, mademoiselle Evans. Au début, on leur procurait les meilleurs vêtements, la meilleure nourriture, les meilleurs logements. Mais ils sont tous ici sous une seule condition.

— Oui ?

— Accepter de ne jamais en repartir.

— Vous voulez dire...

— Ils ne peuvent se rendre à l'extérieur. Jamais. Ils doivent se couper totalement du reste du monde. »

Dana observa de nouveau ces gens sur ces trottoirs dans ces rues chauffées et se dit : *Cela ne peut pas être réel.*

« Où fabriquent-ils le plutonium ?

— Je vais vous montrer. » Un tramway approchait. « Venez. »

Jdanov monta à bord de la rame, et elle le suivit. Ils roulèrent dans la rue principale noire de monde, et au bout ils pénétrèrent dans un labyrinthe de tunnels faiblement éclairés.

Elle songea aux travaux titanesques et à toutes les années que la construction de cette ville avait dû réclamer. Au bout de quelques minutes, les lumières redevinrent plus intenses, et le tram s'arrêta. Ils étaient à l'entrée d'un énorme laboratoire brillamment éclairé.

« Nous descendons ici. »

Dana suivit Jdanov et regarda autour d'elle, médusée. Il y

avait là trois réacteurs géants logés dans cette grotte immense. Deux des réacteurs étaient silencieux, mais le troisième était en fonction et entouré d'un noyau de techniciens affairés.

Jdanov poursuivit :

« Les machines de cette salle peuvent produire assez de plutonium pour construire une bombe atomique tous les trois jours. » Il désigna celle qui tournait. « Ce réacteur produit encore une demi-tonne de plutonium par an, suffisamment pour fabriquer une centaine de bombes. Le plutonium stocké dans la salle voisine paierait la rançon d'un tsar. »

Dana l'interrogea :

« Commissaire, s'ils disposent de tout ce plutonium, pourquoi continuent-ils d'en produire ? »

Jdanov répondit d'un air narquois :

« C'est ce que vous, Américains, vous appelez une *dead end*, une impasse. Ils ne peuvent pas éteindre le réacteur car le plutonium fournit l'électricité de la ville qui s'étend au-dessus. S'ils coupent le réacteur, il n'y aura plus d'éclairage, plus de chauffage, et les gens qui sont là-haut mourront rapidement de froid.

— C'est épouvantable, fit-elle. Si...

— Attendez. Ce que j'ai à vous dire est encore pire. En raison de l'état de l'économie russe, il n'y a plus d'argent pour rémunérer les scientifiques et les techniciens qui travaillent ici. Ils n'ont plus été payés depuis des mois. Les maisons magnifiques dont on les a dotés voici des années se détériorent, et il n'y a plus d'argent pour les réparer. Tous leurs luxueux attributs ont disparu. Les gens d'ici deviennent de plus en plus désespérés. Vous saisissez le paradoxe ? La quantité de plutonium stockée ici vaut des milliards et des milliards de dollars, et pourtant les gens qui l'ont fabriqué n'ont rien et commencent à avoir faim. »

Elle le questionna en détachant ses mots :

« Et vous croyez qu'ils pourraient vendre un peu de ce plutonium à d'autres pays ? »

Il hocha la tête.

« Avant que Taylor Winthrop ne devienne ambassadeur en Russie, des amis lui ont parlé de Krasnoïarsk-26 et lui ont demandé s'il voulait conclure un marché. Après s'être entretenu avec quelques-uns des scientifiques présents ici qui se sentaient trahis par leur gouvernement, Winthrop s'est montré désireux de conclure cet accord. Mais c'était compliqué, et il devait attendre que toutes les pièces du puzzle se mettent en place. »

Il était comme fou. Il a dit quelque chose comme « Toutes les pièces du puzzle doivent se mettre en place ».

Dana avait du mal à respirer.

« Peu de temps après, Taylor Winthrop est devenu ambassadeur des États-Unis en Russie. Winthrop et son associé ont collaboré avec quelques-uns des scientifiques rebelles et se sont mis à vendre du plutonium de contrebande à une dizaine de pays, comme la Libye, l'Iran, l'Irak, le Pakistan, la Corée du Nord et la Chine. »

Enfin, les pièces du puzzle se mettaient en place ! Le poste d'ambassadeur en était une, cruciale, qui lui permettrait de garder la mainmise sur l'opération.

Le commissaire poursuivait :

« C'était facile, parce qu'une masse de plutonium de la taille d'une balle de tennis suffit à fabriquer une bombe nucléaire, mademoiselle Evans. Taylor Winthrop et son associé gagnaient des milliards de dollars. Ils ont tout manigancé très habilement, et personne n'a rien soupçonné. » Sa voix devint amère. « La Russie est devenue une confiserie... sauf qu'au lieu d'acheter des sucreries, on peut y acquérir des bombes atomiques, des chars, des chasseurs à réaction et des systèmes de missiles. »

Dana s'efforçait d'assimiler tout ce qu'elle entendait.

« Pourquoi Taylor Winthrop a-t-il été tué ?

— Il est devenu gourmand et il a décidé de mener l'affaire pour son propre compte. Quand son associé a appris les agissements de Winthrop, il l'a fait assassiner.

— Mais... mais pourquoi assassiner toute sa famille ?

— Après la mort de Taylor Winthrop et sa femme dans cet

incendie, son fils Paul a tenté de faire chanter son associé, donc il a fait tuer Paul. Et ensuite il a jugé qu'il ne pouvait pas courir le risque que les autres enfants puissent être au courant du plutonium, donc il a ordonné que les deux autres soient assassinés et s'est arrangé pour que leurs morts aient l'air d'un accident et d'un cambriolage qui a mal tourné. »

Dana le dévisagea, horrifiée.

« Qui était l'associé de Taylor Winthrop ? »

Le commissaire Jdanov secoua la tête.

« Vous en savez assez pour le moment, mademoiselle Evans. Je vous livrerai son nom quand vous m'aurez sorti de Russie. » Il consulta sa montre. « Il nous faut partir. »

Elle se retourna pour jeter un dernier coup d'œil au réacteur que l'on ne pouvait éteindre, celui qui produisait ce plutonium mortel vingt-quatre heures sur vingt-quatre.

« Le gouvernement des États-Unis a-t-il connaissance de Krasnoïarsk-26 ? »

Jdanov opina du chef.

« Oh, oui. Cela les terrifie. Votre Département d'État travaille avec la dernière énergie à nos côtés pour trouver un moyen de transformer ces réacteurs en des machines moins mortelles. Entre-temps... » Il haussa les épaules.

Dans l'ascenseur, le commissaire Jdanov lui demanda :

« Connaissez-vous bien la FRA ? »

Dana le regarda et répondit, prudemment :

« Oui.

— Eux aussi, ils sont impliqués dans cette affaire.

— Quoi ? »

Alors, soudain, elle comprit. *Voilà pourquoi le général Booster me prévenait sans arrêt de me tenir loin de tout ça.*

Ils arrivèrent à la surface et sortirent de l'ascenseur. Jdanov lui dit :

« Je conserve un appartement ici. C'est là que nous allons. »

Alors qu'ils marchaient dans la rue, elle remarqua une femme habillée comme elle, agrippée au bras d'un homme.

« Cette femme..., commença-t-elle.

— Je vous l'ai dit. Certains hommes sont autorisés à recourir à des prostituées dans la journée. Mais le soir les prostituées sont obligées de regagner une enceinte gardée. Elles ne doivent rien savoir de ce qui se passe sous terre. »

Alors qu'ils avançaient, elle remarqua que presque toutes les vitrines des boutiques étaient vides.

Tous leurs luxueux attributs ont disparu. L'État n'a plus d'argent pour rémunérer les scientifiques et les techniciens qui travaillent ici. Ils n'ont plus été payés depuis des mois. Elle considéra un haut édifice, là, au coin et remarqua qu'au lieu d'une horloge, il était surmonté d'un instrument.

« Qu'est-ce que c'est que ça ? s'enquit-elle.

— Un compteur Geiger, au cas où quelque chose tournerait mal avec les réacteurs. » Ils s'engagèrent dans une rue de traverse où s'alignaient des immeubles d'habitation. « Mon appartement est ici. Il faut que nous restions un petit moment ici afin que personne ne soupçonne rien. Le FSB contrôle tout le monde.

— Le FSB ?

— Oui. Avant, cela s'appelait le KGB. Ils ont changé le nom, mais c'est tout ce qu'ils ont changé. »

L'appartement était vaste, jadis luxueux, mais il était devenu miteux. Les rideaux étaient déchirés, les tapis usés, et le mobilier avait besoin d'être retapissé.

Dana s'assit, songeant à ce que Sacha Jdanov venait de lui dire à propos de la FRA. Et Jeff lui avait signalé : *L'agence est une couverture. La véritable fonction de la FRA, c'est d'espionner les services secrets étrangers.* Taylor Winthrop avait été autrefois à la tête de la FRA, il avait travaillé avec Victor Booster.

A ta place, je me tiendrais autant à distance que possible du général Booster.

Et son rendez-vous avec Booster. *Vous autres, les journalistes, bordel, vous ne pourriez pas laisser les morts reposer en paix ? Je vous préviens, nom de Dieu, tenez-vous à l'écart de tout ça.* Le général Victor Booster disposait d'une énorme organisation secrète pour mener à bien tous les meurtres possibles.

Et Jack Stone essayait de la protéger. *Soyez prudente. Si Victor Booster savait même que je vous parle...*

Les espions de la FRA étaient partout, et Dana se sentit soudain toute nue.

Sacha Jdanov consulta sa montre.

« Il est l'heure de partir. Savez-vous déjà comment vous allez vous y prendre pour me faire sortir du pays ?

— Oui, fit-elle lentement. Je crois savoir comment arranger cela. J'ai besoin d'un peu de temps. »

Lorsque l'avion atterrit à Moscou, deux voitures les attendaient. Jdanov tendit à Dana un bout de papier.

« J'habite avec une amie à la Résidence Chiaka. Personne ne sait que je suis là-bas. C'est ce qu'on appelle un "endroit sûr". Voici l'adresse. Je ne peux pas retourner chez moi. Venez ici à huit heures ce soir. Je dois prendre connaissance de votre plan. »

Dana hocha la tête.

« Très bien. J'ai un coup de téléphone à passer. »

A son arrivée dans le vestibule de l'hôtel Soyouz, elle avisa la femme derrière la réception, qui la dévisageait. *Je ne lui jette pas la pierre. Il faut que je quitte cet accoutrement épouvantable.*

Dans sa chambre, elle remit ses propres vêtements avant de donner un coup de fil. Elle pria, tandis que le téléphone n'arrêtait pas de sonner, de sonner. *Je vous en prie, soyez là. Je vous en prie, soyez là.* Elle entendit la voix bénie de Cesar.

« Résidence de M. et Mme Hudson.

— Cesar, M. Hudson est-il là ? » Dana s'aperçut qu'elle retenait son souffle.

« Mademoiselle Evans ! Quel plaisir de vous entendre. Oui, M. Hudson est ici. Ne quittez pas, je vous prie. »

Elle sentit son corps trembler de soulagement. Si quelqu'un était en mesure de l'aider à faire entrer Sacha Jdanov aux États-Unis, c'était bien Roger Hudson.

Un instant après, sa voix se fit entendre au bout du fil.

« Dana ?

— Roger, oh, Dieu merci, je vous trouve !

— Que se passe-t-il ? Est-ce que ça va ? Où êtes-vous ?

— Je suis à Moscou. J'ai découvert pourquoi Taylor Winthrop et sa famille ont été assassinés.

— Quoi ? Mon Dieu ! Comment avez-vous...

— Je vous raconterai ça quand je vous verrai. Roger, je suis désolée de vous importuner à nouveau, mais j'ai un problème. Il y a là un important fonctionnaire russe qui souhaite s'enfuir vers l'Amérique. Il s'appelle Sacha Jdanov. Ici, sa vie est en danger. Il connaît la réponse à tout ce qui s'est passé. Il faut que nous le sortions d'ici, et vite ! Pouvez-vous m'aider ?

— Dana, nous ne pouvons ni l'un ni l'autre nous impliquer dans une affaire pareille. Nous pourrions tous deux nous créer de graves ennuis.

— Il faut courir ce risque. Nous n'avons pas le choix. C'est trop important. Il le faut.

— Je n'aime pas ça, Dana.

— Je suis navrée de vous entraîner là-dedans, mais je n'ai personne d'autre à qui m'adresser.

— Enfin bon sang, je... » Il s'interrompit. « Très bien. La meilleure chose à faire, c'est de l'amener à l'ambassade des États-Unis. Là-bas, il sera en sécurité, jusqu'à ce que nous puissions échafauder un plan pour le ramener en Amérique.

— Il ne veut pas se rendre à l'ambassade des États-Unis. Il ne se fie pas à eux.

— Il n'y a pas d'autre moyen. Je vais appeler l'ambassadeur sur une ligne protégée et le prier de veiller à sa protection. Où se trouve Jdanov pour le moment ?

— Il m'attend à la Résidence Chiaka. Il habite là avec une amie. Je vais le rejoindre là-bas.

— Très bien. Dana, quand vous irez le chercher, rendez-vous directement à l'ambassade des États-Unis. Ne vous arrêtez nulle part en route. »

Elle se sentit soulagée.

« Merci, Roger. Je veux dire, vraiment, merci !

— Soyez prudente, Dana.

— Oui.

— Nous nous reparlerons plus tard. »

Merci, Roger. Je veux dire, vraiment, merci !
Soyez prudente, Dana.
Oui.
Nous nous reparlerons plus tard.

Fin de la bande.

A dix-neuf heures trente, elle sortit de l'hôtel Soyouz par l'entrée de service. Elle descendit une impasse, dans un vent glacial et cinglant. Elle s'emmitoufla dans son manteau, mais le froid pénétrait jusqu'aux os. Elle longea deux pâtés de maisons, en s'assurant qu'elle n'était pas suivie. Au premier carrefour animé, elle héla un taxi et indiqua au chauffeur l'adresse que Sacha Jdanov lui avait donnée. Un quart d'heure plus tard, le taxi s'arrêtait devant un immeuble d'habitation anonyme.

« Moi attends ? s'enquit le chauffeur.

— Non. » Le commissaire Jdanov disposait probablement d'une voiture. Dana sortit quelques dollars de son sac à main, tendit la main, le chauffeur grommela et prit le tout. Elle le regarda redémarrer, et elle entra dans l'immeuble. Le hall était désert. Elle jeta un coup d'œil au bout de papier qu'elle tenait en main, appartement 2BE. Elle approcha d'un escalier miteux et monta au deuxième étage. Il n'y avait personne en vue. Un long couloir s'ouvrait devant elle.

Dana avança lentement, en suivant les numéros des portes. 5BE... 4BE... 3BE... La porte du 2BE était entrouverte. Elle se raidit. Prudemment, elle poussa la porte en grand et entra. L'appartement était plongé dans l'obscurité.

« Commissaire ? » Elle attendit. Il n'y eut pas de réponse. « Commissaire Jdanov ? » Un silence pesant. Devant elle, il y avait une chambre, et elle avança dans cette direction. « Commissaire Jdanov... »

Lorsqu'elle pénétra dans la pénombre de la chambre, elle trébucha sur quelque chose et tomba par terre. Elle s'était affalée sur quelque chose de mou et d'humide. Prise de répulsion, elle se releva précipitamment. Elle tâta le mur jusqu'à ce qu'elle trouve un interrupteur. Elle appuya dessus, et la pièce fut inondée de lumière. Ses mains étaient couvertes de sang. Par terre gisait l'objet sur lequel elle avait trébuché : le corps de Sacha Jdanov. Il était sur le dos, le torse imbibé de sang, la gorge tranchée d'une oreille à l'autre.

Dana hurla. Dans son hurlement, elle lança un coup d'œil vers le lit et vit le cadavre ensanglanté d'une femme d'âge mûr, un sac en plastique noué autour de la tête. Elle se sentit gagnée par la chair de poule.

Affolée, elle dévala l'escalier en courant.

Il était posté debout, derrière la fenêtre de l'immeuble d'en face, il enclenchait un chargeur de trente coups dans un fusil AR-7 équipé d'un silencieux. Il travaillait avec un viseur électrique 3-6, précis jusqu'à soixante-cinq mètres. Ses gestes trahissaient la grâce, le calme, le naturel du professionnel. C'était un boulot simple. La femme devrait sortir de l'immeuble d'une minute à l'autre. Il sourit en pensant à la panique qui avait dû la saisir à la vue des deux corps ensanglantés. Maintenant, c'était son tour.

La porte de l'immeuble de l'autre côté de la rue s'ouvrit d'un coup, et il épaula soigneusement. Dans le viseur, il distingua le visage de Dana qui courait dans la rue, en lançant des regards affolés autour d'elle, tâchant de décider quelle direction prendre. Il visa posément afin de s'assurer qu'elle s'inscrive exactement au centre de la lunette et il pressa doucement sur la détente.

A cet instant, un bus s'immobilisa devant l'immeuble, et la rafale frappa le toit du véhicule, qu'elle fit partiellement éclater. Le sniper regarda en bas, incrédule. Quelques balles avaient ricoché sur les briques du bâtiment, mais la cible était indemne. Les gens se ruaient hors du bus en criant. Il savait qu'il ne lui restait plus qu'à s'en aller. La femme courait dans la rue. *Rien à craindre. Les autres vont s'en charger.*

Les rues étaient glacées et le vent hululait, mais elle ne s'en aperçut pas. Elle était en proie à la panique la plus totale. A deux croisements de là, elle arriva devant un hôtel et pénétra dans le salon.

« Téléphone ? » lança-t-elle au réceptionniste derrière le bureau.

Il considéra ses mains sanglantes et recula.

« Téléphone ! » Elle criait presque.

D'un geste nerveux, l'employé désigna une cabine téléphonique dans un coin du hall. Elle se précipita. Fébrilement, elle sortit une carte téléphonique de son sac à main, et appela l'opératrice.

« Je voudrais un appel en Amérique. » Ses mains tremblaient. En claquant des dents, elle communiqua le numéro de sa carte à l'opératrice, ainsi que le numéro de Roger Hudson, et elle attendit. Après ce qui lui parut une éternité, elle entendit la voix de Cesar.

« Résidence de M. et Mme Hudson.

— Cesar ! J'ai besoin de parler à M. Hudson. » Sa voix s'étouffait.

« Mademoiselle Evans ?

— Vite, Cesar, vite ! »

Une minute plus tard, elle entendit la voix de Roger.

« Dana ?

— Roger ! Des larmes lui dégoulinaient sur la figure. Il... il est mort. Ils l'ont ass... assassiné, et son amie aussi.

— Quoi ? Mon Dieu, Dana. Je ne sais pas que... êtes-vous blessée ?

— Non... mais ils sont en train d'essayer de me tuer.

— Alors, écoutez-moi bien. Il y a un avion d'Air France qui décolle pour Washington à minuit. Je vais vous réserver un billet. Assurez-vous de ne pas être suivie lorsque vous

vous rendrez à l'aéroport. N'y allez pas en taxi. Rejoignez directement l'hôtel Metropol. Là, il y a des départs réguliers de cars pour l'aéroport. Prenez-en un. Mêlez-vous à la foule. Je vous attends à votre arrivée à Washington. Pour l'amour de Dieu, faites attention à vous !

— Oui, Roger. Mer... merci ! »

Dana raccrocha. Elle resta plantée là un moment, incapable de bouger, tétanisée de terreur. Elle ne parvenait pas à se sortir de la tête les images sanglantes de Jdanov et de son amie. Elle prit une profonde inspiration et sortit de la cabine, passa devant le réceptionniste soupçonneux, et sortit dans la nuit glaciale.

Un taxi s'arrêta le long du trottoir, tout près d'elle, et le chauffeur lui lança quelque chose en russe.

« *Niet* », fit Dana. Elle pressa le pas. Il lui fallait d'abord regagner son hôtel.

Lorsque Roger reposa le combiné, il entendit Pamela qui entrait dans la maison.

« Dana m'a téléphoné deux fois de Moscou. Elle a découvert pourquoi les Winthrop ont été assassinés. »

Pamela lui répliqua :

« Alors il faut que nous nous chargions d'elle immédiatement.

— J'ai déjà essayé. Nous avons envoyé un sniper, mais quelque chose a mal tourné. »

Pamela le considéra avec mépris.

« Espèce d'idiot. Rappelle-les... Et, Roger...

— Oui ?

— Dis-leur de s'arranger pour que ça ait l'air d'un accident. »

VINGT-TROIS

A Raven Hill, un écriteau ENTRÉE INTERDITE et une haute clôture de fil de fer barbelé reléguaient le monde hors des terrains boisés du quartier général de la FRA en Grande-Bretagne. Derrière l'enceinte de cette base étroitement gardée, une panoplie de paraboles calées sur des satellites surveillaient les communications internationales hertziennes et par câble transitant par la Grande-Bretagne. A l'intérieur d'un édifice en béton, au centre de cette enceinte, quatre hommes observaient un grand écran.

« Branche-nous sur Evans, Scotty. »

Ils regardèrent l'image de la télévision s'éloigner d'un appartement de Brighton, en même temps que le satellite se déplaçait. Un instant plus tard, une image de Dana vint s'inscrire sur le grand écran, alors qu'elle entrait dans l'hôtel Soyouz.

« La voilà. »

Ils la regardèrent se dépêcher de se laver les mains de tout ce sang et commencer de se dévêtir.

« Hé, on est repartis pour un tour. » L'un des hommes afficha un grand sourire.

Ils l'observèrent qui se déshabillait.

« Bon sang, j'aimerais assez baiser ça. »

Un autre homme entra précipitamment dans la pièce.

« Impossible, Charlie, à moins que tu n'en pinces pour la nécrophilie.

— De quoi tu parles ?

— Elle va avoir un accident mortel. »

Dana acheva de s'habiller et consulta sa montre. Il lui restait pas mal de temps avant d'attraper le bus au Metropol pour rallier l'aéroport. En proie à une angoisse croissante, elle descendit en toute hâte l'escalier jusqu'à la réception. La grosse femme n'était visible nulle part.

Dana sortit dans la rue. Si incroyable que cela paraisse, il faisait encore plus froid. Le vent hululait sans relâche, telles ces sorcières de la fable, annonçant une mort imminente. Un taxi s'arrêta devant elle.

« *Taksi ?* »

Ne prenez pas de taxi. Rendez-vous directement à l'hôtel Metropol. Là, il y a des départs réguliers de cars pour l'aéroport.

« *Niet.* »

Elle s'engagea dans la rue glaciale. Des foules de gens la dépassaient, qui se pressaient d'aller s'abriter chez eux ou dans leurs bureaux, au chaud. Elle parvint à un carrefour, elle attendait pour traverser quand elle se sentit poussée violemment par-derrière, et elle alla valdinguer dans la rue, devant un camion qui arrivait. Elle glissa sur une plaque de glace et retomba sur le dos, levant les yeux en l'air, horrifiée, l'énorme camion fonçant sur elle.

A la dernière seconde, le chauffeur au visage blême parvint à tourner son volant pour qu'elle passe entre les roues du camion. Le temps d'un instant, elle se retrouva dans le noir, les oreilles assourdies par le rugissement du moteur et le fracas métallique des chaînes battant contre les pneus énormes.

Soudain, elle revit le ciel. Le camion était parti. Elle se redressa, sonnée. Des gens l'aidèrent à se remettre sur pied. Elle chercha autour d'elle l'individu qui l'avait poussée, mais dans cette foule, ç'aurait pu être n'importe qui. Elle respira plusieurs fois, profondément, et tenta de retrouver son calme. Les gens autour d'elle lui hurlaient dessus en russe.

La foule commençait d'étouffer Dana, qui fut prise de panique.

« Hôtel Metropol ? » demanda-t-elle, avec une note d'optimisme suppliant.

Un groupe de jeunes garçons s'approcha.

« Bien sûr. Nous allons vous conduire. »

Dans le salon de l'hôtel Metropol, plein de touristes et d'hommes d'affaires, il régnait une chaleur délicieuse. *Mêlez-vous à la foule. Je vous attendrai à votre arrivée à Washington.*

Dana questionna un portier.

« A quelle heure le départ du prochain bus pour l'aéroport ?

— Dans une demi-heure, *gaspazha.*

— Merci. »

Elle s'assit dans un fauteuil, le souffle court, tâchant de se libérer l'esprit de toute cette horreur indicible. Elle était pétrifiée de terreur. Qui essayait de la tuer et pourquoi ? Et Kemal était-il en sûreté ?

Le portier vint se présenter devant elle.

« L'autocar de l'aéroport est ici. »

Elle fut la première à monter dans le bus. Elle choisit un siège à l'arrière et elle étudia les visages des passagers. Il y avait là des touristes d'une demi-douzaine de pays : des Européens, des Asiatiques, des Africains, et quelques Américains. Un homme de l'autre côté de la travée centrale la dévisageait.

Il ne m'est pas inconnu, se dit-elle. *M'a-t-il suivie ?* A force de respirer si fort, la tête lui tournait.

Une heure plus tard, lorsque le bus s'arrêta à l'aéroport Cheremetievo II, elle fut la dernière à débarquer. Elle se dépêcha d'entrer dans l'aérogare et de se rendre au guichet d'Air France.

« Puis-je vous aider ?

— Avez-vous une réservation au nom de Dana Evans ? »

Dana retint son souffle. *Dites oui, dites oui, dites oui...*

L'employé consulta une liasse de documents.

« Oui. Voici votre billet. Il est payé. »

Roger est un ange.

« Je vous remercie.

— L'avion est à l'heure. C'est le vol 220. Décollage dans une heure dix.

— Y a-t-il un salon... (Dana faillit ajouter : "avec beaucoup de gens...") où je puisse me reposer ?

— Au bout de ce couloir et sur la droite.

— Merci. »

Le salon était noir de monde. Rien ne lui parut ni inhabituel ni menaçant. Elle prit un siège. Dans un petit moment, elle serait en route pour l'Amérique, à l'abri.

« L'embarquement pour le vol Air France 220 à destination de Washington va débuter dès maintenant porte 3. Mesdames et messieurs les passagers, veuillez-vous munir de vos billets et de vos passeports. »

Elle se leva et se dirigea vers la porte 3. Un homme qui la surveillait depuis le comptoir d'Aeroflot prononça quelques mots dans un téléphone portable.

« Le sujet se dirige vers la porte d'embarquement. »

Roger Hudson décrocha son téléphone et composa un numéro.

« Elle est à bord du vol Air France 220. Je veux qu'on l'accueille à l'aéroport.

— Que souhaitez-vous que l'on fasse d'elle, monsieur ?

— Je suggère un accident de la circulation, avec délit de fuite. »

Ils volaient sans à-coups, à treize mille mètres d'altitude dans un ciel sans nuages. Il n'y avait pas un seul fauteuil de libre dans l'avion. Un Américain était assis à côté de Dana.

« Gregory Price, fit-il. Je travaille dans le bois de construction. » Il avait la quarantaine, un long nez aquilin, des yeux gris lumineux, et une moustache. « C'est un sacré pays que nous quittons là, hein ? »

La seule raison d'être de Krasnoïarsk-26, c'est de fabriquer du plutonium, l'ingrédient essentiel des armes nucléaires.

« Les Russes sont franchement différents de nous, mais au bout d'un certain temps, on s'habitue à eux. »

Cent mille scientifiques et techniciens vivent et travaillent ici.

« C'est sûr, ils ne cuisinent pas aussi bien que les Français. Quand je viens ici pour affaires, j'apporte mon propre panier de première nécessité. »

Ils ne peuvent pas sortir à l'extérieur. Ils ne peuvent pas recevoir de visiteurs. Ils doivent se couper complètement du monde extérieur.

« Vous étiez en Russie pour affaires ? »

Dana se força à revenir au présent.

« En vacances. »

Il la regarda, surpris.

« C'est une drôle de période pour prendre des vacances en Russie. »

Lorsque l'hôtesse descendit l'allée avec un chariot de plateaux-repas, elle commença par refuser, puis elle se rendit compte qu'elle mourait de faim. Elle n'arrivait pas à se souvenir de la dernière fois qu'elle avait mangé.

Gregory Price lui dit :

« Si vous voulez un coup de bourbon, j'en ai ici, et du vrai, ma p'tite dame.

— Non merci. » Elle consulta sa montre. Ils allaient atterrir dans quatre heures.

Lorsque le vol Air France 220 se posa à l'aéroport Dulles, quatre hommes suivirent l'arrivée des premiers passagers par le satellite de sortie de l'appareil. Ces quatre hommes se tenaient là, confiants, sachant qu'elle n'avait aucun moyen de leur échapper.

L'un d'eux demanda :

« Vous avez la seringue hypodermique ?

— Oui.

— Emmenez-la à Rock Creek Park. Le patron veut un accident de la circulation ni vu ni connu.

— Compris. »

Ils tournèrent les yeux vers la porte. Un flot de passagers se déversait par la porte, tous habillés d'épais vêtements de laine, de parkas, de cache-oreilles, d'écharpes et de gants. Enfin, le flux des voyageurs se tarit.

L'un des hommes se renfrogna.

« Je vais voir ce qui la retient. »

Il s'engagea dans la rampe qui conduisait à l'appareil. Une équipe de nettoyage était à l'œuvre. L'homme remonta la travée centrale. Il n'y avait plus trace d'aucun passager. Il ouvrit les portes des toilettes. Elles étaient vides. Il se dépêcha de regagner l'avant de l'appareil et demanda à une hôtesse de l'air qui était sur le point de s'en aller :

« Où était assise Dana Evans ? »

L'hôtesse eut l'air surpris.

« Dana Evans ? Vous voulez dire, la présentatrice de télévision ?

— Oui.

— Elle n'était pas à bord de ce vol. J'aurais bien aimé. J'aurais adoré la rencontrer. »

Gregory Price racontait à Dana :

« Vous savez ce qui est formidable dans le bois de construction, ma p'tite dame ? C'est que le produit grandit tout seul. Ouais, vous restez là, assis, à regarder Dame Nature faire de l'argent pour vous. »

Une voix retentit dans le haut-parleur.

« Nous allons atterrir à l'aéroport de Chicago O'Hare dans quelques minutes. Veuillez attachez vos ceintures et redresser le dossier de votre siège. »

La femme assise de l'autre côté de l'allée centrale s'écria d'un ton cynique :

« C'est ça, redressez le dossier de votre siège. Je ne voudrais pas mourir inclinée en arrière. »

Le mot « mourir » secoua Dana. Subitement, elle entendit

le bruit des balles ricochant sur le mur de l'immeuble de Jdanov, et elle sentit de nouveau la main puissante qui l'avait poussée sur la trajectoire de ce camion. Elle frissonna en songeant que, par deux fois, elle l'avait échappé belle.

Quelques heures plus tôt, assise dans le salon d'attente à l'aéroport de Cheremetievo II, elle s'était répété que tout irait bien, désormais. *Les bons vont finalement gagner.* Mais quelque chose la tracassait dans une conversation qu'elle avait eue avec quelqu'un. La personne avait tenu un propos perturbant, mais cela lui était sorti de la tête. Était-ce une conversation avec Matt ? Avec le commissaire Jdanov ? Avec Tim Drew ? Plus Dana s'efforçait de se souvenir, plus cela lui échappait.

Une hôtesse avait annoncé dans le haut-parleur :

« Le vol Air France 220 à destination de Washington, embarquement immédiat. Veuillez préparer vos passeports et vos cartes d'embarquement. »

Dana s'était levée et s'était dirigée vers la porte. Alors qu'elle montrait son billet à l'agent, elle s'était subitement souvenue de quoi il s'agissait. C'était sa dernière conversation avec Sacha Jdanov.

Personne ne sait que je suis là. C'est ce que l'on appelle un « endroit sûr ».

La seule personne à qui elle avait révélé l'adresse du repaire de Sacha Jdanov, c'était Roger Hudson. Et immédiatement après, Jdanov avait été assassiné. Depuis le tout début, Roger Hudson avait discrètement fait allusion à un lien obscur entre Taylor Winthrop et la Russie.

Quand j'étais à Moscou, le bruit courait que Winthrop était impliqué dans une sorte d'accord d'ordre privé avec les Russes...

Peu de temps avant que Taylor Winthrop ne devienne ambassadeur en Russie, il avait confié à des proches qu'il s'était définitivement retiré de la vie publique...

C'est Winthrop qui a fait pression sur le président pour qu'il le nomme ambassadeur...

Elle avait fait part à Roger et Pamela de ses moindres

mouvements. Ils l'avaient espionnée, tout le temps. Et il ne pouvait y avoir qu'une seule raison à cela :

Roger Hudson était le mystérieux associé de Taylor Winthrop.

Lorsque le vol d'American Airlines atterrit à l'aéroport O'Hare de Chicago, elle regarda par le hublot, en quête du moindre signe suspect. Rien. Tout était calme. Elle prit une profonde inspiration et débarqua. Elle avait les nerfs en feu. Elle parvint à accéder à l'aérogare en faisant en sorte d'avoir autant de passagers que possible autour d'elle, veillant à ne pas s'écarter des groupes de gens qui bavardaient. Elle avait un coup de fil urgent à passer. Durant le vol, il lui était venu une crainte si terrible que le danger qu'elle courait elle-même lui parut ne plus compter. *Kemal.* Et s'il était en danger à cause d'elle ? Elle ne pouvait supporter l'idée qu'il lui arrive quoi que ce soit. Il fallait qu'elle trouve quelqu'un pour protéger Kemal. Immédiatement, elle pensa à Jack Stone. Il faisait partie d'une organisation suffisamment puissante pour qu'elle lui fournisse le genre de protection dont Kemal et elle avaient besoin, et elle était certaine qu'il allait organiser ça pour elle. Dès le début, il s'était montré compréhensif. *Il n'est pas réellement l'un d'entre eux.*

J'essaie de rester en marge. De cette façon je vous serais d'une plus grande aide, si vous voyez ce que je veux dire.

Dana se rendit dans un coin désert de l'aérogare, fouilla son sac à main, en sortit le numéro de portable personnel que Jack Stone lui avait confié. Elle appela. Il répondit immédiatement.

« Jack Stone.

— C'est Dana Evans. J'ai des ennuis. J'ai besoin d'aide.

— Que se passe-t-il ? »

Elle perçut l'inquiétude dans sa voix.

« Je ne peux pas entrer dans les détails pour le moment, mais des gens sont à ma poursuite, ils essaient de me tuer.

— Qui ?

— Je n'en sais rien. Mais c'est mon jeune garçon, Kemal,

je me fais du souci pour lui. Pouvez-vous m'aider à trouver quelqu'un qui le protège ? »

Il répondit aussitôt.

« Je m'en charge. Il est chez vous, à l'heure qu'il est.

— Oui...

— Je vais envoyer quelqu'un le chercher. Bon, et vous alors ? Vous dites que quelqu'un tente de vous tuer ?

— Oui. Ils... ils ont essayé deux fois. »

Il y eut un temps de silence.

« Je vais examiner ça et voir ce que je peux faire. Où êtes-vous ?

— Je suis au comptoir American Airlines, à l'aéroport O'Hare, et je ne sais pas quand je vais pouvoir sortir d'ici.

— Restez où vous êtes. J'envoie quelqu'un pour votre protection. Entre-temps, vous pouvez cesser de vous inquiéter au sujet de Kemal. »

Dana se sentit profondément soulagée.

« Merci. Merci. »

Elle raccrocha.

Dans son bureau de la FRA, Jack Stone reposa le combiné. Il appuya sur un commutateur d'interphone.

« La cible vient d'appeler. Elle est au terminal American Airlines à l'aéroport O'Hare. Arrêtez-la.

— Oui, monsieur. »

Jack Stone se tourna vers son adjoint.

« Quand le général Booster rentre-t-il d'Extrême-Orient ?

— Il sera de retour dans l'après-midi.

— Bien, tirons-nous d'ici avant qu'il ne découvre ce qui s'est passé. »

VINGT-QUATRE

Le téléphone portable de Dana sonna.

« Jeff !

— Salut, mon cœur. » Et le son de sa voix l'enveloppa comme une couverture, la réchauffa.

« Oh, Jeff ! » Elle s'aperçut qu'elle tremblait.

« Comment vas-tu ? »

Comment je vais ? Je cours pour sauver ma peau. Mais elle ne put se résoudre à lui dire ça. Il n'avait aucun moyen de lui venir en aide, pas pour l'instant. Il était trop tard.

« Je... je vais bien, mon chéri.

— Où es-tu à présent, ma globe-trotteuse ?

— Je suis à Chicago. Je serai de retour à Washington demain. » *Quand seras-tu de nouveau avec moi ?* « Comment... comment va Rachel ?

— Elle a l'air d'aller mieux.

— Tu me manques. »

La porte de la chambre s'ouvrit, et Rachel entra dans le salon. Elle allait prononcer le nom de Jeff et quand elle vit qu'il était au téléphone elle s'arrêta.

« Tu me manques plus que tu ne peux l'imaginer, lui confia Jeff.

— Oh, je t'aime tellement. » Tout près de là, un homme semblait la dévisager. Le cœur de Dana se mit à cogner dans sa poitrine. « Chéri, si... s'il m'arrive quoi que ce soit... souviens-toi toujours que je... »

Instantanément, Jeff s'effraya.

« Que veux-tu dire, s'il t'arrive quoi que ce soit ?

— Rien. Je... je ne peux pas m'étendre pour l'instant, mais... je suis certaine que tout va bien se passer.

— Dana, tu ne peux pas te résigner, il ne doit rien t'arriver ! J'ai besoin de toi. Je t'aime comme je n'ai jamais aimé personne de toute ma vie. Je ne pourrais supporter de te perdre. »

Rachel écouta encore un moment, puis elle regagna silencieusement sa chambre et referma la porte.

Dana et Jeff se parlèrent encore une dizaine de minutes. Quand enfin elle coupa la communication, elle se sentit mieux. *Je suis contente d'avoir pu lui dire au revoir.* Elle leva les yeux et vit l'homme qui la fixait du regard. *Il est impossible qu'un homme de Jack Stone ait pu arriver si vite. Il faut que je sorte d'ici.* Elle se sentit prise d'une vague de panique.

Le voisin de palier de Dana frappa chez elle. Mme Daley ouvrit.

« Bonsoir.

— Gardez Kemal à la maison. Nous allons avoir besoin de lui.

— J'y veille. » Mme Daley ferma la porte et appela Kemal. « Ton porridge est presque prêt, mon chou. »

Mme Daley se rendit dans la cuisine, sortit le porridge du four, et ouvrit un tiroir dans le bas d'un placard, rempli de sachets de médicaments, du BuSpar. Une dizaine de paquets vides se trouvaient dans le fond de ce tiroir. Mme Daley ouvrit deux nouveaux sachets, hésita, en ajouta un troisième. Elle mélangea la poudre au porridge, saupoudra de sucre, et emporta le plat de céréales dans la salle à manger. Kemal arriva du bureau.

« Tiens, mon amour. Un bon porridge bien chaud.

— Je n'ai pas très faim.

— Kemal, il faut que tu manges. » La sévérité de sa voix lui faisait peur. « Nous ne voulons pas décevoir mademoiselle Evans, n'est-ce pas ?

— Non.

— Bien. Je parie que pour mademoiselle Dana, tu vas être capable d'avaler ça jusqu'à la dernière bouchée. »

Kemal s'assit et commença de manger.

Il devrait dormir à peu près six heures, calcula Mme Daley. *Ensuite je verrai ce qu'ils veulent que je fasse de lui.*

Dana traversa l'aéroport en toute hâte, jusqu'à ce qu'elle passe devant un grand magasin de vêtements.

Il faut que je dissimule mon apparence. Elle entra et balaya les lieux du regard. Tout lui paraissait normal. Les clients s'affairaient à leurs achats et les employés s'occupaient d'eux. Et là-dessus elle regarda par la porte du magasin et elle se sentit la chair de poule. Deux hommes à l'air menaçant étaient postés de chaque côté de l'entrée. L'un d'eux était muni d'un talkie-walkie.

Comment l'avaient-ils retrouvée à Chicago ? Elle tâcha de maîtriser sa peur panique. Elle se tourna vers la vendeuse.

« Y a-t-il une autre issue pour sortir d'ici ? »

La vendeuse secoua la tête.

« Je suis navrée, mademoiselle. Elle est réservée au personnel. »

Dana avait la gorge sèche. Elle jeta de nouveau un coup d'œil vers les deux types. *Il faut que je m'échappe*, se dit-elle, désespérée. *Il doit y avoir un moyen.*

Subitement, elle empoigna une robe sur un portant et se dirigea vers la sortie.

« Attendez un peu ! s'écria la vendeuse. Vous ne pouvez pas... »

Dana approchait de la porte, et les deux hommes firent mine de venir vers elle. Lorsqu'elle la franchit, l'antivol fixé à la robe déclencha une alarme. Un vigile du magasin surgit. Les deux hommes se regardèrent et reculèrent.

« Juste un instant, mademoiselle, fit le vigile. Vous allez devoir rentrer dans ce magasin avec moi.

— Pourquoi ça ? protesta-t-elle.

— Pourquoi ? Parce que le vol à l'étalage est interdit par

la loi. » Le vigile saisit Dana par le bras et l'attira à l'intérieur. Les deux hommes restèrent plantés là, visiblement agacés.

Elle adressa un sourire au vigile :

« D'accord. Je reconnais. J'étais en train de voler. Emmenez-moi en prison. »

Les clients s'arrêtèrent pour voir ce qui se passait. Le directeur arriva en toute hâte.

« Quel est le problème, par ici ?

— J'ai pris cette jeune femme en train d'essayer de voler une robe.

— Eh bien, je crains fort d'avoir à appeler la pol... » Il se tourna vers Dana, qu'il reconnut. « Mon Dieu ! C'est Dana Evans. »

Des chuchotements parcoururent la petite foule des clients.

« C'est Dana Evans...

— Nous regardons son journal tous les soirs...

— Vous vous souvenez de ses reportages de guerre en direct... ? »

Le directeur reprit :

« Je suis tellement désolé, mademoiselle Evans. A l'évidence, il doit s'agir d'une erreur.

— Non, non, répéta-t-elle, vivement. J'étais en train de voler. » Elle tendit les poignets. « Vous pouvez m'arrêter. »

Le directeur eut un sourire :

« Je n'y songerais pas un seul instant. Vous pouvez garder cette robe, mademoiselle Evans, avec nos compliments. Nous sommes flattés qu'elle vous plaise. »

Elle le dévisagea, interdite.

« Vous n'allez pas m'arrêter ? »

Son sourire s'élargit.

« Je vais vous dire. Je vais échanger votre robe contre un autographe. Nous comptons parmi vos admirateurs. »

L'une des femmes qui s'étaient rassemblées là s'exclama :

« Moi aussi !

— Puis-je avoir un autographe ? »

D'autres personnes approchaient.

« Regardez ! C'est Dana Evans.

— Puis-je avoir un autographe, mademoiselle Evans ?

— Mon mari et moi, quand vous étiez à Sarajevo, nous vous suivions tous les soirs.

— Vous avez vraiment rendu cette guerre vivante.

— J'aimerais bien un autographe, moi aussi. »

Dana restait là, de plus en plus désespérée à chaque seconde qui passait. Elle jeta un coup d'œil à l'extérieur. Les deux hommes étaient toujours là, ils attendaient.

Elle réfléchissait à toute vitesse. Elle se tourna vers la foule, tout sourire.

« Je vais vous dire. Sortons respirer à l'extérieur, et je vais vous signer un autographe à chacun. »

Il y eut des exclamations enthousiastes.

Dana tendit la robe au directeur.

« Vous pouvez garder ça. Merci. »

Elle se dirigea vers la porte, suivie de ses admirateurs. Les deux hommes à l'extérieur battirent en retraite, troublés, tandis que la foule fondait sur eux.

Elle s'adressa à ses admirateurs.

« Qui est le premier ? »

Ils se pressaient autour d'elle, tendant leur stylo et leur bout de papier.

Les deux hommes restaient là, mal à l'aise. Tout en signant ses autographes, elle ne cessait pas de s'avancer en direction de la sortie du terminal. La foule la suivit à l'extérieur. Un taxi s'arrêta le long du trottoir, débarquant un passager.

Dana se tourna vers la foule.

« Je vous remercie. Maintenant, je dois filer. »

Elle sauta dans le taxi et un instant plus tard elle se fondait dans la circulation.

Jack Stone était au téléphone avec Roger Hudson.

« Monsieur Hudson, elle nous a échappé, mais...

— Nom de Dieu ! Je ne veux pas le savoir. Je veux qu'on l'efface. Tout de suite.

— Ne vous inquiétez pas, monsieur. Nous avons le numéro de plaque du taxi. Elle ne peut pas aller loin.

— Ne la ratez plus. »

Roger Hudson reposa violemment le combiné.

Carson Pirie Scott & Company, en plein centre de Chicago, était rempli d'une foule de clients. Au rayon des écharpes, une vendeuse achevait d'emballer un paquet pour Dana.

« Vous réglerez par carte ou en espèces ?

— En espèces. » *Pas question de laisser une trace écrite.*

Elle prit son paquet et elle avait presque atteint la sortie quand subitement elle se figea de terreur. Deux hommes se tenaient à l'extérieur de la porte, munis de talkies-walkies. Elle les regarda, la bouche sèche. Elle se retourna et retourna rapidement au rayon.

La vendeuse lui demanda :

« Vous fallait-il autre chose, mademoiselle ?

— Non. Je... » Elle regarda autour d'elle, en proie au désespoir. « Y a-t-il une autre sortie ?

— Oh, oui, nous avons plusieurs accès. »

Ça ne sert à rien, songea-t-elle. *Ils les auront toutes couvertes*. Cette fois, elle n'allait pas trouver d'issue.

Dana remarqua une cliente dans un vieux manteau vert dépenaillé, qui regardait une écharpe dans un présentoir vitré. Elle l'étudia un moment, puis elle s'approcha d'elle.

« Magnifiques, n'est-ce pas ? » fit-elle.

La femme sourit.

« En effet. »

Les hommes à l'extérieur observaient les deux femmes en train de converser. Ils échangèrent un regard et haussèrent les épaules. Ils avaient couvert toutes les issues.

A l'intérieur, Dana poursuivait :

« J'aime bien ce manteau que vous portez. C'est exactement ma couleur.

— Malheureusement, je crains fort que cette vieillerie ne soit complètement élimée. Le vôtre est très joli. »

Les deux hommes dehors ne les quittaient pas des yeux.

« Il fait vachement froid, se plaignit l'un d'eux. J'aimerais bien qu'elle sorte de là, bon Dieu, et qu'on en finisse. »

Son compagnon hocha la tête.

« Elle n'a aucun moyen de... » Il s'interrompit net en voyant les deux femmes à l'intérieur du magasin commencer d'échanger leurs manteaux. Il eut un grand sourire. « Bon sang, regarde-moi ce qu'elle tente pour s'en tirer. Elles troquent leurs manteaux. Quelle conne, cette bonne femme. »

Les deux femmes disparurent un instant derrière un portant de vêtements. L'un des deux hommes parla dans son talkie-walkie. « Le sujet échange son manteau rouge contre un vert... Attendez. Elle se dirige vers la sortie quatre. Vous la cueillez là-bas. »

A la sortie quatre, deux hommes attendaient. Un instant plus tard, l'un d'eux prononçait ces mots dans son téléphone portable :

« Nous la tenons. Amenez la voiture. »

Ils la regardèrent sortir par la porte dans l'air froid. Elle s'emmitoufla dans son manteau vert et s'avança dans la rue. Ils la serrèrent. Lorsqu'elle atteignit le coin et héla un taxi, les hommes la saisirent par les bras.

« Vous n'avez pas besoin de taxi. Nous avons une jolie voiture pour vous. »

Elle les dévisagea, stupéfaite.

« Qui êtes-vous ? De quoi parlez-vous ? »

L'un des deux hommes la dévisagea.

« Vous n'êtes pas Dana Evans !

— Mais enfin, bien sûr que non. »

Les hommes échangèrent un regard, la relâchèrent, et retournèrent en courant vers le magasin. L'un des deux enclencha son talkie-walkie.

« Mauvaise cible. Mauvaise cible. Vous me recevez ? »

Le temps que les autres s'engouffrent dans le magasin, Dana avait disparu.

Elle était prisonnière d'un cauchemar réel, prise au piège

dans un monde hostile où des ennemis inconnus essayaient de la tuer. Elle était empêtrée dans une toile d'araignée terrorisante, presque paralysée de peur. Lorsque Dana ressortit du taxi, elle se mit à marcher vite, en tâchant de ne pas courir, de ne pas attirer l'attention sur elle, sans du tout savoir où elle allait. Elle passa devant une boutique avec une enseigne qui indiquait : LA MAISON DE LA FANTAISIE. DÉGUISEMENTS POUR TOUTES OCCASIONS. Sur un coup de tête, elle entra. L'endroit était rempli de costumes, de perruques et de maquillages.

« Vous désirez ? »

Oui. Appelez la police. Dites-leur que quelqu'un essaie de me tuer.

« Mademoiselle ?

— Euh... oui. J'aimerais essayer une perruque blonde.

— Par ici, je vous prie. »

Une minute plus tard, elle étudiait dans le miroir son reflet en blonde.

« C'est incroyable ce que ça modifie votre allure. »

J'espère bien.

Devant la boutique, elle fit signe à un taxi.

« A l'aéroport O'Hare. » *Il faut que j'aille chercher Kemal.*

Lorsque le téléphone sonna, Rachel décrocha.

« Allô... Docteur Young ? Les résultats finaux des examens ? »

Jeff lut subitement la tension sur son visage.

« Vous pouvez me dire ça au téléphone. Juste une minute. »

Rachel regarda Jeff, respira profondément, et emporta le téléphone dans la chambre.

Il distinguait sa voix, faiblement.

« Allez-y, docteur. »

Il y eut un silence qui dura trois pleines minutes, et alors que Jeff, inquiet, était sur le point d'entrer dans la chambre, Rachel en sortit, et son visage possédait un éclat qu'il ne lui avait jamais vu auparavant.

« Ça a marché ! » Elle en avait presque le souffle coupé,

sous le coup de l'excitation. « Jeff, je suis entrée en rémission. La nouvelle thérapie a marché ! »

Jeff lui répondit :

« Merci mon Dieu ! Rachel, c'est merveilleux.

— Il veut que je reste ici encore quelques semaines, mais le plus dur est passé. » Sa voix était remplie d'allégresse.

« Nous allons sortir fêter ça, s'écria Jeff. Je vais rester avec toi jusqu'à ce que...

— Non.

— Non, quoi ?

— Je n'ai plus besoin de toi, Jeff.

— Je sais, et je suis heureux que nous...

— Tu ne comprends pas. Je veux que tu t'en ailles. »

Il dévisagea Rachel, sous le coup de l'étonnement.

« Pourquoi ?

— Cher, adorable Jeff. Je ne veux pas te blesser, mais maintenant que je suis en phase de rémission, cela signifie que je peux retourner vivre dans le monde. C'est ma vie. C'est moi, ça. Je vais passer des coups de fil et voir quels contrats se proposent à moi. Ici, avec toi, je me suis sentie enfermée. Merci de m'avoir soutenue, Jeff. Vraiment, je te suis reconnaissante. Mais le moment est venu de se dire au revoir. Je suis certaine que tu manques à Dana. Alors je t'en prie, pourquoi ne pars-tu pas, mon chéri ? »

Jeff la regarda un instant et hocha la tête.

« Très bien. »

Elle le regarda passer dans la chambre et commencer de boucler ses bagages. Vingt minutes plus tard, Jeff sortait avec sa valise, et Rachel était au téléphone.

« ... et je suis revenue dans le monde réel, Betty. Je vais pouvoir rependre le travail d'ici quelques semaines... Je sais. N'est-ce pas merveilleux ? »

Jeff restait planté là, attendant de lui dire au revoir. Rachel lui adressa un signe de la main et reprit sa conversation au téléphone.

« Je vais te dire de quoi j'ai envie... trouve-moi une séance de prises de vues dans une belle île tropicale... »

Rachel regarda Jeff franchir la porte. Lentement, elle laissa retomber le téléphone. Elle se rendit à la fenêtre et demeura là, à regarder le seul homme qu'elle ait jamais aimé sortir de sa vie.

Les mots du docteur Young résonnaient encore à ses oreilles.

« Mademoiselle Stevens, je suis désolé, mais j'ai de mauvaises nouvelles. Le traitement n'a pas marché... Le cancer s'est métastasé... Il s'est trop propagé. Je crains fort qu'il ne soit au stade terminal... peut-être encore un mois ou deux... »

Elle se souvint de Roderick Marshall, le metteur en scène d'Hollywood, lui disant : « Je suis content que vous soyez venue. Je vais faire de vous une grande star. » Et alors que le flot de douleur, rouge, insoutenable, recommençait de torturer le corps de Rachel, elle se dit : *Roderick Marshall aurait été fier de moi.*

Après l'atterrissage de son avion, Dana découvrit un aéroport Dulles rempli de passagers qui attendaient leurs bagages. Elle passa devant les tapis à bagages, et sortit pour grimper à bord d'un des taxis en attente. Il n'y avait pas d'individus suspects en vue, mais elle avait les nerfs à vif, à en hurler. Elle sortit son sac à main et se regarda dans le petit miroir, pour se rassurer. Sa perruque blonde lui donnait en effet un air complètement différent. *Pour le moment, ça ira comme ça*, se dit-elle. *Il faut que j'aille chercher Kemal.*

Kemal ouvrit les yeux lentement, réveillé par le bruit des voix à travers la porte fermée du bureau. Il se sentait vaseux.

« Le garçon est encore endormi », entendit-il. C'était Mme Daley. « Je l'ai drogué. »

Un homme répondit :

« Il va falloir le réveiller. »

La voix d'un deuxième homme ajouta :

« Peut-être vaudrait-il mieux l'emporter là-bas tant qu'il est encore endormi.

— Vous pourriez lui faire ça ici, intervint Mme Daley. Et ensuite vous débarrasser de son corps. »

Kemal se sentit subitement réveillé.

« Il faut le garder en vie un moment. Ils vont se servir de lui comme appât pour Evans. »

Kemal se redressa, tendant l'oreille, le cœur battant.

« Où est-elle ?

— Nous ne savons pas au juste. Mais nous sommes certains qu'elle va venir ici chercher le gamin. »

Kemal sauta de son lit. Il resta debout un moment, raide de peur. La femme à laquelle il s'était fié voulait le tuer. *Pizda ! Ça ne sera pas si facile*, se jura-t-il. *Ils ne sont pas arrivés à me tuer à Sarajevo. Ils ne me tueront pas ici.* Il se jeta frénétiquement sur ses vêtements. Lorsqu'il eut attrapé son bras artificiel sur le fauteuil, il lui échappa des mains et tomba par terre avec un bruit qui lui fit l'effet d'un fracas de tonnerre. Il se figea. Les hommes de l'autre côté continuaient de parler. Ils n'avaient pas entendu. Kemal fixa son bras et acheva rapidement de s'habiller.

Il ouvrit la fenêtre et fut cueilli par une rafale de vent froid. Son manteau était dans l'autre pièce. Il sortit sur le rebord de la fenêtre dans sa veste légère, et il l'enjamba, en veillant à rester tapi, hors de vue depuis la fenêtre du salon.

Lorsqu'il atteignit le sol, il consulta sa montre. Il était trois heures moins le quart. Sans trop savoir pourquoi, il avait dormi la moitié de la journée. Il se mit à courir.

« Attachons le gamin, au cas où. »

L'un des hommes ouvrit la porte du bureau et balaya le bureau du regard, sidéré.

« Hé, il a filé ! »

Les deux hommes et Mme Daley se précipitèrent par la fenêtre ouverte pour apercevoir Kemal qui descendait la rue en courant.

« Rattrapez-le ! »

Kemal courait comme dans un cauchemar. Ses jambes faiblissaient et devenaient plus caoutchouteuses à chaque pas. Chaque respiration lui plantait un coup de couteau dans la poitrine. *Si je peux arriver à l'école avant qu'ils ne ferment les portes à trois heures,* songea-t-il, *je serai en sûreté. Avec tous les autres enfants qui seront là, ils n'oseront pas me faire de mal.*

Il y avait un feu rouge juste devant lui. Kemal l'ignora et traversa la rue comme une flèche, évitant les voitures, sans s'arrêter aux bruits indignés des klaxons et des crissements de pneus. Il atteignit l'autre côté de la rue et continua de courir.

Mademoiselle Kelly va appeler la police, et ils vont protéger Dana.

Il commençait d'être à bout de souffle et il se sentait la poitrine toute comprimée. Il jeta un coup d'œil à sa montre : trois heures moins cinq. Il leva le nez. L'école était juste un peu plus loin. *Encore deux pâtés de maisons.*

Je suis sauvé, se dit-il. *Ils n'ont pas encore laissé sortir les classes.* Une minute plus tard, il était devant le portail d'entrée. Il s'arrêta et resta là, interdit. *C'était fermé.* Subitement, Kemal sentit une main ferme lui empoigner l'épaule, par-derrière.

« C'est samedi, crétin. »

« Arrêtez-vous ici », fit Dana. Le taxi était à deux rues de son appartement. Elle le regarda s'éloigner. Elle marchait lentement, le corps aux aguets, tous ses sens en alerte, scrutant les rues, à l'affût de tout ce qui sortirait de l'ordinaire. Elle était certaine que Kemal était en sûreté. Jack Stone le protégeait.

Lorsqu'elle arriva au coin de son immeuble, elle évita l'entrée principale et emprunta l'allée qui menait à l'arrière du bâtiment. Elle était déserte. Dana entra par la porte de service et monta silencieusement l'escalier. Elle arriva au deuxième étage et s'engagea dans le couloir avant de s'arrêter brusquement. La porte de son appartement était grande ouverte. Instantanément, elle fut envahie par la peur. Elle courut vers la porte et se précipita à l'intérieur.

« Kemal ! »

Il n'y avait personne. Dans sa frénésie, elle traversa l'appartement en toute hâte, en se demandant ce qui avait pu se produire. *Où est Jack Stone ? Où est Kemal ?* Dans la cuisine, un tiroir de placard était tombé par terre et son contenu s'était répandu sur le sol. Il y avait là des dizaines de sachets, certains pleins, d'autres vides. Étrange. Elle les ramassa et les examina. L'étiquette indiquait : *BuSpar comprimés de 15 mg marqués NDC D087 D822-32.*

Qu'est-ce que c'était ? Mme Daley prenait-elle des médicaments, ou avait-elle administré cela à Kemal ? Cela pouvait-il avoir un quelconque rapport avec son comportement ? Dana glissa l'un des sachets dans la poche de son manteau.

Terrorisée, elle se faufila hors de l'appartement. Elle sortit par-derrière, dans l'allée, et rejoignit la rue. Quand elle tourna au coin, un homme caché derrière un arbre parla dans un talkie-walkie à son acolyte posté à l'angle opposé.

Elle se retrouva devant la pharmacie Washington. Elle entra.

Le pharmacien lui dit :

« Ah, mademoiselle Evans. Que vous faut-il ?

— Voilà. Je voulais savoir ce que c'est que ça. » Elle sortit le petit sachet. Le pharmacien jeta un bref coup d'œil dessus. « BuSpar. C'est un tranquillisant. Des cristaux blancs, solubles dans l'eau.

— Quel effet ?

— C'est un relaxant. Il exerce un effet calmant. Naturellement, en dose excessive, cela peut entraîner des somnolences et de la fatigue. »

Il dort. Dois-je le réveiller ?

En rentrant de l'école, il s'est senti fatigué, alors je me suis dit qu'une sieste ne lui ferait pas de mal...

Ainsi cela expliquait ce qui s'était passé. Et c'était Pamela Hudson qui lui avait envoyé Mme Daley.

Et j'ai mis Kemal entre les mains de cette garce, songea-t-elle. Cela lui retourna l'estomac.

Elle regarda le pharmacien.

« Merci, Coquina.

— Je vous en prie, mademoiselle Evans. »

Dana franchit la porte et se retrouva dans la rue. Les deux hommes s'approchèrent d'elle.

« Mademoiselle Evans, pourrions-nous vous parler une mi... »

Elle se retourna et détala. Les hommes étaient sur ses talons. Elle atteignit le coin de la rue. Un policier au milieu du carrefour réglait la circulation qui était chargée.

Elle courut en plein milieu de la chaussée, dans sa direction.

« Hé, mademoiselle, demi-tour. »

Elle s'approcha encore.

« Vous traversez au vert ! Vous m'avez entendu ? Demitour ! »

Les deux individus attendaient au coin, observant la scène.

« Vous êtes sourde ? » beugla le policier.

« Bouclez-la ! » Elle gifla l'agent de police. Furieux, le fonctionnaire l'empoigna par le bras.

« Vous êtes en état d'arrestation, madame. »

Il la ramena sur le trottoir et la maîtrisa tout en parlant dans sa radio.

« J'ai besoin d'un panier à salade. »

Les deux individus demeurèrent là, échangeant des regards, ne sachant trop quoi faire.

Dana leur lança un regard et un sourire. Il y eut le hululement grandissant d'une sirène, et quelques secondes plus tard une voiture de police vint s'immobiliser devant eux.

Les deux hommes regardèrent, impuissants, Dana que l'on poussait sur la banquette arrière de la voiture de patrouille, qui démarra.

*

Au commissariat de police, Dana déclara :

« J'ai droit à un coup de fil, exact ? »

Le sergent acquiesça :

« Exact. »

Il lui tendit un téléphone. Elle passa son appel.

A une dizaine de rues de là, l'homme agrippait Kemal par le col de sa chemise et le poussait en direction d'une limousine qui attendait le long du trottoir, moteur allumé.

« S'il vous plaît ! S'il vous plaît, laissez-moi partir, suppliait le garçon.

— La ferme, gamin. »

Quatre marines en uniforme passaient par là.

« Je ne veux pas aller dans l'impasse avec vous », hurlait Kemal.

L'homme le regarda, décontenancé.

« Quoi ?

— S'il vous plaît ne m'emmenez pas dans l'allée. » Kemal se tourna vers les marines. « Il veut me payer cinq dollars pour que j'aille dans l'allée avec lui. Je ne veux pas. »

Les marines s'arrêtèrent, dévisageant le type.

« Comment ça, espèce de sale pervers... »

L'homme recula.

« Non, non. Attendez une minute. Vous ne comprenez pas... »

L'un des marines l'interrompit, l'air résolu :

« Mais si, on a compris, mon pote. Bas les pattes avec le gamin. » Ils encerclèrent l'homme. Il leva les mains pour se protéger, et Kemal fila sans demander son reste.

Un livreur chargé d'un paquet descendait de sa bicyclette et se dirigeait vers une maison. Kemal sauta sur le vélo et s'éloigna en pédalant comme un dératé. L'homme, dépité, le suivit du regard, qui tournait au coin de la rue avant de disparaître. Les marines l'encerclaient de façon menaçante.

*

Au commissariat de police, la porte de la cellule de Dana s'ouvrit avec un fracas métallique.

« Vous êtes libre, mademoiselle Evans. En liberté sous caution. »

Matt! Le coup de fil a marché, songea-t-elle, toute contente. *Il n'a pas perdu de temps.*

Alors qu'elle se dirigeait vers la sortie, elle s'immobilisa de stupeur. L'un des hommes était là, il l'attendait.

Il lui sourit et fit :

« Tu es libre, sœurette. On y va. »

Il l'agrippa fermement par le bras et commença de la guider de force vers la rue. Lorsqu'ils furent dehors, l'homme s'arrêta, stupéfait. Une équipe du journal télévisé de WTN au grand complet l'attendait devant.

« Regardez par ici, Dana...

— Dana, est-il vrai que vous avez giflé un policier ?

— Pouvez-vous nous dire ce qui s'est produit ?

— Vous a-t-il harcelée ?

— Allez-vous porter plainte ? »

L'homme s'éclipsa, en se couvrant le visage.

« Qu'est-ce qui ne va pas ? lui lança-t-elle. Vous n'avez pas envie qu'on vous prenne en photo ? »

Il s'enfuit.

Matt Baker fit son apparition aux côtés de Dana.

« Tirons-nous d'ici. »

Ils avaient pris place dans le bureau de Matt Baker, dans l'immeuble de WTN. Elliot Cromwell, Matt Baker et Abbe Lasmann avaient écouté Dana durant la dernière demi-heure écoulée, en silence, sous le choc.

« ... et la FRA est impliquée, elle aussi. C'est pour ça que le général Booster a tenté de m'empêcher d'enquêter. »

Elliot Cromwell fit :

« Je suis abasourdi. Comment avons-nous pu nous tromper à ce point sur le compte de Taylor Winthrop ? Je pense que nous devrions informer la Maison-Blanche de tout ce qui se trame. C'est à eux de prévenir le ministre de la Justice et le FBI. »

Dana intervint

« Elliot, jusqu'à présent, nous n'avons que ma parole contre celle de Roger Hudson. A votre avis, qui vont-ils croire ? »

Abbe Lasmann la questionna :

« Vous ne possédez aucune preuve ?

— Le frère de Sacha Jdanov est en vie. Je suis certaine qu'il parlera. Une fois que nous aurons tiré un fil, toute l'histoire viendra avec. »

Matt Baker prit une profonde inspiration et regarda Dana, admiratif.

« Quand vous bossez sur un sujet, vous bossez sur un sujet, vous. »

Dana fit :

« Matt, qu'allons-nous faire pour Kemal ? Je ne sais pas de quel côté le rechercher. »

Matt répondit d'un ton ferme.

« Ne vous inquiétez pas. Nous le trouverons. En attendant, il faut que nous vous trouvions un endroit où personne ne puisse vous dénicher, vous. »

Abbe Lasmann intervint.

« Vous pouvez utiliser mon appartement. Personne ne songera à aller vous chercher là-bas.

— Merci. » Dana se tourna vers Matt. « Au sujet de Kemal...

— Nous allons tout de suite mettre le FBI sur le coup. Je vais demander à un chauffeur de vous déposer chez Abbe. Maintenant, cela dépend de nous, Dana. Tout va bien se passer. Je vous appelle dès que j'ai des nouvelles. »

Kemal pédalait dans les rues glacées, en jetant de temps à autre un coup d'œil angoissé derrière lui. Il n'y avait aucun signe de l'homme qui l'avait empoigné tout à l'heure. *Il faut que j'arrive jusqu'à Dana*, se répétait-il, en proie au désespoir. *Je ne peux pas les laisser lui faire du mal*. Le problème, c'était que le studio de WTN se trouvait bien dans le centre de Washington, mais à l'autre bout.

Quand il arriva à un arrêt de bus, il descendit de bicyclette et la lâcha sur la pelouse. Comme un bus approchait, Kemal tâta ses poches et s'aperçut qu'il n'avait pas d'argent.

Il se tourna vers un passant.

« Excusez-moi, pourrais-je avoir un...

— Dégage, gamin. »

Il essaya avec une femme qui s'approchait.

« Excusez-moi, j'ai besoin d'un ticket de bus pour... » La femme passa rapidement son chemin.

Kemal resta dans le froid, sans manteau, frissonnant. Personne ne semblait s'en préoccuper. *Il faut que je dégotte ce ticket de bus.*

Il arracha son bras artificiel et le posa sur l'herbe. Quand un autre homme passa, Kemal leva son moignon et fit :

« Excusez-moi, monsieur. Pouvez-vous me donner un peu d'argent pour que je m'achète mon ticket de bus ? »

L'homme s'arrêta.

« Bien sûr, fiston, fit l'homme, et il lui tendit un dollar.

— Merci. »

Lorsque l'homme s'éloigna, Kemal remit prestement son bras en place. Un bus arrivait, à un pâté de maisons de là. *J'ai réussi*, songea-t-il, surexcité. Et à ce moment, il ressentit une piqûre dans la nuque. Il voulut se retourner, mais tout vacilla. A l'intérieur de lui-même, une voix criait : Non ! Non ! Kemal s'effondra par terre, inconscient. Des passants commencèrent de se rassembler autour de lui.

« Que s'est-il passé ?

— Il s'est évanoui ?

— Il va bien ?

— Mon fils est diabétique, fit un homme. Je vais m'occuper de lui. » Il souleva le corps du garçon et le porta vers une limousine qui attendait.

L'appartement d'Abbe Lasmann était situé dans le nord-ouest de Washington. Il était vaste et aménagé avec le plus grand confort, de meubles contemporains et de tapis blancs. Dana était seule, faisant les cent pas, angoissée, dans l'attente d'un coup de téléphone. *Kemal doit bien aller. Ils n'ont aucune raison de lui faire du mal. Il doit bien aller. Où est-il ? Pourquoi n'arrivent-ils pas à le retrouver ?*

Le téléphone sonna, la fit sursauter. Elle se rua dessus.

« Allô. » La ligne était inerte. La sonnerie retentit de nouveau, et Dana comprit qu'il s'agissait de son portable. Elle se sentit subitement soulagée. Elle appuya sur la touche.

« Jeff ? »

La voix de Roger Hudson lui répondit avec calme.

« Nous vous avons cherchée, Dana. J'ai Kemal ici, avec moi. »

Elle resta là, figée, incapable d'un geste, d'un mot. Elle chuchota enfin :

« Roger...

— Je crains fort de ne plus pouvoir maîtriser ces hommes bien longtemps. Ils ont envie de trancher le bras valide de Kemal. Dois-je les laisser faire ?

— Non ! » C'était un hurlement. « Que... que voulez-vous ?

— Je veux simplement vous parler, fit Roger Hudson d'un ton raisonnable. Je veux que vous veniez à la maison, et je veux que vous y veniez seule. Si vous amenez quelqu'un, je ne serai pas responsable de ce qui arrivera à Kemal.

— Roger...

— Je vous attends dans une demi-heure. »

La communication fut coupée.

Dana restait là, engourdie de peur. *Rien ne doit arriver à Kemal. Rien ne doit arriver à Kemal.* Les doigts tremblants, elle composa le numéro de Matt Baker. Ce fut la voix enregistrée de Matt qui lui répondit.

« Vous êtes au bureau de Matt Baker. Je ne suis pas là pour le moment, mais laissez un message et je répondrai à votre appel dès que possible. »

Il y eut une tonalité. Dana prit une profonde inspiration et parla dans l'appareil.

« Matt, je... je viens de recevoir un appel de Roger Hudson. Il retient Kemal à son domicile. J'y vais tout de suite. Je vous en prie, dépêchez-vous avant qu'il n'arrive quelque chose à Kemal. Amenez la police. Vite ! »

Elle éteignit son téléphone portable et se dirigea vers la porte.

*

Abbe Lasmann déposait des lettres sur le bureau de Matt Baker lorsqu'elle vit clignoter le voyant des messages sur le téléphone. Elle composa le mot de passe de Matt et écouta l'enregistrement de Dana. Elle demeura là un moment, écouta. Puis elle sourit et appuya sur la touche d'effacement.

Au moment où l'avion de Jeff atterrissait à l'aéroport Dulles, il appela Dana. Durant tout le vol, il n'avait pas cessé de repenser au ton étrange de sa voix, à cette phrase troublante : « S'il devait m'arriver quoi que ce soit. » Son téléphone portable n'arrêtait pas de sonner. Ensuite, Jeff essaya à l'appartement. Pas de réponse. Il monta dans un taxi et donna l'adresse de WTN.

Lorsque Jeff entra dans le bureau d'accueil de Matt, Abbe lui lança :

« Eh bien, Jeff ! Contente de te revoir.

— Merci, Abbe. »

Il passa dans le bureau de Matt Baker.

Matt lui dit :

« Alors, vous voilà de retour. Comment va Rachel ? »

La question désarçonna Jeff un bref instant.

« Elle va bien, répondit-il d'une voix atone. Où est Dana ? Elle ne répond pas sur sa ligne téléphonique. »

Matt s'écria :

« Mon Dieu, vous n'êtes pas au courant de ce qui se passe, c'est ça ?

— Vous allez me raconter », fit Jeff, tendu.

Dans le bureau d'accueil, Abbe colla son oreille contre la porte fermée. Elle ne pouvait capter que des bribes de conversation. « ... tentatives... contre sa vie... Sacha Jdanov... Krasnoïarsk-26... Kemal... Roger Hudson... »

Abbe en avait entendu assez. Elle gagna son bureau en vitesse et décrocha son téléphone. Une minute plus tard, elle s'entretenait avec Roger Hudson.

A l'intérieur du bureau, Jeff écoutait Matt, abasourdi.

« Je n'arrive pas à y croire.

— Tout ça est vrai, lui assura Matt Baker. Dana est chez Abbe. Je vais demander à Abbe d'essayer de nouveau à son appartement. » Il enfonça la touche de l'interphone, mais avant d'avoir pu parler, il entendit la voix d'Abbe.

« ... et Jeff Connors est ici. Il cherche Dana. Je pense que vous feriez mieux de vous en aller. Ils vont finir par arriver chez vous... Très bien. Je m'en charge, monsieur Hudson. Si... »

Abbe entendit un bruit et se retourna. Jeff Connors et Matt Baker se tenaient sur le seuil de la porte, le regard posé sur elle.

Matt lâcha :

« Espèce de salope. »

Jeff se tourna vers Matt, survolté.

« Il faut que j'arrive chez les Hudson. J'ai besoin d'une voiture. »

Matt Baker jeta un coup d'œil par la fenêtre.

« Vous n'arriverez jamais là-bas à temps. Ça roule pare-chocs contre pare-chocs. »

Depuis l'héliport sur le toit, ils entendirent le vrombissement de l'hélicoptère de WTN à l'atterrissage. Les deux hommes échangèrent un regard.

VINGT-CINQ

Dana réussit à faire signe à un taxi devant l'immeuble d'Abbe Lasmann, mais le trajet en direction du domicile des Hudson parut durer une éternité. La circulation dans les rues glissantes était épouvantable. Elle était terrifiée à l'idée d'arriver trop tard.

« Vite », supplia-t-elle le chauffeur.

Il la regarda dans le rétroviseur.

« Ma bonne dame, je suis pas un avion. »

Elle se cala contre le dossier, remplie d'angoisse, songeant à ce qui l'attendait. Matt aurait reçu le message, à l'heure qu'il était, et il aurait appelé la police. *Le temps que j'arrive là-bas, la police sera là. S'ils n'y sont pas déjà, je peux gagner du temps jusqu'à leur arrivée*. Dana ouvrit son sac à main. Elle avait encore sa bombe de gaz lacrymogène. *Bien*. Elle n'avait pas l'intention de faciliter la tâche de Roger et Pamela.

Quand le taxi arriva aux abords de la maison des Hudson, Dana regarda par la vitre, en quête de signes d'activité policière. Rien. Lorsqu'ils s'engagèrent dans l'allée, elle était déserte. Elle se sentit étranglée par la peur.

Elle se remémora sa première visite ici. Combien Roger et Pamela lui avaient paru merveilleux. Or c'étaient deux Judas, de monstrueux assassins. Ils détenaient Kemal. Dana se sentit submergée par une haine irrépressible.

« Vous voulez que je vous attende ? proposa le chauffeur du taxi.

— Non. » Elle le paya, monta les marches du perron et sonna à la porte, le cœur battant.

Cesar ouvrit la porte. Quand il vit Dana, son visage s'illumina.

« Mademoiselle Evans. »

Et avec une bouffée d'excitation, elle s'aperçut soudain qu'elle disposait d'un allié. Elle lui tendit la main.

« Cesar. »

Il la serra dans la sienne, énorme.

« Je suis content de vous voir, mademoiselle Evans, lui dit Cesar.

— C'est moi qui suis contente de vous voir. » Et elle le pensait. Elle était certaine que Cesar allait lui venir en aide. La seule question était de savoir quand elle devait l'approcher. Elle regarda autour d'elle. « Cesar...

— M. Hudson vous attend dans le bureau, mademoiselle Evans.

— Bien. »

Ce n'était pas le moment.

Dana suivit Cesar dans le couloir, se rappelant les événements incroyables qui s'étaient enchaînés depuis la première fois qu'elle avait emprunté ce corridor. Ils atteignirent le bureau. Roger était à sa table de travail, en train d'emballer certains papiers.

« Mademoiselle Evans », fit Cesar.

Roger leva les yeux. Dana regarda Cesar s'éloigner. Elle fut tentée de le rappeler.

« Eh bien, Dana. Entrez. »

Elle pénétra dans la pièce. Elle dévisagea Roger, et se sentit gagnée par une rage aveugle.

« Où est Kemal ? »

Roger Hudson fit :

« Ah, ce cher garçon.

— La police est en route, Roger. Si vous nous faites quoi que ce soit, à l'un ou à l'autre...

— Oh, je ne pense pas avoir à me préoccuper de la police, Dana. » Il avança vers elle, et avant qu'elle ait compris ce qui lui arrivait, il avait empoigné son sac à main et fouillait dedans. « Pamela m'a dit que vous possédiez une bombe de gaz lacrymogène. Vous vous êtes donné bien du mal, hein, Dana ? » Il sortit la bombe de gaz du sac, la leva, et lui en vaporisa le contenu au visage. Sous le coup de la douleur cuisante, elle poussa un hurlement.

« Oh, vous ne savez pas encore ce qu'est la douleur, ma chère, je vous assure, mais vous allez le découvrir. »

Des larmes lui dégoulinaient sur le visage. Elle tâcha d'essuyer le liquide. Roger attendit poliment qu'elle ait terminé, puis il l'aspergea de nouveau en pleine figure.

Dana sanglotait.

« Je veux voir Kemal.

— Bien sûr. Et Kemal a envie de vous voir. Le garçon est terrorisé, Dana. Je n'ai jamais vu personne d'aussi terrorisé. Il sait qu'il va mourir, et je lui ai dit que vous alliez mourir, vous aussi. Vous vous êtes crue maligne, n'est-ce pas, Dana ? La vérité, c'est que vous avez été très naïve. Nous nous sommes servis de vous. Nous savions que quelqu'un, au sein du gouvernement russe, était au courant de notre entreprise et se trouvait sur le point de nous démasquer. Mais nous étions incapables de découvrir qui. Et vous l'avez déniché pour nous, n'est-ce pas ? »

Les images, le souvenir des corps ensanglantés de Sacha Jdanov et de son amie se ravivèrent dans l'esprit de Dana, en un éclair.

« Sacha Jdanov et son frère, Boris, étaient très malins. Nous n'avons pas encore retrouvé Boris, mais ça ne saurait tarder.

— Roger, Kemal n'a rien à voir dans tout ça. Laissez-le...

— Ce n'est pas mon avis, Dana. J'ai commencé de me soucier de vous dès que vous avez rencontré la malheureuse Joan Sinisi. Elle avait surpris Taylor en train de parler du plan russe. Il avait peur de la supprimer car elle était en association avec lui. Alors il l'a congédiée. Quand elle l'a poursuivi pour licenciement abusif, il lui a proposé un accord, à la condition qu'elle n'évoque jamais l'affaire. » Roger Hudson lâcha un soupir. « J'ai donc bien peur que vous ne soyez responsable de l'accident de Joan Sinisi.

— Roger, Jack Stone sait... »

Roger Hudson secoua la tête.

« Jack Stone et ses hommes ont surveillé le moindre de vos faits et gestes. Nous aurions pu nous débarrasser de vous à n'importe quel moment, mais nous avons attendu que vous nous rapportiez l'information qu'il nous fallait. Franchement, nous n'avons plus aucun besoin de vous.

— Je veux voir Kemal.

— Trop tard. Je crains fort que le pauvre n'ait eu un accident. »

Dana le regarda, horrifiée.

« Qu'avez-vous...

— Pamela et moi avons décidé qu'un joli petit incendie était le meilleur moyen de mettre un terme à la petite existence pitoyable de Kemal. Donc nous l'avons renvoyé à l'école. Quel bien vilain geste de sa part, que de pénétrer dans les locaux par effraction, un samedi. Il était juste assez mince pour se glisser entre les barreaux de la fenêtre du sous-sol. »

Elle ressentait une rage aveugle.

« Espèces de monstres sans cœur. Vous ne vous en tirerez jamais comme ça.

— Vous me décevez, Dana. Vous recourez à de tels clichés ? Ce que vous ne comprenez pas, c'est que nous nous en sommes déjà tirés. »

Il retourna à son bureau et appuya sur un bouton. Un instant plus tard, Cesar fit son apparition.

« Oui, monsieur Hudson.

— Je souhaite que vous raccompagniez mademoiselle Evans. Et assurez-vous qu'elle soit encore en vie quand l'accident surviendra.

— Oui, monsieur Hudson. Je m'en charge. »

Il était avec eux. Dana ne pouvait y croire.

« Roger, écoutez-moi... »

Cesar la prit par le bras et l'entraîna hors de la pièce.

« Roger...

— Au revoir, Dana. »

Cesar raffermit son emprise sur le bras de Dana et la mena jusqu'au bout du couloir, par la cuisine, hors de la maison, où une limousine était garée.

L'hélicoptère de WTN approchait de la propriété des Hudson.

Jeff cria à Norman Bronson :

« Vous pouvez vous poser sur la pelouse et... » Il s'interrompit en regardant en bas et en apercevant Cesar qui poussait Dana dans une limousine. « Non ! Attendez une minute. »

La limousine s'avança dans l'allée et s'engagea dans la rue.

« Que voulez-vous que je fasse ? lui demanda Bronson.

— Suivez-les. »

A bord de la voiture, Dana dit :

« Vous ne pouvez pas faire ça, Cesar. Je...

— Bouclez-la, mademoiselle Evans...

— Cesar, écoutez-moi. Vous ne connaissez pas ces gens. Ce sont des assassins. Vous êtes un brave homme. Ne laissez pas M. Hudson vous imposer de commettre des actes qui...

— M. Hudson ne me force à rien. Je fais ça pour Mme Hudson. » Il lança un regard à Dana dans le rétroviseur et eut un grand sourire. « Mme Hudson prend bien soin de moi. »

Elle le dévisagea, stupéfaite. *Je ne peux pas le laisser faire.*

« Où m'emmenez-vous ?

— A Rock Creek Park. » Il n'avait aucun besoin d'ajouter : *où je vais vous tuer.*

*

Roger Hudson, Pamela Hudson, Jack Stone et Mme Daley s'étaient installés à bord d'un break, en direction de l'aéroport national de Washington.

Jack Stone expliqua :

« L'avion est prêt. Votre pilote a son plan de vol pour Moscou. »

Pamela Hudson s'écria :

« Dieu, je déteste les climats froids. J'espère que cette salope brûle en enfer pour me contraindre à endurer cela.

— Et Kemal ? s'enquit Roger Hudson.

— L'incendie dans l'école va se déclarer d'ici vingt minutes. Le gamin est au sous-sol. Il est sous calmants, à forte dose. »

Dana cédait de plus en plus au désespoir. Ils approchaient de Rock Creek Park, et les voitures se faisaient plus rares.

Kemal est terrorisé, Dana. Je n'ai jamais vu personne d'aussi terrorisé. Il sait qu'il va mourir, et je lui ai dit que vous alliez mourir vous aussi.

A bord de l'hélicoptère qui filait la limousine, Norman Bronson s'écria :

« Il tourne, Jeff. On dirait qu'il se dirige vers Rock Creek Park.

— Ne le perdez pas. »

A la FRA, le général Booster entra en trombe dans son bureau.

« Qu'est-ce qui se passe ici, nom de Dieu ? lança-t-il à l'un de ses adjoints.

— Je vous l'ai indiqué, général. En votre absence, le major Stone a recruté quelques-uns de nos meilleurs hommes, et ils sont engagés dans une grosse opération avec Roger Hudson. Ils ont pris Dana Evans pour cible. Regardez ça. » L'adjoint chargea un écran sur son ordinateur, et un instant plus tard s'afficha une photo de Dana nue, entrant dans sa douche, au Breidenbacher Hof Hotel.

Le visage du général Booster se figea.

« Seigneur ! » Il se tourna vers son adjoint. « Où est Stone ?

— Il est parti. Il quitte le pays avec les Hudson. »

Le général Booster ordonna, d'un ton cassant.

« Passez-moi l'aéroport national. »

A bord de l'hélicoptère, Norman Bronson regarda en bas et fit :

« Ils se dirigent vers le parc, Jeff. Une fois qu'ils seront là-bas, je ne serai plus en mesure d'atterrir, à cause des arbres. »

Jeff répondit d'un ton pressant :

« Il faut qu'on les arrête. Pouvez-vous vous poser juste devant eux, sur la route ?

— Bien sûr.

— Allez-y. »

Bronson poussa sur le manche et l'hélicoptère entama sa descente. Il passa au-dessus de la limousine, puis il amena doucement l'hélicoptère jusqu'au sol. Il atterrit sur la chaussée, à vingt mètres devant la limousine. Ils regardèrent le véhicule s'immobiliser dans un crissement de pneus.

« Coupez les turbines, commanda Jeff.

— Nous ne pouvons pas faire ça. On va être à la merci de ce type s'il...

— Coupez-les. »

Bronson le regarda.

« Vous êtes sûr de ce que vous faites ?

— Non. »

Le pilote lâcha un soupir et coupa les gaz. Les longues pales de l'hélicoptère ralentirent jusqu'à l'immobilisation totale. Jeff regarda par la vitre.

Cesar avait ouvert la portière arrière de la limousine. Il annonça à Dana :

« Votre ami essaie de nous causer des embêtements. »

Son poing jaillit et la cueillit à la mâchoire. Elle retomba en arrière sur la siège, inconsciente. Ensuite, Cesar se redressa et avança droit sur l'hélicoptère.

« Le voilà, fit Bronson, nerveux. Mon Dieu, c'est un géant ! »

Cesar approchait de l'appareil, il émanait de son visage une expression de plaisir anticipé.

« Jeff, il doit avoir un pistolet. Il va nous tuer. »

Jeff hurla par la vitre.

« Tes patrons et toi, vous allez finir en prison, espèce de salopard ! »

Le colosse pressa le pas.

« Pour vous tous, c'est terminé. Vous feriez mieux de laisser tomber. »

Cesar était à quinze mètres de l'hélicoptère.

« Vous allez finir en gibier de potence. »

Dix mètres.

« Tu vas aimer ça, hein, Cesar ? »

A présent, le colosse courait. Cinq mètres.

Jeff appuya fermement du pouce sur le bouton d'allumage et les énormes pales se mirent lentement à tourner. Cesar n'y prêta pas attention, il avait les yeux rivés sur Jeff, le visage plein de haine. Les pales accélérèrent, tournèrent de plus en plus vite. Lorsqu'il courut vers la portière de l'hélicoptère, il comprit subitement ce qui se passait, mais il était trop tard. Il y eut un bruissement sourd, un éclaboussement, et Jeff ferma les yeux. L'extérieur et l'intérieur de l'hélicoptère furent instantanément maculés de sang.

Normal Bronson gémit :

« Je vais vomir. »

Il coupa l'allumage.

Jeff jeta un coup d'œil sur le corps décapité gisant sur le sol, sauta de l'hélicoptère, et se précipita en courant vers la limousine. Il ouvrit la portière. Dana était inconsciente.

« Dana... chérie... »

Elle ouvrit lentement les yeux. Elle les leva lentement sur Jeff et marmonna :

« Kemal... »

La limousine était presque à un kilomètre et demi du lycée privé Lincoln lorsque Jeff hurla :

« Regarde. »

Devant eux, au loin, ils pouvaient apercevoir une langue de fumée noire qui commençait de pointer vers le ciel.

« Ils incendient l'école, cria Dana. Kemal se trouve dedans. Il est au sous-sol.

— Oh, mon Dieu. »

Une minute plus tard, la limousine atteignait l'école. Un épais nuage de fumée s'élevait du bâtiment. Une dizaine de pompiers travaillaient à éteindre le feu.

Jeff sauta de la voiture et s'avança vers l'école. Un pompier l'arrêta.

« Vous ne pouvez pas aller plus près, monsieur.

— Est-ce que l'un de vous est entré à l'intérieur ? le questionna Jeff.

— Non. Nous venons de défoncer la porte d'entrée.

— Il y a un garçon là-dedans. »

Avant que personne n'ait pu l'en empêcher, Jeff passait à travers les éclats de la porte et courait à l'intérieur. L'endroit était gorgé de fumée. Il tenta de hurler le nom de Kemal, mais il ne parvint qu'à tousser. Il se protégea le nez avec un mouchoir et courut dans le couloir jusqu'à l'escalier qui conduisait au sous-sol. La fumée était âcre et lourde. Jeff descendit l'escalier à tâtons, en se tenant à la rambarde.

« Kemal ! » appela-t-il. Il n'y eut pas de réponse. « Kemal. » Silence. Jeff discerna une forme floue à l'autre bout du sous-sol. Il avança dans cette direction, en tâchant de ne pas respirer, les poumons brûlants. Il trébucha presque sur Kemal. Il le secoua.

« Kemal. » Le garçon était inconscient. Au prix d'un effort surhumain, Jeff le souleva et le porta vers l'escalier. Il étouffait et il était aveuglé par la fumée. Il tituba tel un homme ivre au cœur du nuage noir et tourbillonnant, avec Kemal dans ses bras. Lorsqu'ils eurent atteint l'escalier, Jeff le portait à moitié, le tirait à moitié vers le haut des marches. Il entendit des voix au loin, et il s'évanouit.

Le général Booster était au téléphone avec Nathan Novero, l'administrateur de l'aéroport national de Washington.

« Roger Hudson parque-t-il son appareil chez vous ?

— Oui, général. D'ailleurs, il est ici à l'instant même. Je crois qu'ils viennent de recevoir leur autorisation de décoller.

— Annulez.

— Comment ?

— Appelez la tour et annulez cette autorisation.

— Oui, monsieur. » Nathan Novero appela la tour. « Allô, la tour, annulez le décollage de Gulfstream R3487. »

Le contrôleur aérien répondit :

« Ils sont déjà en plein roulage.

— Annulez leur autorisation.

— Oui, monsieur. » Le contrôleur aérien attrapa son micro. « Tour à Gulfstream R3487. Permission de décoller annulée. Regagnez le terminal. Annulez votre décollage. Je répète, annulez votre décollage. »

Roger Hudson entra dans le cockpit.

« Qu'est-ce que c'est que ça, bon sang ?

— Il doit y avoir un report, expliqua le pilote. Il faut que nous retournions au...

— Non ! s'écria Pamela. Continuez.

— Avec tout le respect que je vous dois, madame Hudson, je perdrais ma licence de pilote si je... »

Jack Stone prit place à côté du pilote, en lui pointant un pistolet sur la tête.

« Décollez. Cap sur la Russie. »

Le pilote prit une profonde inspiration.

« Oui, monsieur. »

L'avion prit de la vitesse, avala la piste, et vingt secondes plus tard, il avait quitté le sol. L'administrateur de l'aéroport le suivit du regard, consterné, alors que le Gulfstream ne cessait de gagner de l'altitude.

« Seigneur ! Il a enfreint... »

Au téléphone, le général Booster l'interrogeait :

« Que se passe-t-il ? Les avez-vous arrêtés ?

— Non, monsieur. Ils viennent... ils viennent juste de décoller. Je n'ai aucun moyen de les arrêter... »

Et à cet instant le ciel explosa. Alors que les équipes au sol regardaient la scène avec horreur, des pièces embrasées du Gulstream commencèrent de pleuvoir des nuages. Cela sembla durer une éternité.

A l'extrémité du terrain, Boris Jdanov suivit la scène un long moment. Enfin, il s'en détourna et s'éloigna.

VINGT-SIX

La mère de Dana croqua une bouchée du gâteau de noces.

« Trop sucré. Bien trop sucré. Quand j'étais plus jeune, et quand je faisais la cuisine, mes gâteaux fondaient dans la bouche. » Elle se tourna vers Dana. « Ce n'est pas vrai, ma chérie ? »

« Fondaient dans la bouche », c'est bien la dernière image qui aurait pu venir à l'esprit de Dana, mais cela n'avait aucune importance.

« Absolument, maman », confirma-t-elle avec un sourire chaleureux.

La cérémonie de mariage avait été célébrée par un officier d'état civil à l'hôtel de ville. Elle avait invité sa mère, mais à la dernière minute, après un coup de fil.

« Chérie, en fin de compte je n'ai pas épousé cet homme épouvantable. Kemal et toi, vous aviez raison sur lui, je suis rentrée à Las Vegas.

— Que s'est-il passé, maman ?

— J'ai découvert qu'il avait déjà une épouse. Elle ne l'aimait pas non plus, d'ailleurs.

— Je suis navrée, maman.

— Donc me revoici. »

Sous-entendu : *solitaire*. Du coup, Dana l'invita à son mariage. A la vue de sa mère bavardant avec Kemal, et même allant jusqu'à se souvenir de son nom, elle eut un sourire. *Nous allons finir par en faire une grand-mère.* Son bonheur lui paraissait tellement immense qu'elle était incapable d'en éprouver toute la mesure. Rien que le fait d'épouser Jeff tenait du délice et du miracle, mais il n'y avait pas que ça.

Après l'incendie, Jeff et Kemal avaient été brièvement admis à l'hôpital, souffrant d'une légère asphyxie. Durant leur séjour là-bas, une infirmière avec rapporté à un journaliste les aventures de Kemal et l'histoire avait été reprise par les médias. La photographie du jeune garçon s'étalait dans les journaux et son histoire avait été vendue à la télévision. Un livre était en préparation sur sa vie et on parlait même d'une série télé.

« Mais seulement si je joue le premier rôle dedans », avait insisté Kemal. Il était devenu le héros de son école.

Lors de la cérémonie d'adoption, la moitié de ses camarades de classe s'étaient présentés pour l'applaudir.

Il avait demandé :

« Je suis vraiment adopté, maintenant, hein ?

— Tu es vraiment adopté, lui avaient assuré Dana et Jeff. Nous nous appartenons mutuellement.

— Super. » *Attends un peu que Ricky Underwood apprenne ça. Ha !*

Le cauchemar terrible de ces neuf derniers mois s'effaçait peu à peu. A eux trois, désormais, ils formaient une famille, et leur foyer était un havre de paix et de sécurité. *Je n'ai plus besoin d'aventures*, s'était dit Dana. *J'en ai eu suffisamment pour ma vie entière.*

Un matin, elle annonça :

« Je viens de nous trouver un grand appartement pour tous les quatre.

— Tu veux dire pour tous les trois, rectifia Jeff.

— Non, insista Dana avec douceur. Pour tous les quatre. »

Jeff la dévisagea.

« Elle veut te dire qu'elle va avoir un bébé, expliqua Kemal. J'espère que c'est un garçon. On pourra faire les fous. »

D'autres bonnes nouvelles étaient encore à venir. La première émission de la série *Crimes en direct*, « L'histoire de Roger Hudson : meurtres et complot », reçut les louanges de la critique et enregistra des taux d'audience phénoménaux. Matt Baker et Elliot Cromwell étaient aux anges.

« Vous feriez bien de prévoir une place pour votre trophée des Emmy Awards », lui avait conseillé Elliot Cromwell.

Il n'y avait qu'une seule note plus sombre à ce tableau. Rachel Stevens avait succombé à son cancer. Son histoire avait été publiée par les journaux, et Dana et Jeff avaient finalement su ce qui s'était passé. Mais quand ce récit apparut sur le téléprompteur, Dana le parcourut des yeux et sa voix s'étrangla.

« Je ne peux pas lire ça », chuchota-t-elle à Richard Melton. Il dut donc s'en charger.

Qu'elle repose en paix.

Ils étaient à l'antenne pour le journal de vingt-trois heures.

« ... Et ici même, à Washington, un soldat de la Garde Nationale est accusé du meurtre d'une prostituée de seize ans et soupçonné de la mort de seize autres... En Sicile, le corps de Malcolm Beaumont, l'héritier d'une fortune de l'acier, soixante-dix ans, a été retrouvé noyé dans une piscine. Beaumont passait sa lune de miel avec sa jeune épouse de vingt-cinq ans. Ils étaient accompagnés des deux frères de la mariée. Et maintenant, la carte du ciel de demain, avec Marvin Greer. »

Lorsque le journal fut terminé, Dana alla voir Matt Baker.

« Matt, quelque chose me tracasse.

— Comment ça ? Dites-moi ce que c'est et j'en fais des confettis.

— C'est l'histoire de ce milliardaire de soixante-dix ans qui s'est noyé dans une piscine en pleine lune de miel avec sa jeune épouse de vingt-cinq ans. Vous ne trouvez pas que ça tombe drôlement à pic ? »

MOT DE L'AUTEUR

Ce livre est une œuvre de fiction, mais la ville souterraine secrète de Krasnoïarsk-26 est bien réelle : c'est l'une des treize villes interdites engagées dans la production de combustibles nucléaires. Krasnoïarsk-26 est située au centre de la Sibérie, à trois mille trois cents kilomètres de Moscou, et depuis sa création en 1958, elle a produit plus de quarante-cinq tonnes de plutonium militaire. Même si deux de ses réacteurs au plutonium ont été coupés en 1992, le troisième reste en activité, et il produit à l'heure actuelle une demi-tonne de plutonium par an, qui peut être employée dans la fabrication de bombes atomiques.

Des vols de plutonium ont été relevés, et le Département américain de l'Énergie travaille avec le gouvernement russe au renforcement des mesures de sécurité et de protection des matériaux nucléaires.

Dans la collection « Grand Format »

SANDRA BROWN
Le Cœur de l'autre

CLIVE CUSSLER
Atlantide
L'Or des Incas
Onde de choc
Raz de marée
Serpent

MARGARET CUTHBERT
Extrêmes urgences

LINDA DAVIES
Dans la fournaise
L'Initiée
Les Miroirs sauvages

ALAN DERSHOWITZ
Le Démon de l'avocat

JANET EVANOVICH
Deux fois n'est pas coutume
La Prime

JOHN FARROW
La ville de glace

GINI HARTZMARK
A l'article de la mort
Crimes au labo
Mauvaise passe
Le Prédateur
La Sale Affaire
La Suspecte

ROBERT LUDLUM
Le Complot des Matarèse
Opération Hadès

STEVE MARTINI
La Liste
Pas de pitié pour le juge
Principal témoin
Réaction en chaîne
Trouble influence

DAVID MORRELL
Démenti formel
Double image
In extremis
Le contrat Sienna

PERRI O'SHAUGHNESSY
Amnésie fatale
Entrave à la justice
Intimes convictions

MICHAEL PALMER
De mort naturelle
Le Patient
Situation critique
Traitement spécial
Un remède miracle

JOHN RAMSEY MILLER
La Dernière Famille

LISA SCOTTOLINE
La Bluffeuse
Erreur sur la personne
Justice expéditive
Rien à perdre

SIDNEY SHELDON
Matin, midi et soir
Racontez-moi vos rêves
Rien n'est éternel
Un plan infaillible

Cet ouvrage a été réalisé par

FIRMIN DIDOT

GROUPE CPI

Mesnil-sur-l'Estrée

pour le compte des Éditions Grasset
en octobre 2001

Imprimé en France
Dépôt légal : octobre 2001
N° d'édition : 12077 – N° d'impression · 57058
ISBN : 2-246-61331-0